U0682211

我们每个人生在世界上都是孤独的。

每个人都被囚禁在一座铁塔里，

只能靠一些符号同别人传达自己的思想；

而这些符号并没有共同的价值，

因此它们的意义是模糊的、不确定的。

我们非常可怜地想把自己心中的财富传送给别人，

但是他们却没有接受这些财富的能力。

因此我们只能孤独地行走，

尽管身体相互依傍却并不在一起，

既不了解别的人也不能为别人所了解。

月亮和六便士

THE MOON AND SIXPENCE

威廉·萨默塞特·毛姆 |英|

王晋华　译

中国出版集团

中译出版社

图书在版编目（CIP）数据

　　月亮和六便士/（英）毛姆著；王晋华译. —北京：中译出版社，2016.5
　　（中译经典. 世界文学名著：典藏版）
　　ISBN 978- 7- 5001- 4760- 2

　　I.①月… II.①毛… ②王… III.①长篇小说—英国—现代
IV.①I561.45

　　中国版本图书馆CIP数据核字（2016）第102258号

出版发行：**中译出版社**
地　　址：北京市西城区车公庄大街甲4号物华大厦6层
电　　话：（010）68359376；68359827（发行部）；68357328（编辑部）
传　　真：（010）68357870
邮　　编：100044
电子邮箱：book@ctph.com.cn
网　　址：http://www.ctph.com.cn

总 策 划：张高里
策划编辑：于建军　温晓芳
责任编辑：温晓芳
装帧设计：单　勇

排　　版：杰瑞腾达科技发展有限公司
印　　刷：山东临沂新华印刷物流集团有限责任公司
经　　销：新华书店

规　　格：880mm×1230mm　1/32
印　　张：8.75
字　　数：180千字
版　　次：2017年7月第1版
印　　次：2017年7月第1次

ISBN 978- 7- 5001- 4760- 2　　　　　　　**定价：**35. 80元

中 译 出 版 社

|目　录|

译本序

　　威廉·萨默塞特·毛姆（1874—1965）是英国的一位著名小说家和戏剧家。毛姆一生创作甚丰，他创作了多部长篇小说、一百五十多部短篇、三十多个剧本，还写了不少游记与自传性质的书以及以序言形式出现的文学评论文章。不过他的主要成就还是在小说方面，他的四部代表作《人性的枷锁》、《月亮和六便士》、《寻欢作乐》和《刀锋》以及一些优秀的短篇作品至今仍然深受世界各国读者的喜爱，尤其是《月亮和六便士》更是受到中国读者的青睐和好评。该作品对理想与现实、肉体与灵魂、艺术与生活、文明与人的本性之间的矛盾和冲突做了深刻的探讨和剖析，引起读者的思考和共鸣，给人的思想和心灵以诸多的启迪。上述的这一主题是毛姆在许多作品中常常探讨的，但在《月亮和六便士》中，作者把它表达得更集中、更强烈，给人以更深刻的印象。从这一方面讲，我觉得《月亮和六便士》是毛姆创作的最好的作品之一。在我翻译的《了不起的盖茨比》译本序中，我曾说："《了不起的盖茨比》是西方文学中最伟大的作品之一。时至今日，它仍以其内容和形式上的独树一帜，在西方文学乃至世界文学中放射着异彩。"我觉得把这一段话运用到毛姆的《月亮和六便士》上，也是非常合适的。

国内外的一些评论家们认为毛姆是自然主义作家，我们知道，自然主义作家的一个最重要的特征就是强调环境和性格对人的命运的决定性影响，从毛姆的《月亮和六便士》中，我们看不出它有这样的特点，从它表现的主题和创作手法上看，它倒更像是现实主义或是现代主义的作品。毛姆具有敏锐的观察力，他的笔锋就像是一把解剖刀，对他笔下的人物，他常常取的是一种"医师临床"的冷静态度。在这部作品中，正是运用着这一手法，毛姆对人的本性、人的自然本能以及隐藏在人的内心深处的思想活动（潜意识）进行了精彩的描述和深刻的剖析。我们知道弗洛伊德强调的是人的潜意识和无意识，而荣格强调的是人的"集体无意识"。在《月亮和六便士》中，我觉得毛姆更多地受到了荣格的"集体无意识"思想的影响，因为他侧重的是对主人公原始的自然本能（也就是未受到文明和世俗浸染的本能）的分析，在平时情况下，这一"集体无意识"可能潜伏在人的内心最深处，当作家通过对主人公的描述把读者身上隐伏着的这一集体无意识召唤出来时，作品就会给读者以震撼。毛姆的《月亮和六便士》之所以能给读者以震撼，原因就在这里。

跟《了不起的盖茨比》一样，毛姆在这部作品中也使用了一个第一人称的"我"，作为故事的叙述者，这个叙述者既在事内，又在事外；不同的是，毛姆的这个叙述者显得更冷静，更客观，更睿智，更偏重于在事外，更少掺杂个人情感，这样当作者拿着解剖刀在对主人公进行着剖析，并对剖析的结果进行着分析和评论时，就更容易让读者信服，更具有说服力。此外，这部作品的情节是以法国后印象派画

家高更的生平为基础（作品主人公的生活经历和创作生涯与高更的颇有相似之处），其情节和结构都并不复杂，所描述的社会面和人物也不多，除了主人公思特里克兰德和故事的叙述者之外，在英国主要就是他的妻子和两个孩子，在巴黎就是施特略夫和他的妻子，还有就是在塔西提岛跟思特里克兰德有过接触的几个人，狭窄的社会面和生活圈子更易于作者对主人公的精神世界做深入的解析，增加作品的思想深度。

市面上《月亮和六便士》的中文译本还不多，较好的本子是傅惟慈先生的译本，有个别本子是对傅惟慈先生的抄袭。多出版几个译本便于读者进行比较，同时也会加深读者对原作品的理解，因为各个译者在翻译时都会有意无意地加进去自己对原作的理解。我并不认为这是坏事，因为只有加进去译者自己的理解，作品才能变得生动，变得鲜活起来，就像演员扮演人物那样。

王晋华

第一卷

一

　　在刚认识查理斯·思特里克兰德时，我真的一点儿也没有看出，他有什么不同寻常的地方。可现在却很少有人能否认他的伟大了。我说的伟大不是指那些有幸成为政治家或是那些在战火中的士兵所成就的伟大；这些人的显赫一时，主要应归功于他们所处的位置，而不是他们本人；其地位或环境一旦发生变化，他们的光环也就褪色了。人们常常发现，一个卸掉了职务的首相充其量不过是一个善于辞令的演说家而已，没有了军队的将军也就沦为市井之中的谦和君子。而查理斯·思特里克兰德所禀有的，是一种真正的伟大。或许你会不喜欢他的艺术，但是，无论如何你却几乎不可能不对他产生兴趣。他让你心动，让你的内心不能平静。他不再是人们嘲弄的一个对象，为他辩护和对他赞美也不再被看作是一些人的怪癖或是大逆不道。现在，他的缺点被认为是对他优点的必要补充。他在艺术史中的地位还可以商榷和讨论，其追慕者对他的褒扬和他的诋毁者对他的贬损都可能失之偏颇和随意；但有一点却是毫无疑义的，那就是查理斯·思特里克兰德具有天才。在我看来，艺术中最为令人感兴趣的东西是艺术家的个性；如果禀有独特的性格，纵使他有一千个缺点，我也可以原谅。我以为委拉斯凯兹①是个比埃尔·格列柯②更好的画家，可是在对他的那种传统的喜好中，我们却略微感到了一些乏味；而那位克里特岛画家的作

————————————

① 委拉斯凯兹（1599—1660），西班牙画家。
② 埃尔·格列柯（1541？—1614？），西班牙画家，生于克里特岛。

品，却有一种色欲的和凄凉的美，就像是一种永恒的牺牲，呈现出了他灵魂的秘密。艺术家、画家、诗人或是音乐家创造出或崇高或美好的作品，以使人们的审美意识得到满足，但这也跟人的性欲本能不无相似之处，具有粗野狂烈的一面；通过作品，艺术家将他个人的伟大才能展现在你眼前。探寻他的秘密，就像是读一部侦探小说那样叫你入迷。这样的奥秘探求起来，宛如浩瀚无垠的宇宙，永远没有能穷尽其答案的时候。就是在思特里克兰德看似最不起眼的作品里，也折射出他的奇特、复杂和饱受折磨的性格；无疑正是这一点，使得那些甚至不喜欢他画作的人们也不能对他漠然视之；也正是这一点，激起了人们对他的生平和性格的好奇与兴趣。

　　在思特里克兰德逝世四年之后，莫里斯·胥瑞才写了那篇发表在《法兰西信使》上的文章，使这位不知名的画家没有被湮没，也使后来不敢标新的画家鼓起勇气，沿着思特里克兰德开辟的道路走下去。在很长的一段时间里，没有哪一个法国的批评家比莫里斯·胥瑞享有更高的、无可争辩的权威性，他在文中所提出的那些个主张给读者留下了极为深刻的印象；他的评价看似有些过分，可后来评论界给出的结论却证实了他评判的公允性，查理斯·思特里克兰德的名声正是在他所划定的那几个方面稳固地建立起来。思特里克兰德名声的鹊起是艺术史上最富于浪漫传奇色彩的一个事件，但在这里我并不打算谈论他的作品，除非是与他的性格有关时，我才会提及。我不能同意有些画家的看法，他们武断地认为外行根本不会懂得绘画，他要欣赏绘画，最好的做法就是保持缄默，并痛痛快快地开具出买画的支票。把艺术看作是只有艺术家们才能读懂的一种技艺，显然是一种荒谬的误解：艺术是对情感的宣示，情感是一种人人都能理解的语言。当然，我也承认，对技巧知识和艺术实践一无所知的批评家很少能够做出什么真正有价值的评论，而我对绘画可以说是一窍不通。值得庆幸的是，我无须做这一方面的冒险，因为我的朋友爱德华·雷加特先生，一位颇有能力的作家和众人称道的画家，已经在他的一本小书里①对查理斯·思特里克兰德的作品进行了详尽的讨论，这本书的文风也很值得称道，可树为楷模，只是如今这一文风在英国已经不像在法国那么时兴了。

莫里斯·胥瑞在他这篇著名的文章中对查理斯·思特里克兰德的生平做了生动的勾勒，以图刺激起人们进一步探求的兴趣。由于他对艺术的热爱丝毫不掺杂个人的好恶，他真心希望能引起有识之士对这位极具独创精神的天才画家的重视；然而，他又是个写作的高手，不可能不知道只有能引起读者兴趣的文章才更容易达到目的。当那些过去与思特里克兰德有过接触的人们——在伦敦就认识他的那些作家，以及在蒙马特尔咖啡馆里常常碰面的那些画家——惊讶地发现，当初与他们擦肩而过的那个落魄潦倒的画家却是一个真正的天才时，他们纷纷撰文，投在法国和美国的各种艺术杂志上，这一个写对思特里克兰德的回忆，那一个写对他画作的赏析，使得思特里克兰德的声誉大增，同时也煽起了大众永无满足的好奇心。这个题目大受青睐，魏特布瑞希特-罗特霍尔兹在他精心撰写的长篇专题论文②里，开出一个单子，列举出不少这一方面的具有权威性的文章。

对神话的向往是人类的天性。它会贪婪地抓住名人生涯中任何隐秘的或是令人惊诧的事件，编造出一个神话，并对其几乎是疯狂地相

---

① 《一位当代画家，对查理斯·思特里克兰德绘画的评论》，爱尔兰皇家学院会员爱德华·雷加特著，1917年马丁·塞克尔出版。——原注
② 《查理斯·思特里克兰德，生平与作品》，哲学博士雨果·魏特布瑞希特-罗特霍尔兹著，莱比锡1914年施威英格尔与尼汉施出版，原书是德文。——原注

信。这是浪漫主义对生活之平庸和乏味的抗议。这些传奇里的趣闻轶事是主人公永垂青史的最可靠的通行证。瓦尔特·饶利爵士①之所以能够长久地留在人们的记忆里，不是因为他让英国这个国家的名字进入了过去从未被人发现的疆域，而是因为他把自己的披风铺在地上，让伊丽莎白女王踏着它走了过去，一个善于嘲讽的哲学家在想到这件事时，不免会笑了出来。查理斯·思特里克兰德在生前默默无闻，他结了不少冤家，却没有什么朋友。因此，那些为他撰文的人须借助于生动的想象，来弥补史料的匮乏，也就不足为奇了。尽管人们对思特里克兰德的生平知道得并不多，可这也足够让富于浪漫主义精神的文人去驰骋他们的想象力了；生活中的思特里克兰德，多有乖戾和令人咂舌的行为，在他的性格里有荒谬和怪诞的成分，在他坎坷的命运里，不乏凄苦和悲凉。经过一段时间，从这些史实与情势中间，便演绎出了一个关于思特里克兰德的神话，明智的历史学家都不会去贸然地对它进行抨击。

而罗伯特·思特里克兰德却偏偏不是这样的一位历史学家。他认为人们对他父亲的后半生有太多的误解，他公开宣称他给父亲写这部传记②，就是"为了对当下盛行的这些说法予以澄清"，因为这"已经给生者造成了不小的痛苦"。很显然，在社会上流传的有关思特里克兰德的生平里，有许多足以使一个体面的家庭感到尴尬的事。我饶有兴味地读了这部传记，让我感到庆幸的是，这本书写得淡然无味，不会引起什么反响。思特里克兰德牧师在传记中刻画了一位优秀的丈夫和慈爱的父亲，一位脾性温和、工作勤奋和品行端正的男子汉。当代

① 瓦尔特·饶利（1552？—1618），英国历史学家及航海家。
② 《思特里克兰德，生平与传记》，画家罗伯特·思特里克兰德撰写，1913年海因曼出版。——原注

的教士在研究《圣经》诠释这门学问时，都学会了遮遮掩掩的惊人本领，而罗伯特·思特里克兰德牧师用以解释他父亲行为（这些行为都是作为一个孝顺儿子应该记住的）的那种微妙的手法，无疑会使他在将来获得教会中的最高荣誉和职位。我仿佛看到他肌肉结实的小腿上已经套上了主教的皮裹腿。尽管看似很英勇，他做的其实是一件冒险的事，因为这个已为人们普遍接受了的传说，很可能在促成思特里克兰德的名声方面起过不小的作用；有不少的人之所以对他的艺术感兴趣，正是出于对其性格的厌恶，或是对其惨死的同情；这个儿子的一番好意和努力却恰恰是给他父亲的崇拜者们泼了一头冷水。因此，当思特里克兰德的一幅重要的作品《萨玛利亚的女人》①在罗伯特的传记出版、人们纷纷议论之际出售给克里斯蒂时，竟比九个月前少卖出了二百三十五英镑，看来也绝非是偶然的了（九个月前这幅画被一个有名的收藏家购买，他的突然逝世使得这幅画再度被拍卖）。如果不是人类喜爱神话的天性把这个挫伤人们猎奇心理的故事不耐烦地丢置在了一边的话，仅仅凭借思特里克兰德的才能和独创性是很难扭转大局的。很快魏特布瑞希特-罗特霍尔兹博士的那篇文章发表了，最终把所有艺术爱好者们的疑团都驱散了。

魏特布瑞希特-罗特霍尔兹是属于这样的一派历史学家，他们认为人类的本性不仅是坏，而且坏得没有边儿；毋庸置疑，读者读他们的东西，远比读那些居心叵测的作者们的东西要安全得多，后者硬是把富于浪漫色彩的伟大人物写成家庭里循规蹈矩的"正人君子"。对于我本人而言，如果把安东尼和克里奥佩特拉之间的关系只写成经济上

---

① 根据克里斯蒂藏画目录的描述，这幅画的内容是：一个裸体女人，社会岛上的土人，躺在一条小溪边的草地上，背景是棕榈树、芭蕉等热带植物。60英寸×48英寸。——原注

的联盟，我会觉得很遗憾的；要想说服我，让我相信伯利欧斯①是一位像英王乔治五世一样好的君王，需要有比现在更多的证据（感谢上帝，这样的证据看来很难找得到）。魏特布瑞希特 - 罗特霍尔兹博士在评论罗伯特·思特里克兰德所写的那部天真的传记时所使用的词句，叫我们读起来很难不对这位可怜的牧师产生一些同情。他为了体面不便畅言的地方，被指摘为虚伪，他的闪烁其词被斥为谎言，他的保持缄默干脆被魏特布瑞希特 - 罗特霍尔兹说成是背叛。作品中的这些过失，对一个传记作家来说，是应该受到批评的，可作为传记主人公的儿子，却还是可以原谅的。魏特布瑞希特 - 罗特霍尔兹的文章在批评该传记的作者时，连带着捎上了盎格鲁 - 撒克逊民族，指责他们是假作正经，作势吓人，矫揉造作，说谎骗人，只会做倒人胃口的饭菜。我个人认为，在对有关他父母亲之间那一"不愉快"关系的传闻（这一传闻已为世人所相信）进行反驳时，思特里克兰德牧师做得实在有些鲁莽。他不该在他写的传记里，去引证查理斯·思特里克兰德在巴黎写的一封家信，说他父亲在信中称他母亲是"一个了不起的女人"，因为魏特布瑞希特 - 罗特霍尔兹博士能够一字不差地复制出这封信；事实上，思特里克兰德牧师引证的这封信的原文是这样写的："让上帝惩罚我的妻子吧。这个女人太了不起了。我真希望她下到地狱。"在教会势力兴旺的时期，他们可不是用这种方法来对待不受欢迎的事实的。

魏特布瑞希特 - 罗特霍尔兹博士是查理斯·思特里克兰德的一位热心的崇拜者，因此根本不存在他会为思特里克兰德粉饰遮掩的危险。他目光锐利，能看穿那些貌似天真行为下面的可鄙动机。他既是一位艺术研究者，也是一个心理 - 病理学家，人们潜意识中的秘密很少能

---

① 伯利欧斯·克劳迪乌斯·尼禄（公元前42—公元37），罗马皇帝。

逃过他的眼睛。没有哪个探索心灵奥秘的人比他更能够看到事物更深一层的含义。心灵探索者能够看到不好用语言表达的东西，心理 - 病理学家却能看到无法表达的事物。看到这位学识渊博的作者那么专心致志地、热切地挖掘着每一件能叫他的主人公丢脸的琐事，对读者来说也有一种别样的吸引力。每当他能举出一件能以表明他的主人公之残酷或是卑劣的事例时，他就变得亢奋起来；在他找到某件被人遗忘的轶事，能对罗伯特·思特里克兰德的做儿子的孝心揶揄嘲讽时，他就像宗教法庭上的法官审判异教徒那样，乐得心花怒放。他的那份较真的劲儿令人惊讶。没有哪一件细小的事情会被他漏掉，如果查理斯·思特里克兰德有一个洗了衣服的账单没有支付，作者肯定会将它详细地记载；如果思特里克兰德借了别人的半个法郎迟迟不予归还，这样的一个借贷的细节，作者也一定会记录在案。

二

在有关查理斯·思特里克兰德的文章和著述已经发表和出版了这么多的时候，我再去写他，似乎没有这个必要了。为一个画家树碑立传的是他的作品。诚然，我比大多数人更与他熟悉：我第一次见到他，还是在他改行成为画家之前，后来在他巴黎生活的那段艰难岁月，我也常常和他见面；然而，要不是战争使我偶尔去到了塔希提岛，我想我是决计不会写下我对他的这些回忆的。众所周知，查理斯·思特里克兰德是在塔希提岛度过了他一生中最后的几年；在那里，我碰到了许多熟悉他的人。我发现，对他悲苦画家生涯中的那段最不清晰的日子，我许能投进去一道光亮。如果那些相信思特里克兰德伟大的人看法正确的话，那些跟他有过亲身接触的人对他的追忆就很难说是多余的了。一个非常熟悉埃尔·格列柯的人对他的回忆，会是弥足珍贵的，为了写出我熟悉的思特里克兰德，我有什么不能付出的呢？

不过，我并不想用这样的理由为自己辩解。我忘记了是谁曾这样向人们建议过：为了净化灵魂，人们应该每天做两件他不喜欢的事。说这话的人应该是个智者，我自己一直一丝不苟地遵循着这条格言，每一天都是如此。在我的性格里还有一点儿苦行主义的成分。我每个星期叫我的肉体经受一次更大的磨难。每一期《泰晤士报》上的文学增刊我都要读。想到有那么多的书被写了出来，它们的作者都怀着美好的希冀盼望着它们的出版；想到也不知道是什么样的命运在等待着这些作者们，这真是一种有益于身心的修炼。一本书要想从这茫茫书海中脱颖而出，不知道会有多难？即便成功了，这些书籍的热销也只能持续一段时间，或是一个时期。天晓得，作家为写出一本书付出了多少的心血，会经历怎样的痛苦，会是怎样的绞尽了脑汁，而为的只是给某个偶尔看到这本书的人几小时的消遣，或是使他的旅程不至于太过难熬。如果我可以根据书评来做出判断的话，有许多书都写得很好，是精心构制的作品；里面有许多真知灼见，有的甚至是付出了作者毕生的思考和劳作。于是，我从这里得出一个教训：作者应该是从他写作的乐趣中间，从他的思想和情感的宣泄中，去寻求报偿、对于其他的一切、都不要太去在意，不要在乎人们的赞扬或是诋毁、作品的成功或是失败。

随着战争一起到来的，是一种新的人生态度。现在的年轻人所崇拜的神祇是我们这较老的一代人所不了解的，或许他们已经看出在我们之后的人们所要走的方向了。年轻的一代已经意识到了他们的力量，他们不再仅是叩击着门扉，而是喧嚷着闯进房子里来，坐到了我们的宝座上。空气中早已充满了他们的喧闹声。有一些长者模仿着年轻人的滑稽动作，拼力想叫自己相信他们的日子还没有结束；他们扯着嗓门，声嘶力竭地吼叫，可是，战争的呐喊声从他们的嘴里喊出来听上去却是那么的空洞；他们就像是容颜已逝的荡妇一样，试图用眉笔和脂粉，用强做出的笑颜，幻想着去找回她们的青春年华。智者的行为倒是还显得从容优雅，在他们克制的笑容里，有讥嘲，也有宽容。他们记得，他们也曾将坐在宝座上的上一代人撵走，也是这样地大喊大叫，这样地傲慢不逊，他们预见到这些现在勇敢地高举着火炬的青年人也很快就会让出他们的位置。谁说的话也不能最终成为定论。在尼尼微盛极一时时，新的福音书已经陈旧了。正在宣讲着这些豪言壮语

的人似乎觉得很新鲜，说得很起劲，其实，就连他们讲话的腔调，前人也几乎没有变化地用过上百次了。时钟的钟摆摆过来又摆过去，永远这样周而复始，循环不已。

有的时候，一个活了大岁数的人，会从他享有一定位置的那个时代活着进入到一个他陌生的时代，此时，好奇的人们便会看到人间喜剧中最为奇特的一幕。打个比方说，有谁现在还会想到乔治·克莱布①呢？他是他那个时代的一位著名诗人，当时人们一致承认他是个伟大的天才，这种现象在当今更趋复杂的现代生活中已不多见了。他从亚历山大·蒲柏②那里学得了写诗的技巧，他用双行押韵的诗体，写作道德的故事。随后，爆发了法国大革命和拿破仑战争，诗人们写出了新体诗。而克莱布先生继续用双行体讲述着他的道德故事。我想他一定已经读过那些年轻人写下的震撼了整个世界的诗篇，我还想他也许会认为这些诗不堪卒读。当然，大多数的新诗的确如此。可济慈和华兹华斯写的颂歌，柯勒律治的一两首诗，再还有雪莱的几首诗歌，确实是描绘出了人类更深广的精神领域。克莱布先生已经成了古董，可他笔耕不辍，依然在用双行诗写着他的道德故事。我曾零零星星地读过一些新一代诗人的作品，在他们中间，或许有一个更痴情的济慈，一个更为空灵纯洁的雪莱，已经发表了一些世人将会长久铭记的诗歌。对此我还不能断定。我赞赏他们优美的诗句——尽管他们还年轻，可已成就斐然，如果只是说他们很有希望，就似乎显得有点儿可笑了——我惊叹他们精巧的文体；不过，虽说他们语汇丰富（从他们掌握的词汇看，好像他们在摇篮里时就翻过罗杰特的《词汇宝库》了），可他们的诗歌却并没有告诉我什么东西：在我看，他们知道得太多，

---

① 乔治·克莱布（1754—1832），英国诗人。

② 亚历山大·蒲柏（1688—1744），英国诗人。

感觉得却过于肤浅；我不能忍受他们拍我肩膀时的那股亲热劲儿和扑到我怀里时的那种情感；他们的热情似乎缺少点儿血性，他们的梦想有点儿乏味。我不喜欢他们。我已是老朽一个。我会继续写作道德的诗歌。然而，我写作只是为了愉悦自己，没有任何别的目的，否则的话，我就是世上最大的傻瓜了。

三

不过，我上面说的都还是题外话。

我写出我的第一部作品时还很年轻。幸运的是，它很快就受到了读者的青睐，各种人都来与我结识。

我刚刚被介绍进伦敦文学界时，是一种既急切又羞涩的心情，现在回想起当时的情形，仍不免有凄凉之感。我已经很久没有去过伦敦了，如果一些小说中对伦敦现在情况的描述是真实的话，那么伦敦现在一定发生了很大的变化。文人聚会的地点也改变了。柴尔西和布鲁姆斯伯里取代了汉普斯台德、诺庭山门、高街和肯星顿的地位。当时，不到四十岁成了名就很了不起了，现在超过二十五岁就让人觉得有点儿可笑了。我想，那时的我们还有点儿羞于表现我们的情感，担心被别人取笑，所以都克制着自己不去张扬。我并不认为当时风雅倜傥的诗人、作家们就有多么的洁身自好，但我却不记得那时候的文艺界有像今天这样粗俗的群居现象。给自己狂妄怪诞的行为遮上一层保持体面的帷幔，我们并不觉得这就是虚伪。讲话有时应当含蓄，并不总是直来直去。那个时候的妇女还没有完全独立。

我住在维多利亚车站附近，我还记得我乘公共汽车走长长的路，到那些好客的文人家里去做客。因为羞怯的心理作祟，我每每在街道上来回地徘徊，直到鼓足了勇气按响门铃；接着，怀着忐忑的心情，我被引进一间人多得透不过气的屋子里。我被依次介绍给这一个和那一个文学界的名人，他们对我的书说的好话让我感到极不舒服。我觉得他们期待着我说出些妙语警句来，可到聚会结束我也想不出一句这样的话。为了掩饰我的尴尬，我张罗着四处给人端茶送水，把切得不成形的涂着黄油的面包递给大家。我不想让别人注意到我，这样我才可以从容地对这些知名人士进行观察，聆听他们妙趣横生的谈话。

我记得聚会上的那些个人高马大、腰板挺直的女人，她们都长着很大的鼻子，看人时目光咄咄逼人，衣服穿在她们身上，像是身着甲胄一样；聚会上还有些身材娇小、机敏得像老鼠一样的老处女，她们嗓音柔美，目光里透着精明。我对她们总要戴着手套吃黄油吐司的怪毛病常常感到十分好笑，在她们认为没有人看的时候，就把手指上的黄油擦在她们的椅子上，那副坦然的神情令我钦佩。这对主人家的家具肯定不是件好事情，不过，我想轮到这家女主人去别的人家做客时，她便能在朋友们的家具上还以颜色了。她们中间有几个穿着很时尚，她们说，她们无论如何也不明白，为什么只是写了几部小说，就该穿得衣衫不整；如果你有个苗条的身材，不妨穿上合身入时的衣服把它尽量地展现出来。从来没有一个编辑会因为你俊俏的脚上穿了漂亮的鞋子，就退回了你的书稿。但也有些人认为这样子打扮不够庄重，她们穿着"具有艺术气息"的纺织品，戴着粗俗的珠宝首饰。男人们的穿着很少有古怪的。他们穿戴得尽量不让人看出自己是作家。他们希望别人把他们看成是谙熟人情世故的人，无论走到哪里，都能被看作是哪家公司里的高级职员。他们总是显得有点儿疲惫的样子。我以前从来没有接触过作家，我发现他们挺奇怪的，总觉得他们不像是真实的人。

我记得他们充满机智的谈吐，我常常不胜惊讶地听到他们把一个刚刚转身离开的同行，嘲笑挖苦得体无完肤。艺术家较之其他行业的人有这样一个优点：不仅是他的朋友们的长相和性格是他揶揄的对象，

而且他们的作品也备受他的嘲讽。我在表达自己时，怎么也做不到他们那般的酣畅和敏捷。在那个年代，谈话仍然被看作是一门应该掌握的艺术：一句巧妙的对答比锅子底下荆棘的噼啪作响 [①] 更为动听；格言警句——那时呆笨的人还不能通过对其进行机械地应用，达到一种有智慧的表象——给高雅之士的谈话增添生气和活泼的情趣。很遗憾，对同行们的这些妙语连珠的话语我一句都不记得了。我只记得最惬意、酣畅的聊天是谈到我们所从事的这一行业的其他方面，即与书商成交的一些细节以及书的销售等情况。在我们评论完一部新书的种种优点之后，接下来我们自然想知道它卖出了多少册，作者得到了多少预支稿酬，他从这本书里大概能挣到多少钱。然后，我们会谈到出版商们，这个出版商出手大方，那个出版商吝啬小气；我们还要争辩一下是把书稿交给一个稿酬给得多的出版商，还是给一个懂得其价值并善于做推销的人。有的擅长宣传，有的不擅长；有的能够顺应形势和潮流，有的较为古板。临了，我们会谈到出版代理人和他们能为作家们搞到的门路；谈到编辑以及他们都喜欢什么样的稿件，千字他们能支付到多少，他们付款及时、痛快，还是拖拖拉拉。这一切都让我觉得很浪漫，它赋予我一种身为这一兄弟会成员的亲切感和神秘感。

---

① 见《圣经》旧约传道书第七章："愚昧人的笑声，好像锅下烧荆棘的爆声。"

四

那个时候，再没有谁比柔斯·瓦特尔芙德对我更好的了。她既有男性的智慧，又有女人的怪脾气，她写的小说很独特，读起来叫你心中不能平静。有一天，就是在她家里，我遇见了查理斯·思特里克兰德的妻子。当时瓦尔特芙德小姐正在举办一个茶会，她的不大的房间里比平时来了更多的人。每个人似乎都在和别人交谈，我一个人坐在那里，觉得有点儿不自在；可是我又不好意思插进哪一处说话的人里面去，大家都好像正沉浸在各自所谈到的事情上。瓦特尔芙德小姐是个体贴的女主人，看到我那副尴尬的样子，便走上前来。

"我想让你和思特里克兰德太太聊一聊，"她说，"她对你的书赞不绝口。"

"她是干什么的？"我问。

我知道自己对文学界了解甚少，如果思特里克兰德太太是一位知名作家，我想，在跟人家谈话之前，我还是先确认一下这个情况为好。

为了让她的回答给我留下更深的印象，柔斯·瓦特尔芙德故意低下眼睛，做出一副蛮正经的样子。

"她为作家们举行午宴。你只要多吹嘘自己几句，她就会邀请你了。"

柔斯·瓦特尔芙德对人对事抱一种玩世不恭的态度。她将生活看作是给予她写小说的机会，把世人当作她创作的原始材料。如果读者里有人赞赏她的小说和才华，她就会时不时地把她的这些崇拜者们请

到她的家里来，好好地招待一番。她把他们的弱点拿来当笑料，做没有恶意的嘲讽，可与此同时又款待他们，表现出一个有名望的女文学家的风度。

我被带到了思特里克兰德太太面前，同她聊了十来分钟。除了有个悦耳的嗓音之外，我没有看出她有什么特别的地方。她在威斯敏斯特区有一套公寓房，窗户外面正对着没有完工的大教堂，因为我们的住所离得很近，彼此就觉得有了一点儿亲近感。对于那些住在泰晤士河与圣杰姆斯公园之间的人们来说，陆海军商店就像是一个把他们连接起来的纽带。思特里克兰德太太跟我要了我的地址，几天后，我就接到了去吃午饭的邀请。

因为平时很少有约会，我欣然接受了这个邀请。在快到了的时候，我担心去得太早，便绕着教堂走了三圈，待我稍晚一点到达的时候，发现人都已经到齐了。瓦特尔芙德小姐在那儿，还有杰伊太太、理查德·特维宁和乔治·娄德。在座的人都是作家。这是早春的一个晴好天气，大家的心情都格外好。我们谈东谈西，兴致很高。瓦特尔芙德小姐在她的穿着上拿不定主意，是照她更年轻时的淡雅打扮，身着灰绿，手持一支水仙花去赴宴呢，还是表现出一点更成熟女性的风韵，穿上高跟鞋和巴黎式的上衣呢，犹豫了半天，结果她只是戴了一顶新帽子来。可就这顶新帽子也叫她的情绪高昂起来。我还从来没有听到过她用这么刻薄的语言来损我们都认识的朋友。杰伊太太知道，有的时候不顾及礼貌的粗话才是机智的灵魂，因此她用着不高于耳语的声调说着一些足以使雪白的台布泛上红晕的话儿。理查德·特维宁滔滔不绝地发表着一些奇谈怪论，而乔治·娄德知道他的妙语连珠的口才已是尽人皆知，没有再夸示的必要，所以只是张口把食物送进他的嘴里。思特里克兰德太太话语不多，可她有种可爱的本领，让人们的谈话不至于停顿下来，一出现冷场，她总能说上一句恰当的话语，使谈话继续下去。思特里克兰德太太这一年三十七岁，她个子很高，人很丰满，却不显得胖；她并不漂亮，或许是因为长着一双棕色的非常和蔼的眼睛，她的面庞挺讨人喜欢的。她的肤色发黄。一头的黑发梳理得很美。她是在场的三个女性中间唯一一个没有涂抹化妆品的，和别的几个女人相比，她显得更朴素，更自然。

餐厅是按照当时的风尚布置的，非常朴素。白色的护墙板做得很高，绿色的糊墙纸上挂着嵌在精致的黑色镜框里的惠斯勒①的蚀刻画。印着孔雀图案的绿色窗帘展展地垂了下来，绿色的地毯上是小白兔在绿荫下嬉戏的画面，这让人们想到当时威廉·莫里斯②对时尚的影响。壁炉架上摆着白釉蓝彩的陶器。在那一时期，伦敦一定有五百户人家的餐厅都是依照这样的风格装饰起来的。它们淡雅素净，艺术别致，却又略显沉闷。

请饭结束后，我跟瓦特尔芙德小姐一起走出来，因为天气很好，再加上她的那顶新帽子提起了她的兴致，我们决定走公园里面，散着步回去。

"刚才的聚会很不错。"我说。

"你觉得思特里克兰德太太家的饭菜行吗？我告诉过她，她要想让作家们来，就得给他们吃好。"

"很好的一个建议，"我说，"可是，她为什么要请他们呢？"

瓦特尔芙德小姐耸了耸肩膀。

"她觉得作家们很有意思。她想迎合潮流。我想，这个可怜的女人

---

① 杰姆斯·艾波特·麦克奈尔·惠斯勒（1834—1903），美国画家和蚀刻画家，长期定居英国。
② 威廉·莫里斯（1834—1896），英国诗人和艺术家。

有点太单纯了，她认为作家们都很了不起。不管怎么说，她高兴请我们吃饭，而这对我们也没有什么损害。我喜欢她，就是因为这一点。"

现在回想起来，在那些喜爱交结作家和艺术家的人们当中，思特里克兰德太太就算是心地最单纯的人了，这些追逐者为了把猎物弄到手，不惜从汉普斯台德的远离尘世的象牙塔一直搜寻到柴纳街的寒碜破旧的画室。思特里克兰德太太年轻的时候一直住在乡下，过着恬静的生活，从穆迪图书馆里借来的书籍不仅让她阅读到许多浪漫的故事，而且也把伦敦这座城市的浪漫气息带给了她。她对读书有一种真正的热爱（这在她们这类人中间很少见，这些人大多是对作家而不是对作品，对画家而不是对画作感兴趣），她在阅读时在头脑中建起一个幻想的世界，在那里，她获得了一种现实生活中无法得到的自由。在跟作家结识以后，她好像觉得自己是亲临舞台了，而在这之前，她只是隔着脚灯瞭望着舞台上。她亲眼看到了这些人们的戏剧性的生活，似乎觉得自己生活的领域也扩大了，因为她不仅设宴招待他们，还居然去到过他们的深宅幽居。对于这些人游戏人生的信条，她认为无可厚非，不过，她却不曾有一刻想过用他们的方式来调整自己的生活。他们古怪的道德行为，连同他们的奇装异服和狂妄的理论以及悖论，都让她觉得很开心，很有趣，但是，对她的信念和做事的原则却丝毫没有影响。

"她有丈夫吗？"我问。

"哦，有的；他在伦敦做事。我想他是个证券经纪人吧。很乏味的一个人。"

"他们相处得融洽吗？"

"他们彼此倾慕对方。如果你到她家里吃饭，你就会见到他了。不过，她并不经常邀请人去她家里吃晚饭的。他不爱说话，对文学艺术没有一点儿兴趣。"

"为什么可爱的女人总是嫁给呆板乏味的男人呢？"

"因为有头脑的男人是不娶讨人喜欢的女人的。"

我想不出反驳的话来，于是，换了个话题，打听起思特里克兰德太太有没有孩子。

"有一个男孩和一个女孩。两个都上学了。"

这个话题已经说尽了，我们又扯起别的事情。

五

　　这个夏天，我和思特里克兰德太太可以说是经常见面。我时不时地到她家里吃顿愉快的午餐，或是参加热闹的茶会。我和她处得很投合，那时我还很年轻，或许她想着在我初初迈上文学这条艰难的道路时，给我些鼓励和指引；而对我来说，在遇到什么不顺心的事情时，也乐于找个人倾诉倾诉，我知道她会很专注地听并能给出合理的建议。思特里克兰德太太很会同情人。体贴同情本来是种迷人的本领，可却常常被那些知道自己有这一才能的人滥用了。他们一看到自己的朋友有什么不幸，便会贪婪地扑上来，施展出他们全部的本领，这也太可怕了。他们的同情心像钻井里的石油一样喷发出来，任其恣意地泼溅，有时候会使得倾诉者非常尴尬。有的人的胸膛上已经沾了太多的泪水，我不愿意再把我的眼泪洒上去。思特里克兰德太太没有滥用她的这一长处。你会觉得在你接受了她的同情时，对她也是一种满足。当凭着年轻人的一时冲动，我跟柔斯·瓦特尔芙德谈起这件事时，她说：

　　"牛奶是好东西，尤其是在它里面加上了几滴白兰地，就更好喝了，可母牛却巴不得让人快点把它挤掉，憋胀的乳头是很不舒服的。"

　　柔斯·瓦特尔芙德有一张很厉害的嘴，没有谁比她的嘴更刻薄了；可是另一方面，谁也说不出她那么犀利、讥诮的话来。

　　还有一件事也让我喜欢思特里克兰德太太。她把她的住所布置得十分优雅。房间里总是干干净净的，叫人觉得十分舒服，能放花的地方都摆着花，客厅里的印花布窗帘虽然图案比较呆板，可是色彩亮丽，淡雅相宜。她的餐厅也布置得别致、怡人；餐桌式样大方，两个端饭的侍女穿戴整洁，待人有礼，饭菜又十分可口。不难看出，思特里克兰德太太是个善于管家的家庭主妇。你还会觉得她是一个令人羡慕的母亲。在客厅里有她儿子和女儿的照片。儿子叫罗伯特，十六岁，在罗格贝学校读书；照片上他穿着一套法兰绒衣服，戴着板球帽，另外一张照片上他穿的是燕尾服，系着直立的硬领。他和母亲一样，一副宽宽的前额和一双漂亮深邃的眼睛。他看上去干净整洁，是那种身心都很健康的男孩。

"我并不觉得他有多聪明，"有一天，我正在看照片的时候，思特里克兰德太太对我说，"可是，我知道他是个好孩子。性格也不错。"

女儿十四岁。她像她母亲一样，长着一头浓密的黑发，长长的头发像瀑布一样披散在肩头上，她温顺的面庞和恬静、纯真的眼神也颇像她的母亲。

"他们两个都长得非常像你。"我说。

"是的，他俩都随了我，而没有像了他们的父亲。"

"为什么你从来不让我见见他？"我问。

"你想见他吗？"

她笑了，一种甜甜的笑，脸也微微泛红了；像她这样年龄的女人还这么容易脸红，让人觉得很特别。或许，她的纯真就是她最迷人的地方。

"你知道，他根本没有文学方面的修养，"她说，"他是个地道的小市民。"

她在说这话的时候，并没有贬低他的意思，相反，倒是显得温情脉脉的，好像通过说出他最大的缺点，就能保护了她的丈夫不再受到她的朋友们的讥嘲似的。

"他在证券交易所工作，是一个典型的经纪人。我猜想，他一定令你厌烦了。"

"他叫你感到厌烦吗？"我问。

"你知道，我刚好是他的妻子。我很喜欢他。"

她笑了一下，想掩饰自己的羞涩。我想，她担心我会说出什么取笑的话，要是换了柔斯·瓦特尔芙德，听见她这样说她的丈夫，肯定会嘲讽上几句的。她有点儿迟疑了。她的眼神变得更加温和了。

"他并不想假冒自己有什么才华。就是在证券交易所里，他也没有能挣到多少钱。但他是个心地非常善良的好人。"

"我想我会非常喜欢他的。"

"在方便的时候，我会单独请你来和我们吃饭的，不过，你要记着，是你自己要来冒这个险的；要是你度过了一个乏味的晚上，可不要怪我哟。"

六

不过，当我最终跟查理斯·思特里克兰德见面时，可不是在思特里克兰德太太所说的那种情况下，整个晚上我只是跟查理斯·思特里克兰德打过一个招呼。原来她那天请我吃饭，是另有别的事由，当天早晨，她派人给我送来一个纸条，上面说她今晚请饭，有一个人临时有事来不了了。她想让我补上这个空缺。纸条上是这样写的：

> 我要预先声明，你来后一定会厌烦得要死。从一开始我就知道这是一个非常乏味的饭局，如果你能来，我将不胜感激。我和你咱们两个至少可以聊聊天。

作为近邻，我不能不帮她这个忙，我接受了邀请。

在思特里克兰德太太把我介绍给她的丈夫时，他只是不冷不热地跟我握了握手。思特里克兰德太太高兴地转向她的丈夫，说了一句打趣的话。

"我邀他来是要让他看看，我确实有一个丈夫。我想他已经开始怀疑这一点啦。"

就像那些承认你说了个笑话可又觉得没有什么可笑之处的人们一样，思特里克兰德也是有礼貌地笑了笑，却没有吭声。新到的客人吸引了主人的注意力，我被撂在了一边。当最后客人都已到齐，只等着

宣布开饭的时候，我一边跟一位叫我"陪同"的女客闲聊，一边思忖着当代文明社会中的人这样消磨自己的时间，把人短促的生命都浪费在无聊的应酬上，实在不值。参加这样的聚会，你不由得会去想，这位女主人为什么劳神要把这些客人请来，这些客人为什么又会不嫌麻烦地赶来赴宴。那天一共来了十个人。他们见面时淡漠如路人，分手时又似如释重负。当然啦，这是社会上应遵循的礼尚往来。思特里克兰德夫妇在人家家里吃了饭，"欠下"许多人情，对这些人这夫妇俩本没有交结的兴趣，可为了还人情，也得回请人家，于是，这些人也就应邀来了。为什么要这么做？是为避免吃饭时总是夫妻对坐的难堪，为了让仆人们休息上半天，也因为没有理由拒绝，因为别人"欠着"咱的饭局呢。

　　餐厅里非常拥挤。在这些客人中间，有一位皇家法律顾问及其夫人，一位政府官员和他的夫人，思特里克兰德太太的姐姐和姐夫麦克安德鲁上校，还有一位议员的妻子。正是因为这位议员有事脱不了身，我才被邀请了过来。这些客人们都身居要职，受人尊重，太太们因为知道自己身上附着的光环，也就不太讲究衣着，因为知道自己地位的高贵，也就不太去愉悦别人。而男人们更是个个殷实富足。总之，来的客人们都是一副福星高照、意满志得的样子。

　　每个人说话时都比平时抬高了嗓门，宴会显得热闹非凡，喧声一片。大家没有谈一个共同的主题。每个人都在跟他的邻座说话，在汤、鱼和小菜端上来时，先是跟他右边的人谈话；到烤肉、甜食、开胃小吃端上来时，又是在跟他左边的人聊天。他们谈当前的政治形势、高尔夫球，谈孩子和新上演的戏剧，以及皇家艺术学院展出的绘画，也谈天气和他们度假的计划。谈话从未有过停顿的时候，而且声音越来越高。思特里克兰德太太可以为她晚宴举办得成功而感到庆幸。她的丈夫把他自己的角色也扮演得相当得体。或许，他话说得不多，我想，在他两旁坐的女客到晚宴结束时，脸上都显出了倦意。她们发现很难跟他谈点什么。有一两次，思特里克兰德太太的目光焦急地落在他的身上。

临了，思特里克兰德太太站起来，领着一群女客离开了房间。她们出去以后思特里克兰德关上了门，到了桌子的另一头，坐在了皇家法律顾问和那位政府官员中间。他给大家再次斟上了红葡萄酒，又递给我们每个人一根雪茄。皇家法律顾问称赞这葡萄酒好，思特里克兰德告诉我们他是从什么地方买来的。我们聊起了酿酒和烟草。皇家法律顾问给我们讲起他正在办的一桩案子，上校谈起打马球。我没有什么话好说，默默地坐在那里，做出很有礼貌、津津有味地在听的样子；因为来客我一个也不认识，没有人会注意到我，我便从容地打量起思特里克兰德。他比我想象中要魁梧得多，我不知道我以前为什么会把他想成一个身材瘦弱、长相平平的人；他长得壮实魁伟，手大脚也大，晚礼服穿在他身上，显得他格外笨拙，他让你想到一个穿戴整齐要去赴宴的马车夫。他是一位四十岁的中年男子，算不上英俊，可也并不丑，因为他的五官其实长得很端正，只是它们比一般人的都大了一号，所以显得有些笨拙。他的一张大脸庞刮干净了胡须，像是刚刚被裸露在了外面，让人看了很不舒服。他的头发颜色发红，剪得短短的，他的眼睛不大，呈灰蓝色。一个很平常很普通的人。我不再为思特里克兰德太太有时因他而感到尴尬觉得奇怪了；对于一个想在文学艺术界取得一个位置的女人来说，他真的很难为她增添什么光彩。很显然，他没有社交方面的才能，不过，没有这一本领，人也照样活得下去；甚至也看不出他有什么嗜好怪癖，能使他稍稍地与众不同；他就是一个老实忠厚、索然无味的普通人。一个人可能会赞赏他的种种品德，

却不愿去和他接近。他是个看上去非常呆板的人。他或许是一个值得你尊重的社会成员，一个好丈夫、好父亲，一个诚实的经纪人，可你却没有必要浪费时间去和他相处。

七

　　热闹纷扰的社交时节已接近尾声，我认识的人都在安排出去度假。思特里克兰德太太计划把一家人带到诺佛克海滨去，这样她的孩子们可以游泳、洗海水浴，她的丈夫可以打高尔夫球。我们相互道了别，说好秋天再见面。可我留在伦敦的最后一天从陆海军商店出来时，却又遇上了思特里克兰德太太和她的儿女，跟我一样，她也是想着在离开伦敦之前，再购置上一些东西，我们都觉得很热，也很累。我提议一块到公园里歇一歇，喝点冷饮。

　　我想，思特里克兰德太太很高兴趁这个机会让我认识一下她的两个孩子，她欣然接受了我的邀请。这两个孩子比照片上更加可爱，她为他们感到骄傲，理所应当。因为我当时也很年轻，所以他们在我面前一点儿也不拘束，兴高采烈地谈着他们自己的事。这两个孩子都十分漂亮，健康活泼。歇息在树荫下面，大家都觉得格外惬意、凉爽。

　　一个小时后，他们挤上一辆出租马车回家了，我一个人闲逛着走向我的俱乐部。或许，我感到了一点儿寂寞，我不无艳羡地想到我刚才看到的那幅家庭快乐的画面。他们似乎都彼此相爱。他们说一些外人无从理解的小笑话，看上去是那么开心。如果单从语言表达的这个角度看，或许思特里克兰德算不上聪明，但要应对他的那个环境，他的智慧还是绰绰有余，这不仅是事业成功之道，也是家庭幸福的保障。思特里克兰德太太是一个讨人喜欢的女人，她爱她的丈夫。我想象着他们在一起，不会受到任何不幸事情的侵扰，过着和睦、体面的生活，

这两个正直可爱的孩子，也一定会把这一家人的地位和传统继承下去，并发扬光大。他们夫妇俩会在不知不觉中变老。他们会看到他们的这一对儿女长大成人，结婚嫁娶——一个会出落成一个漂亮的大姑娘，一个有许多孩子的母亲；另一个会长成英俊的男子汉，一个帅气的士兵。最后，这对夫妇会过上体面、富足的退休生活，身边有孙子外甥们围着，受着他们的爱戴，他们这一生并没有虚度，在幸福地活到耄耋之年后，他们安然离开人世。

　　这一定是人世间无数对夫妻所过的生活。这种生活模式给人一种家的温馨之感。它会让你想起一条蜿蜒流淌的小河，平静地流过有树木掩映着的绿色草原，直到最后归入浩瀚的大海；可是大海总是那么平静，那么淡漠，那么默默无声，你会突然感到一种隐隐的不安。也许这只是我的一种偏执的想法（就是在那个时候，这一想法也非常强烈），我总觉得大多数人以这样的一种生活方式度过一生，好像欠缺了点儿什么。我承认这种生活的社会价值。我从中看到了有序、平静和幸福，但是我的血液里却涌动着狂烈的欲望，要走一条不受羁绊的道路。这种安逸和快乐似乎叫我感到了惊悸和不安。我的内心渴望过一种更为艰险的生活。我准备好了去攀登巉岩巨石，准备好了去蹚布满暗礁的海滩，只要我能有改变，而不是死水一潭，只要我能去领略、经历无法预料之事物带来的激奋。

八

　　回头去读我写下的有关思特里克兰德夫妇的内容，我感到这两个人被我写得太没有血肉了。我没能赋予他们性格上的特征，使他们在作品中真正地活起来；我想知道这是不是我的过错，我绞尽脑汁，想回忆起一些能使他们变得生动起来的他们的性情或脾性。我觉得如果能写出他们言谈上的某一特征，或是生活上的某个怪癖，我就能使他们成为鲜活的人物了。他们站在那里，像是刺绣在一个古旧挂毯上的人物，他们不能把自己和那个背景分离开来，如果再站远一点看，就连他们的轮廓也分辨不出，你看到的就只是一片色彩了。对此，我只有一种辩解：他们给我的就是这样一个印象。社会上有许多人，他们的生活只是社会这个有机体的一部分，他们生活在这个有机体中，也只能靠它而存活，这种人总是给人一种虚幻的感觉；思特里克兰德一家正是这样的人。他们就像是人体中的细胞，非常重要，但是，只要它们还是健康的，就被淹没在这个庞大的整体里。思特里克兰德的家庭是一个普普通通的中产阶级家庭。一个和蔼可亲、热情好客的妻子，有着一个喜欢交结文学界名流人士的小癖好；一个较为呆板乏味的丈夫，在慈悲的上帝给他安排好的那一生活中，兢兢业业，尽职尽责；还有两个漂亮健康的孩子。再也没有比这更普通的家庭了。我真的不知道，在他们身上会发生任何能引起人们注意和好奇的事情。

　　在我后来思考所发生的这一切时，我问我自己，我那时的观察力是不是不够敏锐，竟没有看出在查理斯·思特里克兰德身上的任何与

众不同的地方。我想，或许是从那个时候到现在的这么多年里，我积累起了较为丰富的人生阅历，但是即便我在刚认识思特里克兰德夫妇时就有了今天的人生经验，我也并不认为我对他们的判断就会有所不同。只是因为我已经知道了人性是很难估摸透的，我在今天才不会像那年早秋刚返回伦敦听到下面这一消息时那么吃惊了。

回到伦敦后还不到二十四小时，我在杰尔敏大街就碰上了柔斯·瓦特尔芙德。

"你看上去很高兴，很开心，"我说，"你又有什么好事了？"

她笑了起来，眼睛里流露出我早已熟悉的那一幸灾乐祸的神情。这意味着她又听到了某个朋友的丑闻，这位女文人的神经和直觉都活跃了起来。

"你见到过查理斯·思特里克兰德了吗？"

不仅是她的面孔，而且她的整个身体都好像被她调动起来。我点了点头。我纳闷这个倒霉鬼是在证券交易所蚀了本儿，还是被公共汽车给撞了。

"你说，是不是太可怕了？他把老婆丢下，自己跑掉了。"

柔斯·瓦特尔芙德显然认为，在杰尔敏大街的路边讲这件事，有点儿糟蹋了这样好的一个题目，于是，像个艺术家似的她只是简单地抛出事实，宣称她并不知道任何细节。而我却不能埋没她的口才，坚持认为无关紧要的环境不应该妨碍了她给我讲述细节，但她还是执拗地不肯讲。

"我告诉过你了，我什么也不知道。"对我提出的一连串问题，她回答说；接着，她俏皮地耸了耸肩膀："我相信伦敦哪家咖啡店里准有一位年轻姑娘辞掉了工作。"

她朝我灿烂地笑了笑，借口说要去看牙医，兴冲冲地走了。我此时更多感到的是好奇，而不是为思特里克兰德太太难过。在那个时候，我亲历的人生经验还很少，在我认识的人中间如果发生了像我在书中读到的那样的事件，会激起我探求的兴趣。我承认，时间和阅历已经让我习惯了在我相识的人中遇到这样的事了。不过，在当时我确实有点儿震惊。思特里克兰德已经四十岁了，我觉得像他那样年龄的人还牵扯进这类情爱事件当中，实在令人作呕。在我当时年轻无知、睥睨一切的目光中，男人超过三十五岁再搞这样的恋爱之事，一定会使他成为人们的笑柄。除此之外，这则消息也给我个人带来了一些麻烦，因为我在乡下时就写信给思特里克兰德太太，告诉她我正在返回，如果没有接到她那边的回信说她另有安排的话，我将在某天去她家喝茶。这正是我约好要去她家的那一天，她也没有给我回信说她有别的安排。现在，发生了这样的事，她是想见我，还是不想见我呢？很有可能，在心绪烦乱中她早已把我写给她的信忘在了脑后。或许，较为明智的做法是不要去赴约了。再则说，她也许不想让我知道这件事，如果我叫她看出来这个糟糕的新闻已经传到我的耳朵里，那有多不好啊。我既担心伤害到这位温文尔雅的女人的感情，又担心去了碍人家的事，惹人家心烦，这让我内心十分矛盾。我知道她这时候一定很痛苦，我不愿意看着别人难过而帮不上忙；但另一方面，我心里又有个愿望——我知道这样做不好——想看看思特里克兰德太太对这件事会做如何反应。我真不知道该怎么办了。

　　最后，我突然想到我可以像什么事也没有发生过似的去她家，到了时叫侍女传个话，看思特里克兰德太太方便不方便会客。这样的话，如果她不愿意见我，还有机会把我打发走。想得尽管周全，可当我跟侍女说我早就准备好的这番话时，我心里还是慌乱得要命，在我于黑暗的走廊里等着里面回话的那一阵子，我不得不鼓足了我的全部勇气，

才没有跑掉。侍女回来了。从她的神态看——也许是我紧张胡乱猜想的——她好像已经完全知道了这家人的不幸。

"请跟我来，先生。"侍女说。

我跟着她来到客厅。客厅里的窗帘拉下来了一些，把屋子里的光线遮挡得比较黯淡，思特里克兰德太太背对着亮光坐着。她的姐夫麦克安德鲁上校正站在壁炉前，在没有烧旺的炉火前面烤着自己的脊背。我觉得我的闯入是一件无论对谁都极其尴尬的事。我猜想我的到来一定出乎他们的意料，思特里克兰德太太让我进来，只是因为她忘记了推掉和我的这个约会。我还想，上校一定为我打扰了他们而在怨恨我。

"我不知道你是不是在等我来。"我说，努力做出一副不在乎的神情。

"我当然记得。安妮很快就把茶端上来。"即使在昏暗的屋子里，我也能看见思特里克兰德太太的眼睛已经哭肿了。她的本来就不是很好的皮肤现在成了土灰色。

"你还记得我的姐夫吧？度假前在这里吃晚饭，你们见过面。"

我们握了握手。由于我还在紧张，竟想不出一句该说的话。思特里克兰德太太上前解了我的围，她问我整个夏天在忙什么了，顺着她的话，我多少也谈了谈自己夏天的事，直挨到侍女端上茶点来。此时，上校要了一杯苏打威士忌。

"你最好也喝上一杯，阿美。"他说。

"不，我还是喝茶吧。"

这是已有不幸事情发生的第一个暗示。我没有理会，还在尽量跟思特里克兰德太太聊着什么。上校站在壁炉前，一声不语。我在思忖着我多会儿便能不失礼貌地起身告辞，我问自己思特里克兰德太太究竟为什么还要叫我来。屋子里没有摆着花，度假走之前收拾起来的陈设，也没有重新摆上；以前总是觉得那么温馨的一个家，现在一下子没有了生气，显得很凄凉，让人有一种奇怪的感觉，好像隔壁的房间里停放着一个死人似的。我喝完了茶。

"你要不要抽支烟？"思特里克兰德太太问我。

她说着便四下瞧着找烟盒，可是没有看到。

"我怕是已经没有了。"

一下子，她的眼泪簌簌地淌了下来，她匆匆地跑出了屋子。

我吃了一惊。我想到添置香烟以往都是她丈夫的事，现在家里没了烟一下子勾起了她对丈夫的记忆，意识到多年习惯了的这种种舒适正在失去，叫她突然感到一种异常的痛苦。她知道她原来的生活已经一去不复返了。她再也不能维持她在社会生活中的体面和荣光了。

"我看我该走了，"我对上校说，一边站起身来。

"我想你已经听说这个混账东西抛弃了她！"他突然大声喊了出来。

我踌躇了一会儿。

"你也知道人们是怎么扯闲话的，"我说，"我听到好像是出了什么事。"

"他跑了。他和一个女人跑到巴黎去了。一个子儿也没给阿美留下。"

"我感到很难过。"我说，我实在不知道该再说些什么。

上校一口喝干了他的威士忌。上校五十岁了，是个又瘦又高的男子，唇上的胡须向下垂着，头发已经灰白。他的嘴唇很薄，眼睛是浅蓝色的。从上次见到他时，我就知道他长得一副蠢相，总在自夸说在部队的十年里，他每个星期打三次马球。

"我想我现在最好不要再打搅思特里克兰德太太了，"我说，"你能

替我转告她我非常为她难过吗？如果有什么我能帮的，我很愿意为她效劳。"

他没有答我的茬儿。

"我真不知道她以后会怎么样。还有她的两个孩子。难道让他们靠空气生活吗？十七年啊！"

"什么十七年？"

"他们结婚十七年，"他恼恨地说，"我就没喜欢过他。当然啦，他是我的连襟，我尽量忍着他。你觉得他像是个绅士吗？她真不该嫁给他。"

"没有挽救的余地了吗？"

"现在她只有一个选择，那就是和他离婚。你进来时我正跟她说这事。'递上你的离婚申请，阿美，'我说，'为你自己，为孩子，你都应该这么做。'最好不要让我看见他。我不把他打得爬不起来才怪呢。"

我不禁想麦克安德鲁上校恐怕很难做到这一点，因为思特里克兰德体格强壮，他健壮的体魄曾给我很深的印象，不过，我什么也没说。如果愤怒的道德不具备足够的力量来直接给罪人以惩罚，想想也真是件沮丧的事。在我正盘算着要再一次告辞的时候，思特里克兰德太太回来了。她已经擦干了眼泪，在脸上扑了点粉。

"真是对不起，我刚才有点儿失态了，"她说，"我很高兴你没有走。"

她坐了下来。我真不知道该说些什么才好。我不太好意思提到与我毫无关系的事情。我当时还不太了解女人的一种难以改掉的习惯：喜欢跟任何一个愿意听她倾诉的人，喋喋不休地谈论她的私事。思特里克兰德太太似乎在努力克制着自己。

"外面有人在谈论这件事吗？"

她这么说，显然是以为我已经知道她的不幸了，我心里变得更加忐忑起来。

"我刚刚从外地回来。回来后只见过柔斯·瓦特尔芙德。"

思特里克兰德太太绞扭着她的双手。

"原原本本地告诉我，她跟你说了什么。"在我犹豫的时候，她却执拗地坚持着。"我非常想知道她说了些什么。"

"你也知道有些人就爱瞎说，传播小道消息。她这个人说话也不是那么靠谱，不是吗？她说你的丈夫离开了你。"

"就是这些？"

我不想把柔斯·瓦特尔芙德临走时说那个茶点店女工的话也说出来，所以我说了谎。

"她没有提到他与别的什么人一起走的事？"

"没有。"

"我想知道的就是这一点。"

对她的话，我有点儿不解，但是不管怎么说，我知道我现在是该离开了。在我跟思特里克兰德太太握手告别时，我对她说如果有什么事用得着我，我一定尽力。她只微微地笑了笑。

"非常感谢你能来，我不知道在这种情况下还有谁能帮上我。"

我不好意思表达我对她的同情，转过身来跟上校道别。他并没有跟我握手。

"我也正要走，如果你是往维多利亚大街去，我将跟你同行。"

"好的，"我说，"一起走吧。"

九

"这真是太可怕了。"上校一走到街上，就对我说。

我看出来了，他跟我一道出来，就是为了再一次和我讨论他已经与他的小姨子谈了几个小时的事情。

"我们根本不清楚那个女人是谁，你知道，"他说，"我们只知道这个混蛋跑到巴黎去了。"

"我以为他们一直都相处得很好。"

"确实是如此。哦，就在你来之前，阿美说在他们结婚的这么多年里，从来没有吵过一次架。你也知道阿美，世界上再也没有比她更好的女人啦。"

既然他这么愿意跟我谈起这家人的秘密，我觉得我问上几个问题也无妨。

"但是，她就没有看出任何的征兆吗？"

"没有。八月份他是和她以及孩子们一起在诺佛克度过的。他表现得跟往常完全一样。我和妻子也到他们待着的乡下住了两三天，我跟他一起去打了高尔夫球。他九月份回到城里，为了让他的合伙人去度假，阿美仍然待在乡下。乡下的房子他们租了六个星期，在房子租期快满时她给他写了封信，告诉他自己会在哪一天回到伦敦。他从巴黎写来回信，说他已经打定主意，再也不和她一起生活了。"

"他对他这么做给出解释了吗？"

"我的好伙计，他没有做任何解释。我看过那封信，写了不到十行。"

"这太不可思议了。"

这时，我们正好要横穿过马路，过往的汽车中断了我们的谈话。麦克安德鲁上校告诉我的事听起来似乎就不太可能，我猜想，也许是思特里克兰德太太出于她个人的一些原因，对上校隐瞒了一些事实。很显然，一个结婚十七年的男子在离开他的妻子前，一定会留下一些蛛丝马迹，让她怀疑到他们的婚姻生活有了裂痕。在我这样想着的时候，上校从后面赶了上来。

"当然啦，解释是有，他能给出的唯一一个解释，就是他带着一个女人跑了。我想他认为阿美自己会发现出来这一点的。他就是这样的人。"

"思特里克兰德太太打算怎么做呢？"

"哦，第一件事就是先找到证据。我打算自己去巴黎。"

"他的生意怎么办？"

"这正是他狡猾的地方。这一年来，他把生意摊子越缩越小。"

"他告诉过他的合伙人他要离开吗？"

"没有。"

麦克安德鲁上校对生意上的事情懂得很少，我呢，是一点儿也不懂，所以我不太清楚思特里克兰德是在什么情况下退出他的生意的。我猜想，那个被抛弃的合伙人一定很生气，威胁说要提出诉讼。看来要把证券交易所的事都处理妥当，这位合伙人至少还得拿出四五百英镑。

"幸运的是家具还在阿美的名下。不管怎么说，这是她的了。"

"刚才你说一个便士也没给她留下，这是真的吗？"

"当然是真的。她手头就只有两三百英镑和房子里的家具。"

"那她以后怎么生活呢？"

"天晓得。"

事情好像变得越来越复杂，上校火冒三丈，一直骂骂咧咧的，非但没有把事情讲清楚，反而让我觉得更糊涂了。我很高兴，在他看到陆海军商店上面的钟表时突然记起他在俱乐部里还有一个约好的牌局，于是他跟我分了手，穿过圣杰姆斯公园朝另一个方向走了。

十

又过了一两天，思特里克兰德太太派人给我送来一封短信，问我能不能在当天晚饭后去见她。我到了时看到只有她一个人在家。她穿着一身黑衣服，朴素得近乎严肃，使人不由得会想到她不幸的遭遇；我不无惊讶地发现，尽管她心中充溢着痛苦，却依然能穿着打扮得体面、得体，符合她头脑中的礼规。

"你上次跟我说，要是我有事求你，你一定帮忙。"她开口说。

"一点儿也不错。"

"你愿意到巴黎去见查理吗？"

"我？"

我愣了一下。我想我只跟他见过一次面。我不知道她想叫我去做什么。

"弗雷德要去巴黎。"弗雷德就是麦克安德鲁上校。"可我知道他不是合适的人选。他只会把事情弄得更糟。我也没有别的人可求。"

她的声音有些发颤，我觉得我要是犹豫，就太狠心了。

"可是我和你丈夫就没有说过几句话。他几乎不认识我。或许，他会径直对我说：你去见鬼吧。"

"那对你也不会有什么损害。"思特里克兰德太太笑着说。

"确切地说，你想让我去巴黎做什么呢？"

她没有直接回答。

"我倒觉得他不认识你，反而是件好事。你也知道，他从来就没

有喜欢过弗雷德，他认为弗雷德是个傻瓜，他不懂得当兵的。弗雷德去了，他们一定会发生争吵，弗雷德会大发雷霆，事情不但办不好，还会变得更糟。如果你说你是代表我去找他的，他不会拒绝跟你谈谈的。"

"我认识你的时间并不长，"我回答说，"你很难期望一个不十分了解内情的人去把这样的一件事办好。我不愿意窥探别人的私事。为什么你自己不去见见他呢？"

"你忘记了他不是一个人。"

我没再吭声。我想象着去见查理斯·思特里克兰德的情形，我的名片递了进去，他从里屋出来，用大拇指和食指捏着我的名片：

"你来有何贵干？"

"我来是跟你谈谈你太太的事。"

"是吗？等你年事稍长，你无疑便会懂得莫管别人闲事的好处了。如果你把头往左转一点儿，你便看到门了。我祝你下午过得愉快。"

我想象着我将会如何体面尽失地步出人家的那扇门，我真希望自己等到思特里克兰德太太的家事解决了再回来就好了。我偷偷地瞥了她一眼。她沉浸在她的思想中。很快她抬起头来看着我，深深地叹了一口气，无奈地笑了笑。

"这一切都来得太突然，太出乎意料了。"她说。"我们结婚十七年了。我从来没有想到过查利会迷上别的女人。我们一直相处得很好。当然啦，我有许多他没有的爱好。"

"你发现出是谁？"——我不知道该怎么表达才好——"那个人是谁，和他一起走的那个人？"

"不知道。好像谁都不知道。这也太奇怪了。一般来说，一个男人爱上一个女人，人们总会看到他们在一起，看到他们在一起吃饭或者什么的，他妻子的朋友总会来告诉这位妻子什么事情。我事先完全没有察觉——一点儿也没有。他的来信就像是晴天霹雳。我原以为他跟我过得一直很幸福呢。"

她开始哭了起来，哭得很可怜，我很替她难过。但一会儿后她平静下来。

"我这样子哭没有任何益处，"她说着，一边擦干了眼泪，"现在最要紧的是做出决定到底该怎么办。"

她继续说着，变得有些语无伦次，一会儿谈到刚刚过去的事，一会儿又说到他们第一次的相遇和他们的婚姻生活；在我的脑子里，我开始形成一个他们家庭生活的完整画面；我觉得我过去的臆测好像有许多是正确的。思特里克兰德太太的父亲在印度当过文职官员，退休以后定居到英国偏远的乡村，但每年八月份会带着他们全家到伊斯特堡恩去换一换环境；正是在这里，当时二十岁的她认识了查理斯·思特里克兰德。他当时二十三岁。他们一起打网球，一起在海边散步，一起听黑人流浪歌手唱歌；在他正式提出求婚的一个星期之前，她就打定主意要接受他了。他们在伦敦住了下来，一开始在汉普斯台德，后来随着他收入的增加，他们搬到了城里，生下了两个孩子。

"他似乎一直都很喜欢这两个孩子。即便他厌倦了我，我也不理解他怎么会有那么硬的心肠离开他们。这一切简直叫人难以相信。甚至到现在，我几乎都不敢相信这是真的。"

最后，她让我看了他写的那封信。这封信我原来就很想看的，可没有好意思张口。

　　亲爱的阿美：

　　我想你会发现家中一切都已安排好。你让安妮做的事，我都

已经转告给她，你们的晚饭会在你和孩子们回来时准备好。我将不在家里等你们回来了。我已打定主意要与你们分开，明天早晨我去往巴黎。在我到达后我会寄出这封信。我不回来了。我的这一决定是不可更改的。

永远是你的，

查理斯·思特里克兰德

"没有一句解释或是道歉的话。你不觉得他这么做有点儿太绝情了吗？"

"照现在的情况看，这封信是很奇怪。"我回答说。

"这只能有一种解释，那就是他不是一个人走的。我不知道这个勾走了他的心的女人是谁，但我知道是她叫他变成了另外一个人。他们俩相处的时间一定不短了。"

"你怎么会这么想呢？"

"弗雷德发现出一个疑点。我丈夫说他每星期要到俱乐部打三四晚上的桥牌。弗雷德认识这个俱乐部的一个成员，有一次他跟他说起查理斯喜欢打桥牌的事，这个人吃了一惊，他说他从来没有在桥牌室里见过查理斯。事情很清楚了，在我以为查理斯待在他的俱乐部里时，他实际上是跟这个女人在一起。"

我沉默了一会儿。临了，我想到这两个孩子。

"你跟罗伯特说这件事，一定很难开口吧。"我说。

"噢，跟两个孩子我只字未提这件事。你也知道，我们回城里的第二天，他们就回学校了。我心里很清楚应该怎样做才好，我对孩子们说，他们的父亲去出差了。"

在她的心中突然多了这样一个秘密，可她还得像平时那么按部就班、那么坦然地做事，还得要把孩子们上学需要的一切东西都准备好、整理好，这的确也够难为她的了。思特里克兰德太太的声音又变得哽咽起来。

"这两个可怜的孩子以后可怎么办呢？我们母子们可怎么生活呢？"

她极力控制着自己，我看到她的两只手抽搐着，一会儿握紧，一会儿松开。那是一种撕心裂肺的痛苦。

"当然啦，如果你认为我合适，我将去巴黎跑一趟，不过，你一定要确切地告诉我你要我去做的事。"

"我想要他回来。"

"我听麦克安德鲁上校的话的意思，你是决心要跟他离婚了。"

"我永远不会和他离婚。"她突然抬高了嗓门，斩钉截铁地说。"把我的话告诉他，我永远不可能让他跟那个女人结婚。我和他一样的执拗、倔强，我绝不会跟他离婚。我要为我的孩子着想。"

我想，她加上了后面的几句，是想把她的态度明白无误地告诉我，不过，我觉得她的这一态度更多的是出于女人本能的嫉妒，而不是出于母爱。

"你还爱着他吗？"

"我不知道。我想要他回来。如果他回来了，我们就还跟从前一样，全当什么事也没有发生过。毕竟我们是十七年的夫妻了。我不是个心胸狭小的女人。对他做的事我一无所知，眼不见心不烦，我不会在意他干的这件事情。他应该知道这种恋情是不可能长久的。如果他现在回来，事情很快就能平复，没有人会知道什么的。"

听到思特里克兰德太太竟会在意人们的闲话，我心里有些发凉，因为我当时还不知道别人的意见会在女人们的生活中有这么大的影响。

这会给她们内心最深处的情感也罩上一层缺乏真诚的阴影。

思特里克兰德在巴黎的住处家里人是知道的。他的合伙人曾通过思特里克兰德存款的银行，给他写过一封措辞尖锐的信，责骂他把自己藏了起来；思特里克兰德在一封充满讥嘲的回信中，告诉了他的合伙人他在巴黎的确切地址。他是住在一家旅店里。

"我从没听说过这家旅馆，"思特里克兰德太太说，"可弗雷德说他熟悉，是一家很豪华的酒店。"

她的脸因为妒忌而涨红了。我猜想，她一定是在想象着她的丈夫住在舒适的豪华套间里，出入于一家又一家的高级饭店，白天在赛马场里赌马，傍晚在剧院里看戏。

"像他这样的年龄，这种生活他是坚持不了多久的，"她说，"毕竟他已经四十岁了。我知道这样的生活年轻人过还可以，对他这样年纪的人就不合适了，他的孩子都已经快长大成人了。而且，他的身体也会吃不消的。"

在她的胸膛里，现在是妒恨和痛苦交加。

"告诉他家人都在召唤他回来。家里的一切都同过去一样，可一切又都和过去不一样了。我没有他活不下去。我宁可杀死我自己。好好地跟他谈谈过去，谈谈我们一起经历过的风风雨雨。当孩子们问起他的时候，我怎么跟他们说？他的房间还跟他走时一模一样，在等着他的归来。我们都在等着他的归来。"

她把我去了该讲的话，都一句一句地告诉了我。对他可能谈到的东西，她都一一帮我做了对答。

"你会尽你的一切力量来帮我办这件事，是吗？"她恳求着。"告诉他我现在的处境和痛苦。"

我看得出，她希望我使出浑身的解数，去打动他，激起他对她的

同情和怜悯。她不停地哭泣着。我被她深深地打动了。我对思特里克
兰德的冷酷、残忍，感到非常气愤，我答应她我会竭尽全力，把他带
回来。我同意再过一天动身，不把事情办出个样子绝不回来。这时，
天渐渐地黑了下来，我们两个由于用了太多的情感都显出了疲惫。我
向她告辞，离开了她。

十一

　　旅途中，我反复想着我的这趟差事，不免生出一些疑虑。既然我已远离了思特里克兰德太太那副痛苦不堪的样子，我现在便能更为冷静地看待这件事了。我对在她行为举止中出现的前后不一颇感困惑。她很不快活，可是为了赢得我的同情，她能把她的这一痛苦充分地表现给我看。很显然，她是准备好了要哭一场的，因为她事先已备好了不少手绢；我佩服她能预先想到这一点，可如今回想起来却叫她的眼泪少了一些真诚和感动。我不能断定，她盼望丈夫回来，是因为她爱他，还是因为她怕众人把她的事当作丑闻传播；我甚至怀疑她的失恋之痛里是否掺杂着虚荣心受到伤害的痛苦（这对我年轻的心灵是一件丑陋的事），这一点也让我心里感到惶惑。我那时还不知道人的本性是多么的矛盾复杂；我不知道在真诚里含有多少做作，在高尚中有多少卑劣，在邪恶中又有多少的善良。

　　然而，在我的这趟旅行里也有着一些冒险的成分，在快要抵达巴黎时，我的精神振作起来。我从一种富于戏剧性的角度看自己，为自己能得到朋友的信任、受命去把迷途的丈夫带回给宽恕的妻子而感到骄傲。我决定在第二天傍晚时分去找思特里克兰德，因为我的本能告诉我，时间选在这个时候最为恰当。如果想在上午之前说服一个人，一般是很难奏效的。那时候的我常常遐想爱情的美好与甜蜜，可是只有在喝过晚茶之后，我才能幻想出那种美满幸福的爱情。

我在自己住的旅馆里，打听了一下查理斯·思特里克兰德下榻的比利时旅店。可令我有些惊讶的是，看门人从未听说过这家旅社。我从思特里克兰德太太那里听说，那是一家坐落在利渥里路后面的豪华大酒店。我们查了一下城市旅馆指南，发现叫这个名字的旅馆只有一家，位于摩纳路。那不是一个繁华地区，甚至连一般的街区也算不上。我摇了摇头。

"绝对不是这一家。"我说。

看门人无奈地耸了耸肩膀。在整个巴黎叫这个名字的旅店没有第二家。我突然想到，思特里克兰德总归是隐瞒了他的地址，他把现在我知道的这家旅店告诉了他的合伙人，或许是想捉弄一下他的这位合伙人。不知为什么，我觉得这似乎很合乎思特里克兰德的幽默感：把一个本已经被惹怒了的证券经纪人骗到巴黎一条肮脏街道上的寒碜小旅馆来，让他出尽洋相。不过，我想我最好还是过去看一下。第二天大约下午六点钟的时候，我叫了一辆出租马车到摩纳路去，在马车到了街角时我下了车，因为我想先在外面看看再进去。这条街上两边都是为穷人开设的小店铺，走到这条街的一半时，在道路的左边耸立着比利时旅馆。我住的本来就是一家极普通的店了，可与这家旅馆相比就算得上气派了。这是一幢破破烂烂的楼房，已经好多年没有粉刷过了，它那满身污垢的样子倒使得它临近的住宅显得整齐和干净了许多。肮脏的窗户都是关着的。查理斯·思特里克兰德绝不会是在这里，与他的那个神秘的女人（为了她，他抛弃了荣誉和职责）过着纸醉金迷的生活。我不禁感到了一些懊恼，觉得自己受了愚弄，我几乎不想询问一下就转身离去。我之所以进到里面，只是为了回去交差时我能够说，我已完全尽到了我的职责。

旅店的门是在一家商铺的旁边。门开着，一进门挂着一个牌子，

上面写着账房在二楼。我顺着狭窄的楼梯往上走，在楼梯平台上看到一间用玻璃隔成的小屋，里面有一张桌子和几把椅子。在玻璃门外面摆着一条长凳，这里的守门人夜里多半就在这里过夜。周边没有一个人，但是在一个电铃按钮下面，我看到有侍者字样。我按了一下门铃，立刻出来一个侍者。这人很年轻，长着一双贼溜溜的眼睛，和一副恼人的面孔，上身穿着一件衬衣，趿拉着一双毡子拖鞋。

不知怎么的，我竟很随意地顺口问了一句。

"哦，这里住没住着思特里克兰德先生？"

"在第六层的三十二号房。"

我惊讶极了，有一会儿我竟愣在那儿，没有作声。

"他在吗？"

侍者在账房里的一块木板上看了一下。

"他的钥匙没有留在这里，你上楼去看一看。"

我想，我不妨就再问上一个问题。

"他太太也在吗？"

"只有先生一人。"

在我再往楼上走的时候，侍者一直用怀疑的目光打量我。楼道里黑漆漆的，不通风，空气很污浊，有一股发霉的味道。上到第三节楼梯的时候，一个穿着睡衣、头发蓬松的女人拉开了门，一声不吭地盯着我看。最后，我总算上到了第六层，在三十二号房门上敲了几下，听见了屋子里的响声，房门打开了一半，查理斯·思特里克兰德出现在我面前。他一句话也没说。显然，他完全没有认出我来。

我告诉了他我的名字，努力装出一副轻松自如的样子。

"你不记得我了。在今年的六月份，我曾有幸跟你吃过一顿晚餐。"

"进来吧，"他并没有烦我的意思，"很高兴见到你。请坐。"

我进到了里面，屋子很小，里面放了几件法国人称之为路易·菲力普式样的家具，把屋子挤了个满满当当。一张很大的木头床，上面一个鼓鼓囊囊的大红鸭绒被，还有一个很大的衣柜和圆桌，一个很小的脸盆架和两把座位上包着红色菱纹平布的椅子。每件东西都又脏又破，这里丝毫也没有麦克安德鲁上校所透露的那种奢华、放浪的生活的影子。思特里克兰德把乱堆在一个椅子上的衣服扔在了地上，让我坐下来。

"你来找我有事吗？"他问。

在这间很小的房间里，他显得似乎比我记忆中更加魁梧。他穿着一件诺佛克式的旧上衣，总有一个星期没有刮脸了。我上次看到他时，他人和衣服都整洁得很，可却显得并不自在；现在他邋里邋遢，神态倒自如得多了。我不知道对我早已准备好的话他会如何对答。

"我是代表你的妻子来找你的。"

"我正打算晚饭前出去喝上一杯的。你也一块去吧。你喜欢喝苦艾酒吗？"

"可以喝一点的。"

"那么，我们走吧。"

他戴上了一顶圆顶礼帽，这帽子早就该刷洗一下了。

"完了我们可以一块吃饭，你知道，你还欠着我一顿饭呢。"

"行，没问题。你是一个人吗？"

把如此重要的一个问题就这么自然而然地提了出来，我很为自己感到得意。

"哦，是的。实事求是地说，我有三天没有跟人说过话了。我的法语也真的不怎么样。"

在跟着他往楼下走的时候，我很想知道那个茶点店的姑娘到底

怎么样了。他们俩是不是已经开始吵架了，或者说，他对她的迷恋已经逝去了？这似乎看起来又不太可能，如果他真的为了冒险走出这一步做了几年的精心准备的话。我们走到克里舍林荫路，来到一家大的咖啡馆，他们在便道上也摆了许多桌子，我们在一个桌子前坐了下来。

十二

　　克里舍林荫路在这个时间人来人往，显得格外热闹，有生动想象力的人可能会在这些过往行人中发现不少庸俗罗曼司中的人物。这里面有小职员和女售货员；有好像是从巴尔扎克作品中走出来的老古董式的人物；有利用人性的弱点来挣钱糊口的一些行当里的男男女女。在巴黎一些贫穷的地区，街道上总是人声鼎沸，充满生机和活力，能让人热血沸腾，能激起人们对猎奇探险的向往。

　　"你对巴黎熟悉吗？"我问。

　　"不熟悉。我们度蜜月时来过一次，以后就再也没来过。"

　　"你怎么找了这样的一家旅馆来住？"

　　"有人向我推荐了它。我想住便宜一点的。"

　　苦艾酒端了上来，我们一本正经地把水浇在溶化的糖上。

　　"我想我还是尽快告诉你我此行的目的吧。"我有些尴尬地说。

　　他的眼睛亮了起来。

　　"我想迟早会有人来的。我收到了阿美不少的来信。"

　　"那么，你很清楚我要说什么了。"

　　"那些信我没有看。"

　　我点了一支香烟，给自己一点儿考虑的时间。我真的不知道该怎么开始这场谈话。我事先准备好的那些愤怒的、哀婉的滔滔言辞，在克里舍林荫道上似乎都显得有些不合时宜了。突然，他咯咯地笑了起来。

"对你来说，一件很棘手的活儿，是不是？"

"噢，我不知道。"我回答说。

"喂，听我说，你还是赶快把它从肚子里倒出来，完了我们就能度过一个愉快的晚上。"

我迟疑着。

"你想到过，你的妻子现在是如何的痛苦和不快活吗？"

"她会好起来的。"

我简直描绘不出他说话时那不关其痛痒的冷漠态度。这让我的心里变得很没底，尽管我装出一副坦然的样子。我采用了我的一位亨利叔叔说话的语调。我的亨利叔叔是个牧师，每逢他请求哪位亲戚给候补副牧师协会捐款时，他总是用这种语调。

"你不会介意我对你坦诚相告吧？"

他笑着摇了摇头。

"她究竟做了什么，让你那样对待她？"

"什么也没有。"

"你有什么对她不满的地方吗？"

"没有。"

"那么，在你们结婚十七年、你又挑不出人家任何毛病的情况下，你以这种方式离开她，这不是很荒唐吗？"

"是很荒唐。"

我惊讶地看了他一眼。他对我说的一切都全然地表示赞同，这让我一下子慌了手脚。他使我的处境变得复杂起来，且不说可笑了。我本来做好了准备，要全力地说服他，打动他，规劝训诫他，如果需要的话，甚至愤怒地谴责和嘲讽他；但是，如果罪人对自己犯的罪直言不讳，规劝的人还有什么招数可使呢？我没有这方面的经验，因为平时对我做错的什么事我总是矢口否认。

"你还要往下说吗？"思特里克兰德问。

我对他撇了撇嘴。

"哦，既然你都承认，似乎再没有什么可说的了。"

"我也是这么认为。"

我觉得自己太没有劝说的本领了，有辱我这趟要完成的使命。我显然有点儿出火，沉不住气了。

"撇开别的不说，你总不能一个子儿不留，就把一个女人给打发掉吧？"

"为什么不能？"

"她将如何生活呢？"

"我已经养了她十七年。为什么她不能改变一下，来自己养活自己呢？"

"她不能。"

"让她去试试嘛。"

对此，我当然还有许多话可以去辩解。我可以谈妇女的经济地位，谈男人结婚以后或公开或默认应该承担的责任，还有许许多多别的道理；不过，我觉得真正重要的只有一点。

"你难道一点儿也不爱她了吗？"

"一点也不。"他回答说。

无论对有关的各方来讲，这都是一件非常严肃的事情，可是，他在对答时却是那样一副满不在乎、厚颜无耻的样子，为了不笑出声来，我不得不咬住嘴唇。我提醒自己，他的行为是令人可憎，令人发指的，我努力调整着自己，让自己处在一种道德义愤的情绪中。

"你做得真的太过分了，你总应该想想你的孩子们吧。他们可从

没做过任何伤害你的事。他们并没有要求你把他们带到这个世界上来，如果你就这样子把他们一下子甩掉，他们就只好流浪街头了。”

"他们已经过了许多年的舒适日子，比大多数的孩子都过得好。何况，有人会照顾他们的。到时候，麦克安德鲁夫妇就会供他们上学了。”

"可难道你就不喜欢他们吗？你的两个孩子多可爱啊。你的意思是，你以后就再不想跟他们有任何关系了？”

"在他们小的时候，我曾喜欢过他们，但如今他们都快长大成人了，我对他们没有什么特别的感情。”

"你这也太不通人情了。”

"我看也是。”

"你似乎一点儿也没有感到羞耻。”

"没有。”

我改换了另一种策略。

"所有的人都会认为你是个卑鄙的小人。”

"让他们那么去认为吧。”

"人人都讨厌你，鄙视你，对此难道你就毫不在意吗？”

"不在意。”

他简短的回答充满了嘲讽的意味，尽管我所问的都在情理之中，可还是使我的问题显得似乎有点儿可笑起来。我思考了一两分钟。

"我不知道当一个人意识到他的亲朋好友都在反对他时，他是否还能过得心安理得。你能肯定你的内心就不会感到不安吗？每个人都有良心和自尊，你迟早会受到你良心的谴责。假如你的妻子死了，难道你不会受悔恨的折磨吗？”

他没有回答，我停顿了一会儿，等他说话。可最后还是我自己打破了沉默。

"对此，你有什么要说的吗？"

"我要说的只有一句：你就是个十足的傻蛋。"

"不管怎么说，法律可以强迫你去抚养你的妻子和孩子，"我有些生气地驳斥道，"我想法律是可以给他们提供一些保护的。"

"法律能从石头里榨出油来吗？我没有钱。我所有的钱也就百十来镑。"

我开始比以往更加感到困惑了。当然，从他住的旅馆看，他的生活状况是够糟糕的。

"在这一百英镑花光之后，你怎么办？"

"再挣一些。"

他非常冷静，他的眼里含着嘲讽的笑意，倒好像是我在说着一些愚不可及的话似的。我考虑着我下面该要说的话。这个时候，他倒开口说话了。

"为什么阿美不再重新嫁人呢？她的年纪并不算老，也还有迷人之处。我可以告诉别人，阿美是个优秀的太太。如果她想要跟我离婚的话，我愿给她找出一些她之所以要这么做的理由。"

现在，该轮到我发笑了。他很狡猾，离婚显然正是他想要达到的目的。由于某种原因，他隐瞒了他与那位女子私奔的事实，他在采取一切防范的措施，来隐藏起这位女子的行踪。我斩钉截铁地回答说：

"你的妻子说，不管你怎么做，你都不可能诱使她跟你离婚。她的决心丝毫也不会动摇。你要去除掉在这一点上的任何侥幸心理。"

他诧异地看着我，无疑他的这一诧异不是装出来的。他的笑容也在嘴角上消失了，他神情格外严肃地说：

"不过，我亲爱的伙计，我可并不在乎。离还是不离，对我来说毫

不重要。"

我大声地笑了起来。

"噢，你就吹吧；你可不要把我们全当成傻瓜。我们碰巧知道，你是和一个女人一起来的巴黎。"

他愣了一下，但是马上就哈哈大笑起来。他响亮的笑声让坐在我们周围的人都转过身来，他们中的一些人甚至也跟着笑起来。

"我并不觉得这里面有什么可笑的地方。"

"可怜的阿美。"他咧嘴笑着说。

临了，他的脸上浮现出鄙夷和嘲讽的神情。

"女人的头脑真是单纯幼稚得可怜！爱情。总是爱情。她们以为男人们离开她们，只是因为他们爱上了别的女人。你认为我会那么蠢吗，我现在做的这一切只是为了一个女人？"

"你的意思是说，你离开你的妻子不是因为别的女人？"

"当然不是。"

"你敢发誓？"

我不知道我为什么会这么问。我这话问得很天真。

"我敢发誓。"

"那么，你到底为什么要离开她呢？"

"我想画画。"

我盯着他看了好一会儿。我不明白。我想他是疯了。读者要记得我那时还年轻，我把他看成一个中年人了。我除了感到自己的惊诧外，什么都不记得了。

"但是你已经四十岁了。"

"正是这一点让我觉得，我不能再耽搁了，必须马上开始。"

"你画过画儿吗？"

"我小的时候，就想做个画家，但是父亲让我去做生意，他说搞艺术挣不到钱。我是一年前开始画画的。去年我一直在夜校上课。"

"思特里克兰德太太认为你在俱乐部里打桥牌的时候，其实你是在夜校里，是吗？"

"是的。"

"为什么你不告诉她？"

"我不想让任何人知道。"

"你能画了吗？"

"还不行。不过，我会的。这就是我来到巴黎的原因。在伦敦，我实现不了我的梦想。在巴黎，或许我能。"

"你认为一个人在你这样的年龄学画，他还可能获得成功吗？大多数人都是在十八岁开始学画的。"

"我现在学，肯定要比我在十八岁学快得多。"

"是什么使你认为你有绘画的才能呢？"

他没有马上回答。他的目光落在了过往的人群上，可我并不认为他看到了他们。他给出的回答好像不是个回答。

"我必须画画儿。"

"你不觉得你这是在碰运气，撞大运吗？"

这时他把目光转向了我。他的眼睛里有了一种奇怪的神情，让我一下子感到很不舒服。

"你今年多大了？二十三岁？"

在我看来，他问的这个问题似乎与我们在谈的事无关。如果我想碰碰运气做一件什么事的话，那是极其自然正常的事；但是他的青年时代早已过去，他是一位有身份有地位的证券经纪人，他还有妻子和两个孩子。对我来说是一条极其自然的人生之路，在他那里就会变得

荒谬不堪。我希望尽量能对他公平一点。

"当然啦，奇迹也可能发生，你也许会成为一个伟大的画家，但是，你也必须承认，这样的概率很低很低，差不多是万分之一。如果到最后你画出来的都是一些拼凑起来的东西，你的画将很难卖掉。"

"我必须画画。"他重复着。

"假如你最多只能成为一个三流画家，你还认为你放弃一切来画画值得吗？不管怎么说，从事其他的任何行业，如果你没能做到最好，也无关紧要；你只要做得差不多，中等水平，就能舒舒服服地过日子了。但是，做一个艺术家就不一样了。"

"你就是个十足的傻瓜。"他说。

"你这样说我没有道理，除非是你认为说出明显的事实是愚蠢。"

"我告诉你了，我必须得画画。我控制不了我自己。当一个人掉进水里，他游得好，还是游得不好，并不重要；重要的是他必须从水里出来，否则的话，他就得被淹死。"

他的声音里充溢着真挚炽烈的情感，我不由得被他感动了。我似乎觉得在他的身体里有一股激情的力量在奋力挣扎着；我觉得攫住他的这一力量非常强大，压倒一切，仿佛违拗着他自己的意志。这让我无法理解。他似乎真的是被魔鬼附体了，这魔鬼很可能突然之间将他掀倒在地，将他撕碎。然而，从表面上看，他却平常得很。我用充满好奇的目光盯视着他，却也并没有使他难堪。他坐在那里，穿着那件破旧的诺佛克式上衣，戴着那顶早该刷洗的圆顶礼帽，我真不知道一个陌生人会怎么看他；裤子像两只口袋，他的手也并不干净；他的脸显得既蛮横又粗野，下巴上全是红胡子茬儿，眼睛很小，撅起的大鼻子很富于挑衅性，他的嘴很大，厚厚的嘴唇给人以耽于色欲的印象。啊，我无法断定他是怎样的一类人。

"你不准备回到你妻子那儿去了？"我最后问他。

"永远不回去了。"

"她愿意把发生过的这一切都忘掉，重新开始。她不会说你一句的。"

"让她见鬼去吧。"

"别人把你看成一个十足的坏蛋，你也不在乎吗？要是你的妻子和孩子们沿街乞讨，你也不在乎吗？"

"不在乎。"

我沉默了片刻，为的是使我后面要说的话更有力量。我一字一顿地说：

"你是个不折不扣的混蛋。"

"好了，既然你已经把压在你心头的东西倒出来了，让我们去吃饭吧。"

十三

　　我敢说，更得体的做法是拒绝他的邀请。我想，或许我应该把我内心感到的愤怒表示出来，如果我回去以后跟他们说，我坚决拒绝了跟这样品行的一个人共进晚餐，毫无疑问麦克安德鲁上校至少会赞成我的做法。但是，不能胜任这次任务的担心使我每每不能持一种道貌岸然的态度；再说，我在这件事上所抱有的情感和态度已无疑不会对思特里克兰德起到任何作用，这也让我难以启齿再去表达这些情感。只有诗人和圣贤才相信，在沥青路面上辛勤浇灌会有百合花长出来，对他们的劳动给予回报。

　　我付了酒钱，跟他去到一家便宜的饭店，在这家拥挤热闹的餐馆里，我们俩高高兴兴地吃了一顿。我们两人都有个好胃口，我是因为年轻，他是因为良心已经麻木。饭后，我们来到一家酒馆，要了咖啡和甜酒。

　　我把我这次巴黎之行中该说的话，已经都跟他讲了，尽管我觉得就这样放弃有点儿愧对思特里克兰德太太的信任，可我却无法再同他的冷漠抗争。把同样的一件事以不减的热情重复讲上三遍，这需要有女性那样温柔耐心的性情。我自我安慰地想，尽力地了解一下思特里克兰德的心理状态，对我也是有用的，这也提起了我对他的兴趣。不过，这可不是件容易的事，因为思特里克兰德不是一个能说会道的人。他在表达自己时似乎很困难，好像语言并不是他进行思考时所用的工具；你只能通过他使用的一些陈腐的套语、俚语和模糊不清的、极不完整的手势，来猜出他心里想要表达的意思。不过，他虽然说不出什么有重要意义的话，但在他的性格里却有一种东西，使你觉得这个人并不乏味。这或许就是他的真诚的禀性。对他现在第一次见到的巴黎（我没有把他那次与妻子在这里度蜜月的经历算上），他似乎并没有什么感觉，对于那些对他来说肯定是新奇的景象，他也没有表现出丝毫的惊讶。我来巴黎有上百次了，每次来，巴黎都让我感到很激奋；走在巴黎的街道上，我总觉得随时都会有奇遇出现。而思特里克兰德的心情却是异常的平静。现在回想起来，我认为是搅动他灵魂的那一内心图景使他对外面的景物都视而不见。

这时，发生了一件近乎荒唐的事。在酒馆里有一些妓女，有的正和男人们坐在一起，有的自己坐在那里。不一会儿，我就注意到其中的一位总在往我们这边瞅。在她的眼睛与思特里克兰德的目光相遇时，她向他娇媚地笑了。我想思特里克兰德根本就没有注意到她。过了一会儿，她走了出去，不过，很快就回来了，在走过我们的桌子时，她很有礼貌地请我们给她买点儿喝的。她在我们这里坐了下来，我跟她攀谈起来；可是，她的兴趣显然是在思特里克兰德身上。我跟她解释他只会说几个法语单词。她试图跟他谈话，一半通过手势，一半靠她那蹩脚的法语，不知怎么的，她认为这样的法语思特里克兰德会更容易理解，她的话里还夹杂了一些英文单词。有的时候，她只能用法语说，就让我给翻译，而且急切地询问他回话的意思。思特里克兰德当时的心情很好，甚至觉得有点儿开心，但是他的淡漠也是显而易见的。

"我想，这位女子的心被你攫走了。"我笑着说。

"我并不感到得意。"

如果我处在他的位置，我一定不能像他那么镇静，一定会有点儿不好意思。她的眸子里充满了笑意，嘴唇长得也很迷人。她很年轻，

我不知道是思特里克兰德身上的什么东西吸引了她。她把她的欲望径直表达出来，并让我给她翻译。

"她要你把她带回家去。"

"我不带任何女人回家。"他回答。

我尽量把他的这一回答翻译得较为婉转，他这样直截了当拒绝人家的要求，似乎有点不太礼貌，我将他的拒绝解释为是他没有钱。

"我喜欢他，"她说，"告诉他，是为了爱情，不是钱。"

在我把这句话翻译给思特里克兰德时，他不耐烦地耸了耸肩膀。

"告诉她快叫她滚蛋。"他说。

他粗鲁的举止把他的意思已表达得非常清楚，这个女孩的头突然向后仰起，也许此时她涂着脂粉的脸泛红了。她站了起来。

"这位先生太不懂礼貌了。"她说。

她说着步出了酒吧。我有点儿气恼。

"我看不出任何侮辱她的必要，"我说，"不管怎么说，她是看得起你才那么做的。"

"这种事叫我恶心。"他没好气地说。

我好奇地打量了他一会儿。在他的脸上的确有厌恶的神情，然而，那又是一张有野性和色欲很重的脸。我想，那个女孩正是被他脸上的粗野之气吸引了。

"在伦敦，我就能得到我想搞的任何女人。我来巴黎不是为了搞女人的。"

十四

在回英国的旅途中，我对思特里克兰德的事又想了很多。我试着把要跟他妻子讲的话整理了一遍，结果很不理想，我已想见思特里克兰德太太那副不满意我的样子；我对我自己也不满意。思特里克兰德让我疑惑不解，我不能明白他这么做的动机。当我问到他是什么使他萌生了做画家的念头，他不能或者是不愿意告诉我。我一点儿也搞不清楚。我试图这样说服自己：许是有一种朦胧的反叛意识逐渐在他迟钝的头脑中滋生，可是能够反驳这一点的一个明确无误的事实是，对他所过的这一单调的生活，他从未表现出一丁点儿的不耐烦。如果说他是忍受不了这一呆板乏味的生活，从而决心要成为一名画家以挣脱烦闷的枷锁，这是可以理解，也是极其平常、合乎人之常情的；但是，我觉得普通平常恰恰不是思特里克兰德的本性。最后，也许是我有些罗曼蒂克，我设想出这样的一种解释，尽管我觉得它有些牵强，可在眼下却是唯一令我满意的解释了：我猜想在他内心深处是否蛰伏着某种创作的欲望，这一欲望为他生活的环境所遮蔽，可却是在不屈不挠地生长着，就像肿瘤在有机组织中不停地长大一样，直到最后占据了他的整个身心，不可抗拒地逼迫他采取行动。杜鹃把蛋下到别的鸟巢里，当雏鸟孵出以后就把它的异性兄弟们挤出了鸟巢，最后还要把庇护过它的鸟巢毁坏。

然而，奇怪的是，创作的欲望竟会攫住这个头脑有些迟钝的证券经纪人，甚至可能会导致他的毁灭，给靠他抚养的家人带来不幸；无

独有偶，上帝的意志有时也会抓住那些有钱有势的人们，对他们穷追不舍，直到将他们征服，于是，这些达官贵人就会抛弃人世间的欢乐和女人对他们的爱恋，去到寺院里面过苦行僧的生活。转变能以各种不同的形态出现，可以通过多种方式加以实现。对有些人来说，需要经历灾变，像是汹涌的山洪一下子把岩石冲击成碎片；对有些人，则是通过潜移默化，就像滴水穿石那样。思特里克兰德有着狂信者的直截了当和使徒的狂放不羁。

不过，对我这个讲求实际的人来说，还需要看这一使他着了迷的热情是否能结出果实，产生出有价值的作品来。当我问起在伦敦夜校里与他一起上课的同学们是如何看他的画时，他咧嘴笑着说：

"他们认为我是在闹着玩。"

"你在巴黎上绘画学校了吗？"

"上了。今天早晨那个笨蛋——我是说我的老师——还到这里来过；他看到我的画时只是把眉毛一挑，连话也没说就走了。"

思特里克兰德咯咯地笑着。他似乎并没有泄气。他对别人的意见从来没有理睬、在乎过。

正是这一点使我在与他的交谈中感到难堪。当人们说他们不在乎别人对他们的看法时，多数场合下他们是在自己欺骗自己。一般而言，他们能够自行其是，只是因为他们相信没有人知道他们怪异的想法；最甚者也是因为有他的左邻右舍支持着，才敢与大多人的意见作对。如果违反传统只是你这一阶层人的常规的话，那你在世人面前做出违反常规的事倒也不难。相反，你还会为此而扬扬得意，因为你既标榜了自己的勇气，又不会招来什么危险。我总觉得，希望得到别人的赞同是文明人类的一种根深蒂固的本能。一个标新立异的女人一旦冒犯了礼规，将自己暴露在唇枪舌剑之下，就再也没有谁会像她那样飞快地跑去寻找尊严体面的庇护了。对那些说他们自己根本不在乎别人的看法的人们，我是不相信的。那是一种虚张声势的夸夸其谈。他们的意思是：他们相信没有人会发现他们的瑕疵、过失，因此也就不怕人们对其斥责了。

然而，这里却真有一个把人们对他的看法根本不放在心上的人，所以传统对他完全失去了效用；他就像一个身上涂了油的角力者，你根本抓不住他；这给予他一种你羁绊不了的自由，会叫你火冒三丈。我记得我曾跟他说：

"喂，如果每一个人都像你那样行事，世界就运转不了了。"

"你这样说真是愚蠢。人们并不想像我这样行事，绝大多数的人都非常满足于做平常之事。"

有一次，我想挖苦他一下。

"很显然，你绝不相信这样的一条格言：凡人立身行事，务使每一行为成为万人之楷模。"

"我从来没听说过这样的格言，真是一派胡言。"

"哦，这是康德说过的一句话。"

"我不管它是谁说的，反正是一派胡言。"

对于这样的一个人，你也休想诉诸他的良心，那就如你想不借助镜子要看到自己的映像一样。我认为良心是一个人心灵中的卫士，社会为要存在下去所制定的礼规全靠它来监督执行。它是我们心灵中的警察，立在那里监视我们不要违反了规条。它又是安插在自我中心堡垒中的暗探。人过于希望得到别人的赞同，过于害怕舆论对他的谴责，结果是自己把敌人引进了大门；于是，它（指敌人——译者注）就在那里监视着，高度警觉地保护着它主人的利益，把那些离群独处、标新立异的朦胧欲望扼杀在摇篮状态。它逼迫每一个人把社会利益置于

个人利益之上。这就是那条将个人拘系于整体的牢固的链条。人让自己相信，许多利益都大于他自己的利益，结果变成了这个严厉主子的奴隶。他把这位主子高抬在荣誉的宝座上。最后，就像宫廷里的弄臣赞颂皇帝按在他肩头的御杖一样，他也为自己有着敏感的良心而颇感骄傲。到了这一地步，对于那些不肯受良心约束的人，他便会觉得怎么责罚也不会过分；因为作为一名社会成员，他已经清楚地意识到他根本无力反对这位主子。当我看到思特里克兰德对他的行为肯定会引起的斥责毫不在意时，我就像见到一个奇异的怪物一样，唯有惶恐地退缩回去。

那天晚上，在我跟他道别的时候，他最后对我说：

"告诉阿美，到这里来找我也是没有用的。我会换到别的旅店，所以她是找不到我的。"

"在我看来，她摆脱你未必就不是一件好事。"我说。

"我的好伙计，我真的希望你能让她明白这一点。只是女人们都非常蠢。"

十五

　　我刚回到伦敦就发现有一封急件等着我，思特里克兰德太太要我一吃过晚饭就到她那里去。我到她家里后，看见她跟麦克安德鲁上校以及上校的妻子在一起。思特里克兰德太太的姐姐比她大几岁，模样跟她长得很像，只是显得更老一些；这个女人看上去一副精明能干的样子，仿佛整个大英帝国都揣在她的口袋里，那些高官的太太们觉得自己属于高贵阶级，总是操着这样的一副神气。麦克安德鲁太太人很精神，她良好的教养也没有让她摈弃了这种偏见：如果你不是军人，你就连站柜台的小职员都不如。她讨厌近卫队军官，认为他们太自负，也不屑于谈论他们的妻子，认为她们没有担当起她们做太太的职责。麦克安德鲁太太的上衣不是时兴的样式，然而价钱却不菲。

　　思特里克兰德太太显得十分紧张。

　　"哦，来给我们讲讲你带回来的消息吧。"她说。

　　"我见到你丈夫了，恐怕他是铁了心不回来了。"我停顿了一下。"他想要画画。"

　　"你说什么？"思特里克兰德太太惊讶地喊了起来。

　　"你从未发觉他有这一类的爱好吗？"

　　"他这个人一定是疯了。"上校大声地说。

　　思特里克兰德太太略微蹙起了眉，在她的记忆中搜寻着。

　　"我记得，在我们结婚以前，他常常带着个颜料盒到处游逛，可他画的画儿要多难看有多难看。我们都常常开他的玩笑。他对这种事可

以说是一点才能也没有。"

"这当然只是他的借口罢了。"麦克安德鲁太太说。

思特里克兰德太太沉思了一会儿。显然，她对我宣布的这件事还摸不着头脑。这次她已经把客厅略微地收拾了一下，她的家庭主妇的本能已经战胜了她的沮丧；屋子里已不像上次灾难刚刚发生我来时那样的冷清、凌乱，当时简直就像是一所待出租的房子。现在，我既然已经见过了在巴黎寓居的思特里克兰德，我就很难想象他还是属于这种环境中的人了。我想他们这些人不会一点儿也没有察觉：在思特里克兰德身上有一些怪异的地方。

"如果他真想当画家，为什么他不告诉我们呢？"临了，思特里克兰德太太这样说。"我想，对于他这种志趣爱好，我哪里会不同情不支持他呢。"

麦克安德鲁太太的嘴唇咬紧了。我猜想，她从来就不赞同她妹妹喜好结交文人艺术家的癖好。她一说到"文艺"这个词，就露出蔑视的神情。

思特里克兰德太太又接着说：

"不管怎么说，如果他有这份才能，我会是第一个支持他的人。我不在乎为此做出牺牲。比起证券经纪人来，我更愿意嫁给一个画家呢。如果不是为了孩子们，我什么也不会介意的。住在柴尔西街的一间破旧的画室里，我会像住在这所房子里一样快活。"

"亲爱的，我可要生你的气了，"麦克安德鲁太太嚷起来，"你不是说你相信这样的鬼话吧？"

"可我认为这是真的。"我很谦和地插进了一句。

她觉得我的话很可笑，鄙夷地看了我一眼。

"一个到了四十岁的人，他是不会因为想要成为画家，就抛弃了他的生意、妻子和孩子，除非是这里面掺和着一个女人。我想他一定是遇上了你的哪一个搞艺术的朋友，被她勾走了他的魂儿。"

思特里克兰德太太苍白的脸上即刻泛起了一片红晕。

"她长得什么样？"

我没有立刻回答。我知道我给他们准备了一颗炸弹。

"他那里没有女人。"

麦克安德鲁上校和他的太太都表示不相信，嚷嚷了起来，思特里克兰德太太从椅子上站起来。

"你是说你一次也没有见过她？"

"他那儿根本就没有人，只有他自己一个。"

"这也太奇怪了。"麦克安德鲁太太喊道。

"我早就知道，我应该自己走一趟的，"上校说，"我敢和你们打赌，我一去就能把她给揪出来。"

"我也希望你自己过去看看，"我很不客气地回答，"你会发现你们的猜测没有一个是对的。他不住在时髦的酒店里，他住在一间极其肮脏、极其寒碜的小屋子里。他离开家，不是为了去过快活的日子。他身上几乎是分文没有了。"

"或许，他是做了什么我们不知道的事，怕警察抓到，所以躲起来避避风头的？"

这句话给他们每个人的心里射进一缕希望的光，可我对此却无法认同。

"如果是这种情况，他就不会那么傻把他的地址告诉他的合伙人了。"我讥嘲地反驳道。"无论如何，这一点是可以肯定的，那就是他没有和任何人一块走。他也没有爱上谁。他的脑子里压根就没想过这种事。"

在他们思考着我的话的时候，屋子里出现了片刻的沉默。

　　"哦，如果你说的是真的，"麦克安德鲁太太最后说，"那么，事情还并不像我们所想的那么糟。"

　　思特里克兰德太太用眼睛瞥了她一眼，可没有说话。她的脸色变得苍白，好看的前额此时也黯淡了许多，蹙了起来。我不明白她的脸上为什么会出现这样的表情。麦克安德鲁太太继续说着：

　　"如果只是他一时的心血来潮，这一切很快都会过去的。"

　　"为什么你不到他那边去，阿美？"上校冒昧地说了一句。"你完全可以同他一起在巴黎住上一年。孩子由我们来照看。我敢说，时间长了他就会对他现在的生活厌倦了。迟早他都会回到英国来，这场风波就会过去。"

　　"要是我才不那么做呢，"麦克安德鲁太太说，"他想怎么样，就让他怎么样吧。迟早有一天，他会夹着尾巴回来，又过起从前舒适的日子。"麦克安德鲁太太冷静地看着她的妹妹。"你跟他一起生活，也许有时候做得不太明智。男人都是一些奇怪的动物，女人必须知道如何驾驭他们。"

　　麦克安德鲁太太与大多数女性的见解相同，她认为男人离开爱着他的女人是一种太没良心的行为，可如果他真的这么做了，女人的过错也不会少。感情有理智所根本不能理解与解释的方面。

　　思特里克兰德太太的目光缓缓地从我们每个人身上扫过。

　　"他再也不会回来了。"她说。

　　"噢，亲爱的，你要记住刚才我们听到的那些话。他过惯了有人照顾的舒适生活，你觉得他能在那种破烂的小旅店、那种肮脏的小屋里坚持得久吗？更何况，他连钱也没有。他一定会回来的。"

　　"只要他是和一个女人跑掉的，我认为他就有回来的可能。我不相信搞这类事情能够长久。不到三个月，他就会对这个女人烦得要死。可如果他不是因为爱情走的，那一切就都完了。"

"噢，我觉得你说得也太玄虚了吧。"上校说，他对这样一种于他的职业习惯来说非常陌生的人的特性的蔑视，都在"玄虚"这个字眼中表达出来。"别相信那一套。他会回来的，如陶乐赛所说的，就让他在外面胡闹一阵子，他翻不了天的。"

"但是，我不想让他回来了。"她说。

"阿美！"

是愤怒攫住了思特里克兰德太太的心，突然袭来的一阵狂怒使她的脸变得冰冷、煞白。她的语速加快了，说话时带着喘。

"如果他是疯狂地爱上了一个女人、跟她一起跑了，我能够原谅他。我会认为这是很自然、很正常的事，我不会太多地责怪他。我会认为他是一时误入歧途。男人是那么心软，女人又是那么胡搅蛮缠和无所顾忌。但是现在情形不同了。我恨他。我永远也不会原谅他了。"

麦克安德鲁上校和他的妻子都一起在劝解她。他们感到非常惊讶，说她是疯了。他们被她弄糊涂了。无奈之下，思特里克兰德太太向我转过身来。

"难道你也不明白吗？"她激动地喊。

"我说不好。你是不是要说如果他是为了女人离开你，你就可以原谅他，但是，如果他是为了一个理想走的，你就不原谅他？你是不是认为你是前者的对手，而对后者，你就无能为力了？"

思特里克兰德太太用一种不甚友好的眼神看了看我，没有回答我的话。或许是因为我的话说中了她的要害。她用低低的、颤抖的嗓音继续说着：

"我从来没有像恨他那样恨过谁。你知道吗，我一直在宽慰自己

说，不管他离开了我多么久，他最终还是需要我的。我知道在他弥留之际，他会叫我去到他身边，我也是随时准备着去的；我会像一个母亲那样看护他，告诉他我没有记恨他，我总是爱着他的，我早已原谅了他所做的一切。"

女人们总是喜欢在她们心爱的人临终前表现她们的体贴、宽容和谅解，她们的这种做法实在让我难以忍受。有的时候，我甚至觉得她们似乎都在嫉妒她们男人的长寿了，因为这会延搁了她们导演那动人一幕的机会。

"可是，现在——现在一切都结束了。我不会再牵挂他，他在我眼里已如同路人。我愿意他死的时候穷困潦倒，饥寒交迫，身边没有朋友。我希望他染上恶病，全身溃烂地死掉。我和他之间已经完结了。"

我想，趁这个时候，不如把思特里克兰德的建议也说出来。

"如果你想跟他离婚，他非常愿意竭其所能，来促成此事。"

"为什么我要给他这个自由？"

"我想，他这么建议不是为了他自己。他只是觉得这么做对你会更方便一些。"

思特里克兰德太太不耐烦地耸了耸肩膀。我觉得我开始对她有点儿失望了。当时的我和现在还不一样，那时我总以为人是单纯统一的，在这样一个可爱的女人身上竟会有这么强烈的报复心理，这让我有点儿沮丧。那时我还不知道一个人的性格是非常复杂的。今天我已认识到这一点：卑鄙与伟大，恶毒与仁慈，仇恨与热爱，是可以并存在同一颗心灵里的。

我很想说些安慰的话，来抚慰一下思特里克兰德太太受辱、痛苦的心灵。我想我应该试一下。

"你知道，我真的不敢说你的丈夫就应该完全对他的行为负责任。

我觉得他已经不是他自己了。他似乎是被某种利用他以达到它自己之目的的力量控制着，此时的他像是落在蜘蛛网上的苍蝇，已经完全失去了抗争的能力。像是有人给他施了魔咒。我记起人们讲过的那些奇怪的故事：另一个的精神走进一个人的躯体里，把他自己的灵魂驱赶了出去。这个新驻的灵魂在其体内很不稳定，能够发生诸种神秘的转化。在过去，人们会说查理斯·思特里克兰德是魔鬼附体了。"

麦克安德鲁太太把她衣服的下摆抚平，她胳膊上的金钏滑落到了手腕上。

"在我看来，你说的这些话有些太离奇了，"她不以为然地说，"我承认也许阿美没有给她的丈夫以应有的关注。如果她不是那么忙于自己的事情：我相信她是会察觉到她丈夫出现的这些异常的。如果阿莱克有什么心事，我不相信他能瞒我一年多而不被我精明的头脑发现。"

上校的眼睛一直茫然地望着他的前面。我真的不知道有谁还能显得像他那么天真和无辜。

"但是，这并不能改变了这样一个事实：查理斯·思特里克兰德的心肠比石头还硬。"她满脸严肃地看着我。"我能告诉你他离开他妻子的原因——纯粹是出于他的自私心理，再也没有别的。"

"这无疑是最简单的一种解释了。"我说。不过，我心里却在想，她这话等于什么也没有解释。当我说我累了起身告辞的时候，思特里克兰德太太并没有挽留我的意思。

十六

后来发生的事说明思特里克兰德太太是个非常坚强的女人。她把她所遭受的痛苦都隐藏起来，精明的她明白，世人很快就会厌倦了她对自己不幸的倾诉，对她的沮丧和烦恼也是巴不得赶快避开。每逢她外出做客的时候——因为同情她的遭遇，朋友们都愿意邀请她——她的举止总是十分得体。她表现得很勇敢，但又不失谦和；她显得很快活，却没有一丁点儿的张狂；她更想做的似乎是倾听别人的烦心事，而不是谈论自己的。提到她的丈夫时，脸上现出的总是怜悯。她对他的这种态度起初使我感到很困惑。有一天，她对我说：

"你知道，我有十足的把握认为：你说思特里克兰德是一个人在巴黎，一定是弄错了。根据我得到的可靠消息——这消息的来源我不能告诉你，他绝不是自己一个人离开英国的。"

"如果是那样的话，他藏匿形迹的本领一定很高超。"

她的眼睛避开了我，脸也有点儿红了。

"我的意思是说，如果有人跟你提起来，说他和一位女子私奔了，你不要反驳。"

"我一定不会反驳的。"

她转变了话题，好像刚才说的是一件无关紧要的事。我很快发现，有一种说法正在她的朋友们当中传布开来。他们说查理斯·思特里克兰德迷恋上了一个法国女舞蹈家，他最初是在帝国大剧院见到这位女子的，后来就跟着她一起到巴黎去了。我查不出这条消息是怎么传开的，不过，其效果还是挺特别的，它为思特里克兰德太太赢得了不少同情，同时也使她的名声大增。这对她已决定要从事的行当不无用处。麦克安德鲁上校当初说她分文不名，也并非夸大之词，所以，她需要尽可能快地找到一条谋生之路。她决定利用她认识这么多作家的这一有利条件来挣钱，一刻也没有耽搁，她学起了速记法和打字。她所受的教育能够使她比一般人更快地成为一名称职的打字员，她的经历和遭遇为她招徕了不少客户。她的朋友们答应给她送来文稿，还把她尽心地推荐给各自的相识。

麦克安德鲁夫妇生活条件优越，没有子女，便担当起了抚养这两个孩子的责任，这样一来思特里克兰德太太只要养活了她自己就行了。她变卖了家具，出租了房子，在威斯敏斯特附近租了两间小屋，开始了一种新的生活。她非常能干，她的这一新开张的生意必将获得成功。

十七

　　这件事过去五年之后，我决定去巴黎小住些日子。我逐渐厌倦了伦敦的生活，腻味了日复一日总是做着同样的工作。我的朋友们都平淡无奇地干着自己的事情，他们再不能引起我的好奇和惊讶，每逢碰到后，我事先就清楚地知道他们要说什么，他们的爱情故事甚至也都成了陈腐的老套。我们就像是从终点站到终点站往返行驶的有轨电车，连车上的乘客也大体上算得出来。生活变得太有序、太按部就班了。我心里感到一种无名的恐惧。我退掉了我租的房子，卖掉了几件属于我的东西，决心开始一种新的生活。

　　离开前，我拜访了思特里克兰德太太。我有段时间没见她了，注意到了在她身上所发生的变化：她不仅是老了、瘦了，脸上的皱纹更多了，而且我觉得她的性格也变了。她的事业做得很成功，现在昌塞里街开了一个事务所；她自己很少再打字了，时间主要用来校改她雇佣的四个女孩打出来的稿件。她想到了把文稿尽量做得漂亮一些，很多地方使用了蓝色和红色的字带，打好的稿件用各种浅颜色的粗纸装订起来，猛一看像是带波纹的绸子。她这里打出的稿件一向以精确和整齐著称。她开始赚钱了。然而，她却一直有着这样一个观念：靠自己来糊口谋生，总觉得有失体面，她总愿让你想到，她可是一个出身高贵的女人。在她的谈话中，她动不动就会提到她认识的一些有头有脸的人物，她知道这会让你觉得她的社会地位并没有降低。她羞于谈起她做生意的魄力和能力，可是却会很高兴地提及第二天晚上她将跟一位家住南肯星顿的皇家律师顾问共进晚餐的事。她也会得意地告诉你，她的儿子在剑桥大学念书，当说到她的女儿刚刚步入社交界、想跟她跳舞的人就多得有点应接不暇时，她会乐得笑出声来。我想我当时是问了她一个愚蠢的问题。

"你的女儿也打算跟你在打字所里干吗？"

"噢，不，我不愿意让她干这个。"思特里克兰德太太回答。"她长得这么漂亮，我相信她能嫁个好人家的。"

"我原本想她能帮帮你的。"

"有几个朋友建议，我的女儿应该做戏剧演员，当然啦，我不能同意。所有著名的剧作家我都认识，明天我就能给她弄到一个角色，但是我不想叫她和社会上三教九流的人混在一起。"

思特里克兰德太太的这一孤芳自赏的态度，让我心里有点儿发凉。

"你有听到你丈夫的消息吗？"

"没有，一点都没有。说不定他已经死了。"

"我在巴黎也许会碰到他。如果我有他的消息，你愿意知道吗？"

她犹豫了。

"如果他过得真是很穷的话，我愿意给他一点接济。我会给他寄上一定数量的钱，在他需要时，你就给他一点儿，不要一下子都给到他手里。"

"难得你有这样的好心肠。"我说。

但是，我知道她这样做不是出于善良。都说不幸和苦难可以使人变得崇高，其实不然；有的时候，倒是幸福可以使人做到这一点，苦难、不幸却往往使人变得心胸狭小，具有报复心理。

第二卷

十八

实际上，我到巴黎还不到两个星期，就碰上了思特里克兰德。

我很快就在达姆路一所房子的五层上租到一个不大的公寓房，又用了几百法郎在一家旧货店买了几件家具，让屋子变得舒适一些。我跟看门人商量好，每天早晨叫她给我煮咖啡，收拾屋子。在这之后，我就去看我的朋友戴尔克·施特略夫了。

戴尔克·施特略夫是这样的一个人，根据人们不同的性格，有的人想到他时，脸上会现出嘲笑，有的人则是无奈地耸一耸肩膀。造物主把他制作成一个滑稽的角色。他是一位画家，一位很不怎么样的画家。我是在罗马和他结识的，也是在那里我见到了他的画，对他的画我至今还有印象。他对平庸的东西怀有一种真爱。他的心灵由于对艺术的热爱而悸动，他描摹悬挂在斯巴尼亚广场贝尼尼式①楼梯上的一些画幅，一点儿也不觉得这些画美得有点儿失真。在他的画室里，他的画布上画的大多是蓄着小胡子、生着大眼睛、头戴尖顶帽的农民，衣服破旧的顽童和穿着艳丽的女人。这些画中的人物有时斜倚在教堂的台阶上，有时在碧空下的柏树丛中嬉戏；有时则是在有文艺复兴时期建筑风格的喷泉旁边调情，有时跟在牛车旁边穿过意大利的田野。这些人物都被画得非常细致，色彩也涂得非常细腻，就是拍摄的照片也不能比它们更逼真了。住在梅迪其别墅的一位画家管施特略夫叫巧克

---

① 乔凡尼·洛伦索·贝尼尼（1598—1680），意大利巴洛克派雕塑家、建筑师和画家。

力糖盒子的大画师 ①。看着他的画作，你会觉得莫奈 ②、马奈 ③ 和其他的印象派画家都还不曾来到这个世界。

"我并不想冒充，说自己是一位伟大的画家，"他说，"我不是米开朗琪罗，不是的，但是我有我自己的东西。我的画能卖得出去。我把一种浪漫的情调带进了千家万户。你知道吗，不但在荷兰，而且在挪威、瑞典和丹麦都有人要我的画，买我的画的人主要是商人和一些有钱的贸易商。你想象不到这些国家里的冬天会是什么样子，又漫长又阴冷。他们喜欢看到我画中的意大利景象，那是他们所希望看到的意大利，也是在未到这里之前我脑海中的意大利。"

我想，这就是他永远撇弃不掉的幻景，这炫目的幻景弄花了他的眼睛，使他看不到了真实；他不顾眼前粗鄙的现实，总用自己幻想的眼睛，看到一个处处是侠盗和伟大废墟的富于浪漫主义色彩的意大利。他画的是他的一种理想——很幼稚，很普通，充满了庸俗的商业气息，可它总归是一种理想；这就赋予了他的性格一种迷人的东西。

正因为我有这种感觉，戴尔克·施特略夫在我眼里，便不像在别人眼里那样仅是一个被人嘲讽的对象了。他的同行们毫不掩饰对他作品的鄙视，但他能挣到不菲的收入，而他们用起他的钱来也是毫不客气。施特略夫对人慷慨大方，那些手头紧的人一面厚着脸皮跟他借钱，一面又嘲笑他那么天真地就相信了他们编造的不幸故事。他热情，富有同情心，但在他很容易就被打动的情感里却有着某种愚钝可笑的东西，叫你在接受了他的帮助时却又产生不出对他的感激。从他手里拿到钱，就像从一个孩子手里抢，因为他的愚不可及，你拿走了东西还会看不起他。

---

① 原文为法语。
② 克劳德·莫纳（1840—1926），法国画家。
③ 埃多瓦·马奈（1832—1883），法国画家。

我猜想，这就跟一个技艺高超的小偷看到一个粗心的女子把放珍贵首饰的钱包丢在了出租马车上一样，他会感到气愤，因为他的本领未能得以施展。造物主把他制造成了一块笑料，却给予他敏锐的感觉。他在人们永无休止的取笑声中（无论是善意的还是恶作剧的）痛苦地挣扎，却又总把自己——有时似乎是他心甘情愿的——暴露在人家揶揄的炮火下。他不断地受到伤害，然而，他的本性又是如此善良，在他的心里从未滋生过怨恨：即使毒蛇咬到他，他也不知道汲取教训，刚刚从伤痛中恢复过来，就又会把毒蛇温柔地搂到怀里。他的一生好像是用一组喧闹的滑稽剧写成的悲剧。因为我从不取笑他，他很感激我，常常把他无尽的烦恼一股脑儿倾倒给我富于同情的耳朵。最为不幸的是，他的这些委屈叫你觉得怪可笑的，他所受的委屈越深，你就越是忍不住要笑了出来。

　　尽管施特略夫是个蹩脚的画家，可他对艺术却有着敏锐的鉴赏力，能跟他到画廊一起走走，真是一种难得的艺术享受。他的热情是真诚的，他的批评是准确的。他是个天主教徒。他不仅对过往的绘画大师有深切的了解，而且跟现代画家也多有共鸣，他一眼便能发现画家的才能，并从不吝啬对他们的赞扬。在我所认识的人里面，没有谁比他的评价更为中肯的了。他比人多数的画家都更有学识。他不像许多画家那样，对与绘画相关的艺术一无所知，他在音乐和文学方面的造诣使他对绘画有更深刻、更全方位的理解。对我这样的一个年轻人来说，他的灼见和教导显得极为珍贵。

　　我离开罗马后，仍和他保持着通信，每两个月我会收到一封他用怪里怪气的英语写成的长信，读着他的来信，他那热情急切、中间夹杂着各种手势的谈吐便会生动地浮现在我的眼前。在我还没有来到巴黎之前，他娶了一个英国女人，在蒙马特尔区的一间画室里安了家。我已经有四年没有见到他了，他的妻子我还从未见过。

十九

　　我事先没有告诉施特略夫要来，在我按响画室的门铃、他自己前来开门时，有片刻的工夫他竟没有认出我来。临了，他又惊又喜地喊着，把我拉进屋子里。受到这样热情的欢迎，是件让人高兴的事。他的妻子正坐在炉火边做针线活，见到我后站了起来。施特略夫向他的妻子介绍着我。

　　"你还记得吗？"他说。"我常常跟你提起他的。"然后，他转向了我："你来为什么不告诉我？你来巴黎多久了？计划待多长时间？你为什么不再早来一个小时，那样我们就可以一块儿吃饭了？"

　　他一边连珠炮似的提着这些问题，一边把我让到了椅子上。他像拍靠垫那样地不断地拍着我的肩膀，又是让我抽雪茄，又是让我吃糕点，喝酒，一直忙着招呼我。家里没有找到威士忌，他简直伤心死了，接着就要给我去煮咖啡，绞尽脑汁想着还能招待我些什么。他笑得合不拢嘴，内心极度的喜悦似乎使他的每个毛孔里都冒出汗珠。

　　"你一点儿也没变。"我一面打量着他，一面笑着说。

　　他还是那副惹人发笑的样子。他是个身体肥胖、个子矮小的人，腿很短，虽说还年轻——他最多不会超过三十岁——可已经秃顶。他的脸滚圆滚圆的，皮肤很白，可脸颊和嘴唇却总是红通通的。他的眼睛也是长得圆圆的，呈蓝色，鼻梁上架着一副金边大眼镜，他的眉毛很淡，几乎看不出来。看到他，会让你想起鲁宾斯画中的那些一团和气的胖商人。

当我跟他说我打算在巴黎住些日子、已经租下了房子时，他一个劲儿地责怪我，嫌我不告诉他。他完全可以帮我租间更合适的房子，借给我一些家具——难道我已真的花冤枉钱去买了家具？——而且帮着我搬家的。我没有用他，没有给他这样一个可以帮助我的机会，他觉得我不够朋友。在这段时间里，施特略夫太太静静地坐在那里缝补袜子，没有吭声，她嘴角带着笑容，听着他说话。

"哦，你瞧，我结婚了，"他突然说道；"你看我的妻子怎么样？"

他高兴地望着她，把他的眼镜往上扶了扶。他脸上出的汗每每让他的眼镜滑了下来。

"你想让我怎么说呢？"我不由得笑了出来。

"戴尔克，你怎么能这样问客人呢。"施特略夫太太笑着插了一句。

"可你觉得她不美吗？老朋友，莫负青春，听我的话，赶快结婚吧。我现在是世界上最幸福的人啦。你看看坐在那儿的她，她不就是一幅绝妙的画儿吗？一幅夏尔丹①的画，像吗？我见过了世界上所有最漂亮的女人，可我没有见过能比戴尔克·施特略夫夫人更漂亮的。"

"如果你还这么说，戴尔克，我就出去了。"

"我的小宝贝②。"他说。

她的脸微微发红了，他语调中流露出的热烈情感使她变得有些不好意思。他在信中告诉我，他非常爱他的妻子，我注意到他的眼睛几乎离不开她的身上。我看不出她是否也爱他。这个傻对别人好的可怜蛋，不是能激起女人的爱的那种男人，不过，在她那含笑的眸子里却能看出她爱怜的情感，在她言语不多的性情下面也许隐伏着炽热的感情。她并不是他在他充满爱的幻觉中看到的那种令人销魂的女子，却

————

① 让·西麦翁·夏尔丹（1699—1779），法国画家。

② 原文为法文。

也长得端庄秀丽。她高挑个子，一身裁剪合体的朴素衣衫并不能遮掩住她美丽的身体。她这样的身材对雕塑家比对服装商可能更具有吸引力。她丰美的棕色头发梳成很简单的式样，她面容白皙，有一双恬静、灰色的眼睛，五官端正却没有太显著的特征。她刚差一点就能称得上一个美人儿，可正因为差这一点儿，她甚至算不上漂亮。不过，施特略夫提到夏尔丹的画却不是没有道理，因为她的样子的确能让我想起这位大画家的不朽之作——那个戴着头巾式的女帽、系着围裙的可爱主妇。闭上眼睛，我可以想象到她在锅台边恬适地烧着饭菜，每天像奉行仪式似的履行着她的各种家庭职责，逐渐地这些家务琐事也具有了一种崇高的意义；我并不认为她聪明或是颇有风趣，可是，在她那端庄甚至是矜持的举止中间却有什么东西引起了我的兴趣。在她的这一沉稳内敛里，似乎隐藏着什么秘密。我不知道她为什么要嫁给戴尔克·施特略夫。虽说她是英国人，我却很难界定她，看不出她是来自哪个社会阶层的人，是什么样的家庭门第，以及她结婚前的生活状况又是如何。她平时寡言少语，可当她说话时，她的声音却挺悦耳，她的举止自然、得体。

我问施特略夫他最近画什么画了没有。

"画画？我现在比过去画得好多了。"

我们坐在画室里，他把手指向画架上的一幅还未完成的画作。在画面上的是一群意大利农民，身着罗马近郊的服装，斜倚在罗马教堂的台阶上。

"这就是你正在画的画吗？"我问。

"是的。在这里，我也可以像在罗马一样找到模特儿。"

"你不觉得这幅画画得很好吗？"施特略夫太太问。

"我的这位眼光笨拙的妻子总认为我是个伟大的画家。"他说。

略带着歉意的笑声也掩饰不住他发自内心的喜悦。他的目光滞留在了画作上舍不得离去。这真是太令人奇怪了，批评朋友的作品时总是那么目光敏锐、不落俗套的他，却令人难以置信地志得意满于自己的那些陈腐、粗俗的画儿。

"让他看看你创作的别的画。"她说。

"人家看吗？"

尽管戴尔克·施特略夫饱受朋友们的嘲笑，可由于他爱听表扬、天真地自我感觉良好，总是不由得要把他的画拿出来示人。他拿出一张两个卷头发的意大利穷孩子玩玻璃球的画。

"这两个孩子可爱吗？"施特略夫太太问。

接着，他又拿出更多的画作。我发现来了巴黎后，他仍然画着他在罗马时画的那些题材陈旧、画风花哨的画儿。它们一点儿也不真实，不真诚，没有什么艺术价值可言；然而，世界上恐怕没有谁会比戴尔克·施特略夫更老实，更真诚，更坦率了。这种矛盾谁能解释清楚呢？

我也不知道我怎么就问出这样的一句话来：

"哦，你曾偶尔见到过一位叫查理斯·思特里克兰德的画家吗？"

"你不是说你认识这个人吧？"施特略夫大声地说。

"这人太粗鲁了。"施特略夫太太说。

施特略夫哈哈地笑了起来。

"我的可怜的宝贝。"他走到她跟前，亲吻着她的两只手。"她不喜欢他。真是怪了，你竟会认识思特里克兰德！"

"我不喜欢不礼貌的举止。"施特略夫太太说。

戴尔克还在笑着，转过身子来跟我解释。

"你知道吗，我有一天请他过来，让他看我的画。哦，他还真的来

了，我把我的画都拿出来给他看。"说到这里，施特略夫感到有些不好意思，停了下来。我不知道他为什么要谈起这件令他尴尬的事情；他迟疑着不知该如何把它讲完。"他看着——看着我的画，他一声也没吭。我以为他是等着全部看完后再做评价。最后，我说，'这就是所有的了！'他说：'我来是要你借给我二十法郎。'"

"戴尔克居然还真的借给了他。"他妻子生气地说。

"我当时非常吃惊。不过，我不愿意拒绝他。他把钱装到了口袋里，点了点头说'谢谢'，然后走了出去。"

戴尔克·施特略夫讲着这个故事，他那圆圆的、带着点傻气的胖脸上是一副惊讶和茫然的表情，不由得你看了不发笑。

"如果他说我的画很糟糕，我真的不会介意的，可是，他什么也没说——什么也没说。"

"你还愿意把这个故事讲给人听，戴尔克。"他的妻子说。

可叹的是，人们更多地对这个荷兰佬扮演的滑稽角色感到好笑，而不是为思特里克兰德粗鲁地对待他感到愤慨。

"我希望我以后再也不要见到他了。"施特略夫太太说。

施特略夫笑着耸了耸肩膀。他又恢复了他的好心情。

"其实，他是一个伟大的画家，非常伟大的画家。"

"你说的是思特里克兰德吗？"我喊起来。"咱们说的不可能是同一个人。"

"一个身材魁梧、留着红胡子的中年男子。名字叫查理斯·思特里克兰德。一个英国人。"

"我认识他的时候，他还没有胡子，不过，要是留起胡子来，那就很可能是红色的。我认识的这个人是在五年前才开始学画的。"

"就是这个人。他是个伟大的艺术家。"

"不可能的。"

"我的判断多会儿失误过？"戴尔克问我。"我告诉你，他具有杰出的才能。对这一点我深信不疑。一百年之后，如果还有人记着我们俩，那一定是因为我们认识查理斯·思特里克兰德。"

我感到非常惊讶，同时也非常激动。我突然记起了我跟他的最后一次谈话。

"在哪里可以看到他的作品？"我问。"他获得过成功吗？他现在住在哪里？"

"不，他还没有成功。我想他连一张画也没有卖出去过。你跟人们提到他时，人们只是笑。但是，我知道他是一个伟大的画家。不管怎么说，人们不是也嘲笑过马奈吗？柯罗也是一张画也没有卖出去过。我不知道他住在哪里，不过，我能领你见到他。每天傍晚七点钟，他会到克里舍路上的一家咖啡馆。如果你愿意的话，我们明天就去那里找他。"

"我不敢确定他是否愿意见我。我想，看到我会让他想起一段他宁愿忘掉的日子。不过，不管怎么说，我还是要去的。有机会看到他的作品吗？"

"从他那里不行。他不会让你看任何东西。我认识一个小画商，手里有两三张他的画。不过，你去时要叫上我，你自己是看不懂的，我必须解释给你听。"

"戴尔克，你都快让我有点儿烦你了。"施特略夫太太说。"他那样无礼地对待你，你怎么还要赞赏他的画？"她转过身来对我说，"你知道吗，当他的荷兰老乡来这里买戴尔克的画时，他总要说服他们买思特里克兰德的画。他非要思特里克兰德把画拿到这里，给他的那些老乡们看。"

"你觉得思特里克兰德的那些画好吗？"我笑着问她。

"哦，太糟糕了。"

"啊，亲爱的，你不懂。"

"我不懂，哦，你的荷兰老乡是怎么跟你发火的？他们觉得你是在开他们的玩笑。"

戴尔克摘下了眼镜，擦着镜片。他通红的脸由于激动而发着光亮。

"为什么你会认为美——这世界上最宝贵的财富，像沙滩上的石头一样，可以被一个漫不经心的过路人随随便便地捡起来呢？美是一种奇异、有时甚至是陌生的东西，只有心灵经受了痛苦折磨的艺术家们，才能将它从世界的无序和混沌中塑造出来。当艺术家创造出美时，并不是所有的人都能认出它来。要想认识它，你必须亲历艺术家们的冒险。这是他唱给你的乐曲，为了在你的心灵里再一次听到它，你需要有知识、敏锐的感知和丰富的想象力。"

"为什么我总是认为你的画好呢，戴尔克？我第一眼看到它们时，就喜欢上了它们。"

施特略夫的双唇微微地战栗了。

"你先去睡吧，宝贝。我送送我的朋友，一会儿就回来。"

二十

　　戴尔克·施特略夫答应第二天傍晚来叫我，带我到思特里克兰德最可能在的那家咖啡馆。让我觉得有趣的是，现在要去的正是我早先来巴黎找他时跟他喝过苦艾酒的那一家。这么多年了，他连晚上消遣的地方都懒得改一改，足以说明他行为习惯上的惰性，在我看来，这也是他个性上的一个特征。

　　"他在这儿。"在我们抵达咖啡馆时，施特略夫说。

　　尽管已经是十月，傍晚的天气还是很暖和的，摆在便道上的咖啡台子旁都坐满了人。我的目光扫过人群，可没有看到思特里克兰德。

　　"瞧，在那边的角落里。他在下棋。"

　　我看见一个人正俯身在棋盘上，只能看到一顶大毡帽和他脸上的红胡子。我们走过了许多张桌子，来到他这里。

　　"喂，思特里克兰德。"

　　他抬起了头。

　　"噢，你有什么事，胖子？"

　　"我给你带来一位老朋友，他想见你。"

　　思特里克兰德看了我一眼，显然他并没有认出我来。他又俯下身子思考着牌局。

　　"坐吧，别说话。"他说。

　　在移动了一枚棋子后，他径直沉浸在了下棋中间。可怜的施特略夫焦急地望了我一眼，可我倒没有感觉到什么不自在。我要了一点喝

的，安静地等着思特里克兰德把棋下完。有这样一个能对他进行从容观察的机会，我当然不愿意错过。要是我自己在街上碰到他，我一定认不出他来了。首先，他的乱蓬蓬的未经整饬的红胡子遮住了他的大半张脸，他的头发也很长了；不过，最令人吃惊的变化还是他极度的消瘦。这使他的大鼻子显得更突出、更盛气凌人了；他的颧骨更高了；他的眼睛也似乎比以前大了。在他的太阳穴处出现了深深的凹痕，他的身体瘦成皮包骨。他身上还是五年前我见他穿着的那套衣服，已经破旧得不成样子，又沾满了污渍，在他身上晃晃荡荡的，像是穿上了别人的衣服。我留意到了他的手，脏兮兮的，指甲长长的，手上除了筋就是骨头，不过却显得更大更有力了；我不记得过去他的手形便有这么完美。他坐在那里专心致志地下棋，给我留下一种非常奇特的印象：在他身上蓄积着一股伟大的力量；我不知道为什么他的消瘦反而使这一点变得更加突出了。

片刻后，他走完了一步棋，把身子仰起，凝视着对手，他的目光里是一种令人奇怪的心不在焉的神情。对手是一位肥胖的蓄着胡子的法国人。这个法国人考虑着棋局，临了，突然发出一阵连笑带骂的嚷声，不耐烦地把棋子收拾起来，扔到了棋盒里。他一边一个劲儿地骂着思特里克兰德，一边叫来了侍者，在付了两人的酒钱后离开了。施特略夫把他坐着的椅子往近挪了挪。

"现在，我想我们可以说说话了。"他说。

思特里克兰德望着他，目光里含着讥嘲。我敢说他是在找几句挖苦的话，由于一时想不出来，只好沉默不语了。

"我给你带来一位你的老朋友。"施特略夫把说过的话又重复了一遍，脸上一副愉快的表情。

思特里克兰德若有所思地看了我将近一分钟。我在一边没有吭声。

"我从来没有见过这个人。"他说。

我不知道他为什么要这么说，因为从他的眼神里我明明察觉到他是认出了我的。不过，现在的我已不像几年以前脸皮那么薄了。

"我前几天还见过你的妻子，"我说，"我以为你一定想知道她最近的情况吧。"

他笑了一声，眼睛里发出亮光。

"我们俩曾一起度过一个快活的晚上，"他说，"那是多久以前了？"

"是五年前了。"

他又要了一杯苦艾酒。施特略夫不住口地解释着我和他是如何相识的，又是如何偶尔发现我们两人都认识思特里克兰德的。我不知道思特里克兰德是否在听，有一两次他的目光若有所思地落在我的身上，不过，在大多数的时间里，他似乎都是在进行着自己的思考；毫无疑问，如果没有施特略夫的唠叨，谈话也许早就冷场了。半个小时以后，这位荷兰人看了看表，说他必须走了。他问我走不走。我想，我一个人也许更容易从思特里克兰德那里问出点儿什么来，于是，我回答他说，我还要再待一会儿。

当这个胖子离开以后，我说：

"戴尔克·施特略夫认为你是个伟大的画家。"

"你以为我会在乎他的评价吗？"

"你愿意让我看看你的画作吗？"

"为什么我要给你看呢？"

"也许，我愿意买上一幅的。"

"也许我还不愿意卖呢。"

"你过得好吗？"我笑着问。

他咯咯地笑了。

"我看上去像过得好吗？"

"你好似一副饿得半死的样子。"

"我就是饿得半死了。"

"那么，让我们一起去吃顿饭吧。"

"为什么你要请我？"

"我可不是出于怜悯，"我冷冷地说，"你饿不饿肚子关我什么事。"

他的眼睛又一次亮了起来。

"那么，我们走吧，"他站起来说，"我正想美美地吃上一顿呢。"

二十一

我让他带我到他喜欢的饭店，路上我买了一份报纸。他点菜时，我把报纸支在一瓶圣·卡尔密酒上读了起来。我们默默地吃着饭，谁也不说话。我发现他时不时地往我这里瞅，我没有理睬。我要逼着他先讲话。

"报纸上有什么新闻吗？"在我们快要吃完饭的时候，他问。

我似乎从他的语调里听出他有点儿耐不住了。

"我喜欢读报上评论戏剧的杂文。"我说。

我把报纸折了起来，放在我的旁边。

"这顿饭吃得不错。"他说。

"我想，我们就在这里喝咖啡吧，好吗？"

"好的。"

我们点起了雪茄。我默默地抽着。我发现他在看着我时，脸上有一丝儿笑意，一副饶有兴味的样子。我耐心地等着。

"自从上次见面以后，你都忙什么了？"他最后终于开口问道。

我没有太多的东西要讲。我的生活只不过就是辛勤的工作，毫无波澜、奇事可言；当然也有在这一方面和那一方面所做的探索实验，以及对书本知识和人生阅历的逐渐积累。我有意对他这几年所做的事情闭口不问，表现得对他一点也不感兴趣的样子，终于，我的这一办法生效了。他开始谈起了他自己。但是由于他拙于言谈，对他这一段时间的经历讲得凌乱破碎，我不得不用自己的想象去填补其中的空白，

连缀起支离的碎片。对这样一个我深感兴趣的人，只能了解到一些断片和一个大概，这真是一件吊人胃口的事，就像在读着一部残缺不全的文稿。我从中得到的一个整体印象是，他的生活就是同各种困难的一个艰苦的抗争；但是，我也意识到许多对大多数人来说难以承受的事，他却能一笑置之。思特里克兰德显著区别于大多数英国人的地方，是他对生活中的安乐舒适毫无感知，或者说从不追求；叫他一辈子住在一间破烂的小屋里，他也不会觉得不舒服，他不需要有美好的东西簇拥在身边。我猜想，他从未注意过我第一次去到的他的那个屋子的糊墙纸有多么脏。他没想过要坐扶手椅，坐在硬靠背的椅子上，他会觉得更自如。他吃饭有个好胃口，可是对吃什么他却完全无所谓；在他看来，食物的作用只不过是吞咽在肚子里后能抑制饥饿，不至于让肚子空得发慌；在没有食物时，他似乎还有忍饥挨饿的本领。从他的谈话中我得知他有六个月的时间每天都是吃一块面包，喝一瓶牛奶。他是个性欲较强的人，然而，他又可以对声色情欲无动于衷。他根本不把贫困看作苦。在他的生活方式和生活习惯里，有一样东西特别能打动你，那就是他似乎完全是过着一种精神的生活。

当他从英国带来的为数不多的钱花光以后，他并没有感到沮丧。他没有卖出自己的画作，我想他就没有尝试着去卖；他开始找一些活儿来挣点钱。他自我解嘲似的跟我讲起他那段给英国老乡做导游的日子，这些英国人来到法国后都想看看巴黎的夜生活；这件工作于他冷嘲热讽的性格倒也投合，他对这座城市的那些污秽、不体面的地区逐渐地熟悉起来。他告诉我他如何在马德连大马路上长时间地徘徊，希望遇到一些想看看法律所不允许的事物的英国老乡，尤其是喝醉了酒的老乡。如果运气好的话，他能挣到一点儿钱；可是他褴褛的衣衫最终吓跑了那些观光者们，他再也找不到胆子大到敢于把他们自己交到他手上的游客。这时，他偶尔找到了一份翻译专卖药广告的工作，这些药要在英国医药界推销。有一次赶上罢工，他还做过粉刷房屋的工人。

与此同时，他从未停止对艺术的追求；只是不久他就腻味了再到画室里去，完全靠自己一个人专研了。他有时穷得连画布和颜料也买不起，而这两样东西恰恰是他最需要的。从他的谈话里我了解到，他在绘画中遇到极大的困难，由于他不愿接受任何同行的帮助，他花费了大量的时间，自己去琢磨出技巧上的问题，而这些问题以前历代的画家们早已逐个地给予解决了。他一直在追求着什么，是什么我不清楚，恐怕连他自己也不清楚；过去我有过的那一印象这一次变得更为强烈了：他中魔了。他不再像是个正常人。在我看来，他不愿意把他的画示人，似乎是因为他的确对他的这些画作不感兴趣。他像是生活在梦中，现实对他没有任何意义。我有一种感觉，他似乎把他强烈的个性都倾注在了画布上，全力捕捉着他心灵所见的图景，忘记了他周围的一切；临了，在倾泻完燃烧着他的那股激情之后，他就再也不去管他画出的那些东西了，它们或许还算不上画作，因为我觉得他很少把什么东西画完整过。他对他画出的东西从来没有满意过：与他心灵中的图景相比，他现在画出的东西就什么也不是了。

"为什么你不把你的画送到展览会上去？"我问。"我想你也是愿意知道大家的看法的。"

"你会吗？"

他说这三个字时的那种轻蔑不屑的劲儿，我简直无法形容。

"你不想成名吗？那是多少艺术家梦寐以求的事情。"

"幼稚。当你毫不在乎某个人对你的看法时，你如何又会在乎众人的看法呢？"

"我们并非都是理性的人。"我笑着说。

"成名的是哪些人？是批评家、作家、证券经纪人和女人。"

"当想到你不认识或是你从没见过的人们被你的画笔打动，从你的作品中感受到了或强烈或微妙的情感，你难道不会感到欣慰吗？每个人都喜欢自己拥有力量。我想象不出，还有什么比感动人的心灵、激发出他们的怜悯和恐惧心理更能体现出力量的奇妙作用了。"

"那是情节剧。"

"那你为什么还要在乎你画作的好与坏呢？"

"我不在乎。我只是想画出我见到的东西。"

"如果我置身于一个荒岛上，确信我写的东西只有我一个人的眼睛能够看到，我不知道我还能否写得下去。"

思特里克兰德沉默了好久，可他的眼睛里却闪烁着奇异的光芒，仿佛他看到了某种能点燃和激奋起他灵魂的东西。

"有的时候，我脑中会出现一个岛屿，在它的周围是一望无际的大海，我就住在岛上一个偏僻幽静的山谷里，山谷中长着各种奇怪的树木。我想，在那里，我便能发现出我想要的东西了。"

他并没有像上面所写的那样表达出自己。他讲话时借助的是各种手势，而不是形容词，他说话结结巴巴，中间多有停顿。我把他想要说的话用自己的语言组织了一下。

"回顾过去的五年，你认为它值吗？"我问。

他愣愣地望着我，我知道他并没有明白我的意思。于是，我解释道：

"你放弃了舒适的家，放弃了一般人所过的那种幸福生活。你那时在事业上也很兴旺。而在巴黎，你似乎是吃尽了苦头。如果叫你重新选择，你还会这么做吗？"

"会。"

"难道你没有察觉你从未问过你的妻子和孩子们？你想过他们吗？"

"没。"

"我希望你不要总是用这种该死的单音节词回答我。难道你一刻也没有后悔过你给他们造成的不幸吗？"

他的嘴角现出了笑意，他摇了摇头。

"我猜想，你有时也会不由得想到过去。我不是说七八年以前，而是指更远一些的过去，当你第一次遇到你的妻子，当你爱上了她、娶了她的时候。难道你忘记了你第一次把她搂在怀里时的那种喜悦和快乐了吗？"

"我不想过去。唯一重要的是永恒的现在。"

对他的回答我想了一会儿。也许，他表达得不太清楚，不过，我想我还是看出了一些他的意蕴。

"你快乐吗？"我问。

"快乐。"

我不再吭声。我若有所思地望着他。他跟我对视着，临了，他的眼睛里闪现出讥嘲的光。

"我觉得你对我有意见。"

"没有，"我即刻回答说，"我对蟒蛇能有什么意见，相反，我对它的心理活动还挺感兴趣呢。"

"那么，你对我感兴趣，纯粹是出于你职业的角度了？"

"是的。"

"你对我没有意见才对。你有一个令人讨厌的性格。"

"或许，这就是你为什么跟我在一起会感到自在的原因。"我反唇

相讯道。

他笑了一声，没有回答。我希望我能描述出他的笑容。我不敢说他的笑有多么吸引人，但是它却照亮了他的整个面庞，拂去他平日脸上的阴沉严肃，为其平添一种没有什么恶意的刻薄神情。这是一种缓缓展开的笑，开始于眼睛也结束于他的眼睛；它既不含恶意，也无善意，只是给人一种色欲感，使人想到森林之神的那种兽性的喜悦。正是他的这种笑容使我想到了问他：

"你来巴黎后谈过恋爱吗？"

"我没有时间搞那种事。人生短促，不能让你兼顾爱情和艺术。"

"你的相貌可不像是做隐士的。"

"这种事令我厌恶。"

"人性本来就是个累赘，不是吗？"我说。

"你为什么对着我傻笑？"

"因为我不相信你。"

"那你就是个大傻瓜。"

我没有马上搭话，只是一味地盯视着他。

"你干吗想着要骗我呢？"我说。

"我不知道你在说什么。"

我笑了。

"让我来说吧。我猜想你是这样的一种情况：在几个月内，情欲的事儿不会进入到你的脑子里，你能说服自己，你已经永远摒弃它了。你欢庆你获得自由，你觉得你终于可以为你自己的灵魂做主了。你似乎遨游在星空里。然后，突然之间，你忍受不了了，你发现其实你的脚一直是跋涉在泥淖中。你想让自己在它里面打滚。你去找某个粗野、低贱、俗艳的女人，一个兽性大发、猥亵淫秽的荡妇，你像一头野兽那样扑向她。你狂饮，直到你暴怒，几近于失去理智。"

他一动也不动地注视着我。我看着他的眼睛，缓缓地对他说：

"我现在就来告诉你这件看似非常奇怪的事：情事结束之后，你会觉得你变得非常非常的纯洁。你像是一个挣脱了肉体的灵魂，有一种脱离了形体的感觉；你似乎就能触摸到美了，好像美也变成了可触到的实体；你好像与飒飒的风儿，与刚顶出嫩叶的树木和河流上空的彩虹有了共鸣，与它们息息相通了。你感觉自己成了上帝。你能给我解释这是怎么回事吗？"

他一直盯着我的眼睛，直到我说完，之后，他转过了身去。在他的脸上出现一种奇怪的表情，就像是一个被折磨而死的人脸上的表情。他沉默不语。我知道我们的谈话结束了。

二十二

我在巴黎住了下来，开始写一部剧本。我过着很有规律的生活，早晨写作，下午在卢森堡公园散步，或是在各条街道上闲逛。有时候，我也长时间地待在卢佛尔宫里观览，这是巴黎所有画廊中我最感亲切的一个，也是最适于我思考的地方；再就是到塞纳河边消磨时间，在那里翻弄着我从来不打算买的二手书。我随意地翻看着这些书籍，就这样我认识了不少伟大的作家，对这些作家我零零星星地知道一点儿也就够了。到了傍晚，我就去看朋友。我常常到施特略夫家去，有时也留下来吃顿便饭。戴尔克·施特略夫很得意他做的意大利菜的味道，我也承认他做的意大利通心粉的确要好于他的画作。当他端上来一大盘香喷喷的通心粉，上面浇上了西红柿番茄酱，我们一边喝着红葡萄酒，一边吃着通心粉和他们家自己烤制的面包时，我觉得这样的饭菜也真可谓是丰盛了。我渐渐地与勃朗什·施特略夫熟络起来，我想，因为我是英国人，她在巴黎又很少有英国朋友，所以她很高兴见到我。她生性快乐、单纯，只是很少说话，我也不知道为什么她会给我这样一个印象，仿佛她心里隐藏着什么秘密似的。但是我转念又想，也许是她性格内敛，再加上她丈夫心直口快，讲话无遮无拦的，因此叫她更不好意思了。戴尔克向来是心里有话就要倒出来，就是最私密的事他也可以跟你毫无忌讳地讨论。他这副样子有时叫他的妻子很尴尬，我见她失去常态只有一次，那次施特略夫非要告诉我他服泻药的事，在说到这件事的细节时他更是绘声绘色。他在叙述他的这件不幸事情时的一本正经叫我笑得前仰后合，这更是增加了施特略夫太太的火气。

"你好像就愿意让自己当傻瓜似的。"她说。

看到妻子真的生气了，施特略夫的眼睛比平时睁得更圆了，他的额头也不知所措地蹙了起来。

"亲爱的，我让你生气了吗？我再也不吃泻药了。那都是因为我肝火旺。我整日坐着画画，很少活动。三天了我都没有……"

"天啊，你还要说！"她打断了他的话，因为气恼眼睛里浸满了泪水。

他的脸一下子耷拉下来，像个挨了骂的孩子那样嘴唇也噘了起来，他求救似的望着我，想让我给他打个圆场，可是我却无法控制自己，笑得喘不上气来。

有一天，我们一起到一个画商那里去，施特略夫认为在那家画商的店铺里应该至少可以看到两三幅思特里克兰德的画，可等到了之后才知道，思特里克兰德自己在早几天已经把它们拿走了。画商也不知道他为什么这么做。

"你们不要认为我因这件事情生气了。我接下他的画是看在施特略夫先生的面子上，我曾答应过尽量替他卖。可是说真的——"他无奈地耸了耸肩膀。"我对年轻人的画作是感兴趣，可是就连你施特略夫先生也并不认为他们中间有什么天才吧。"

"我拿我的名誉担保，在当今的画家里，我确信没有谁比他更有才华了。你信我的话吗，你丢掉了一桩好买卖。迟早有一天，他的这几张画会比你整个铺子里的画加在一起还要值钱。你记得莫奈吗？当时他的画卖一百法郎都没有人要。可是现在值多少钱了？"

"不错。但是，当时还有好多像莫奈一样优秀的画家卖不出去他们的画，到现在了他们的画仍然不值什么钱。这谁能说得清楚？画得好

就一定能成功吗？千万别相信这个。再说，你的这位朋友是否有才能还需要进一步的证明。除了施特略夫先生，再也没有人说过他的好。”

"那么，你怎么才能识别出一个人画得好与不好呢？"戴尔克问，脸被气得通红。

"只有一个办法——那就是出了名。"

"市侩！"戴尔克大声地喊。

"你且想一想过去的那些大艺术家们——拉斐尔、米开朗琪罗、安格尔①、德拉克洛瓦②——他们都是成功的。"

"我们走，"施特略夫跟我说，"否则的话，我非杀了这个人不可。"

---

① 让·奥古斯特·多米尼克·安格尔（1780—1867），法国画家。
② 费迪南·维克多·欧仁·德拉克洛瓦（1798—1863），法国画家。

二十三

我常常见到思特里克兰德，有时候还跟他下下棋。他的性情不太稳定。有的时候，他一声不吭、心不在焉地坐在那里，对谁也不理不睬；在他心情好的时候，就会磕磕巴巴地跟你聊起来。他虽然说不出什么意味隽永的话，但是他惯用粗俗的语言来讽刺挖苦，不由得你不被打动。他总是直截了当地说出他心里想着的东西，他从不关心别人的感受，在伤到别人的情感时他会觉得很有趣。他总是不断地狠狠地奚落戴尔克·施特略夫，令他狼狈地跑掉，发誓再也不理他了；可是思特里克兰德身上有股强大的力量，总在吸引着这个肥胖的荷兰人，使他不顾自己的意愿，像条摇尾乞怜的小狗一样再度来到思特里克兰德这里，尽管他也知道等待他的会是令他心悸的恶毒嘲讽。

我不知道思特里克兰德为什么能够容忍得了我。我们的关系很是特别。有一天他问我借五十法郎。

"我做梦也想不到你会跟我借钱。"我说。

"为什么？"

"因为我并不觉得这有很趣。"

"你知道，我已经穷得叮当响了。"

"你就是穷得要饭了，我也不在乎。"

"我要是饿死了，你也不在乎？"

"我为什么要在乎呢？"我拿这话反过来问他。

他盯着我看了一两分钟，用手捋着他乱蓬蓬的胡子。我笑着望着

他。

"是什么让你觉得好笑呢？"他问，眼睛里闪烁着恼怒的光。

"你脑子里完全没有人情世故。你从来不知道领别人的情，别人谁也不欠你什么的。"

"如果我付不了房租，被赶出到大街上，上吊死了，你也能无动于衷吗？"

"能。"

他咯咯地笑起来。

"你在吹牛。如果我真的死了，你会后悔死的。"

"那你就试试，看我会不会后悔。"我反驳说。

他的眼睛里露出笑意，他默默地搅动着杯中的苦艾酒。

"你要下棋吗？"我问。

"我没意见。"

我们开始摆棋子，摆好之后，他注视着眼前的棋盘，一副饶有兴致的样子。看到你的兵马都已布置到位，就要开始一场大厮杀，心里不免有一丝快慰的感觉。

"你真的以为我会借给你钱？"我问。

"我看不出你不借的理由。"

"你让我感到很吃惊。"

"为什么？"

"发现在你的内心里还残留着同情、自怜等情愫，很令我失望。假如你不那么天真、没想着去勾起我的同情心，或许我会更看得起你点儿。"

"你要是被我打动的话，我会看不起你的。"他回答说。

"那就对了。"我笑着说。

我们开始走棋。我们两个都下得非常用心。棋下完时，我对他说：

"喂，你听我说，如果你真是缺钱花的话，不妨让我看看你的画。如果有我喜欢的，我将把它买下。"

"你见鬼去吧！"他说。

他站起来要走，我叫住了他。

"你还没有付你的酒钱。"我笑着说。

他嘴里骂着，扔下钱走了。

这件事过去之后，我有几天没有见到他，但是有一天晚上我正坐在咖啡馆里看报，他走上前来，坐在了我的身边。

"你总归还是没有上吊。"我说。

"没有。我接了一个活儿，给一个退休的管道工画幅肖像，酬金是二百法郎①。"

"你是怎么揽上这个活儿的？"

"是卖我面包的那个女人给我介绍的。那个管道工告诉她，他在找一个人给他画像。我得给她二十法郎的佣金。"

"他长得怎么样？"

"太了不起了。他有张像羊腿一样的大红脸，在他右面的脸颊上有一颗偌大的痣，上面长满了长长的毛。"

思特里克兰德这天心情不错，当戴尔克·施特略夫走上前来跟我们坐在一起时，思特里克兰德即刻对他恶作剧似的攻击起来。他总能找到这位倒霉的荷兰人的痛处，技巧的高超令人叫绝。这一次他用的不是嘲讽的细剑，而是斥骂的大头棒。他的攻击来得突然，来得毫无缘由，让毫无防备的施特略夫完全失去了抵抗力。他就像一只受了惊

---

① 这幅画原来是在里尔的一个厂商手里，德国人逼近时他逃往外地。这幅画现收藏在斯德哥尔摩国家美术馆。瑞典人是很善于这种浑水摸鱼的小把戏的。——原注

吓的小羊毫无目的地四处逃窜。最后，泪水从他的眼睛里淌了出来。最糟糕的是，尽管你恨思特里克兰德，尽管这场景羞辱得施特略夫无地自容，你还是禁不住要大笑起来。有一些人很是不幸，即便他们流露出的是最诚挚的感情，还是会让人觉得可笑之至。戴尔克·施特略夫正是这样的一个人。

　　不过，当我回顾在巴黎度过的那个冬天时，我觉得给我留下最愉快的记忆的，还是戴尔克·施特略夫。在他的家里有一种温馨迷人的氛围。他和他的妻子构成一幅每每会叫你去怀念的画面，他对他妻子纯真的爱有细微的体贴和美好的情意在里面。尽管他的举止是那么滑稽，可他真挚的情感仍然令人感动。我可以理解他的妻子对他的反应，我也很高兴她的感情是那么温柔。如若她有幽默感的话，看到丈夫把自己放到宝座上，像偶像一样崇拜着，她一定会觉得好笑的。但在笑他的同时，她一定也会感到得意，被他感动。他会永远爱她，尽管她会老，会失去她优美的线条和姣好秀丽的面容，但对他来说，她丝毫也不会改变，她永远是世界上最漂亮的女人。他们井然有序的生活愉快、恬适。他们只有一间画室、一间卧房和一个很小的厨房。施特略夫太太做着所有的家务活，在戴尔克画画的时候，她去市场买菜、烧午饭，做针线活，一整天没有闲下来的时候；晚上在画室里，当戴尔克演奏起一些我猜想她很难听懂的乐曲时，她又坐在那里做起了针线活。他弹奏得颇有情趣，只是他总带着过多的感情，将他灵魂里充溢着的热烈情感都倾注到了音乐当中。

　　他们的生活从某个角度看像是一首牧歌，具有一种独特的美。戴尔克·施特略夫在他言行举止上表现出的荒诞滑稽为他们的生活平添了一种奇怪的调子，仿佛是一个无法调解的不谐和音，可这反而使他们的生活有了现代感，更富于人情味，好像是在一幕严肃的场景中插进去了粗俗的打诨，更加提升了美所具有的那一打动人心的力量。

二十四

　　圣诞节前夕，施特略夫过来邀我去他那边一起度过这个节日。每逢这一天，他就会有思友思乡的心绪，所以他想跟朋友们依照一定的习俗一起度过这一天。

　　这两三个星期以来，我们两个谁也没有见过思特里克兰德——我是因为有朋友们来了巴黎陪他们了，施特略夫则是因为跟他大吵了一架，下决心跟他断绝一切往来了。思特里克兰德这个人简直不可理喻，他发誓以后再也不理他了。可圣诞节的莅临又让施特略夫的心变得软了下来，说什么他也不能让思特里克兰德自己一个人过圣诞节；他认为思特里克兰德此时的心情一定和他的一样，他怎能忍心在这样一个亲朋好友团聚的日子，扔下这位画家不管，叫他一个人孤零零、冷清清的。施特略夫已在他的画室里摆放了一棵圣诞树，我猜想我们每个人都会在点缀起来的树枝上找到一些可爱的小礼物；但他又有些不好意思再见到思特里克兰德，这么快、这么轻易地就原谅了叫他颜面尽失的侮辱，无疑会让人看不起的，可他决心要和解，并希望和解的时候我也在场。

　　我俩一起步行到克里舍路，可思特里克兰德不在咖啡馆。外面的便道上太冷了，我们进到咖啡馆里面，在皮面椅子上坐下来。屋子里又闷又热，空气中弥漫着烟雾。思特里克兰德没有来，不过，我们很快瞧见了那位偶尔跟他下下棋的法国画家。前几次来，我跟他打过照面，说过几句话，他在我们的桌子旁边坐下来。施特略夫问他，这几天是否见过思特里克兰德。

"他病了，"他说，"你们不知道吗？"

"病得严重吗？"

"我听说病得很厉害。"

施特略夫的脸变白了。

"他为什么不写信告诉我？我真蠢，还跟他吵架！我们必须马上去找他。他身边没有任何人照顾。他住在哪里呢？"

"我不清楚。"那位法国人说。

我们发现我们几个人谁也不知道如何才能找到他。施特略夫的心里越来越难过。

"他也许会死去，他的情况没有人知道。这太可怕了，我简直不敢再想下去，我们必须马上找到他。"

我尽力让施特略夫明白，满世界在巴黎寻找是没有用的。我们必须先想出一个方案。

"你说得没错；可是，他现在随时都可能死去，在我们找到他时，或许就已经太晚了。"

"你坐下，让我们静静地想一想。"我有点儿不耐烦地说。

我知道的地址只有比利时旅馆，可思特里克兰德早就离开那里了，那里的人不会再对他有什么印象。既然他有这样奇怪的想法要对自己住的地方保密，那么在离开那个旅馆时，他多半不会留下他的新地址。何况，他离开已经五年多了。不过，我倒是颇为肯定地认为他一定没有搬得太远。既然他在比利时旅馆住时来的就是这家咖啡店，以后也再没有换过地方，那一定是因为他还住在这一片。我突然想起，他常买面包的那家店铺曾介绍过他给别人画像，说不定在那里能找到他的地址。我叫人拿来一本电话簿，开始翻找这附近的面包店。我一共查

到了五家，唯一的办法就是逐个去打听一遍。施特略夫不太情愿地陪着我寻找。以他的做法是要找遍与克里舍路相通的几条街上的所有旅店，每一家都进去问一问，看看思特里克兰德住在那里没有。结果证明，我的这个看似很不起眼的办法奏效了，在我们问到第二家面包店时，那里站柜台的女人就告诉我们说，她认识思特里克兰德。虽说她不敢确定他具体住在哪一座楼里，但可以肯定是对面那三座楼里的一座。我们的运气不错，头一幢楼的门房就告诉我们，我们可以在顶层找到他。

"听说他病了。"施特略夫说。

"有可能吧，"门房漫不经心地说，"事实上，我有好几天没见到他了。"

施特略夫在我前面跑上了楼，等我上去时，他已敲开了一个房间的门，正向房里走出来的一个穿衬衣的工人询问。这人指了指另外的一扇门说，那里面住着的就是位画家，已有一个星期没有见到他的面了。施特略夫刚准备去敲门，却又无奈地向我转过身来。我知道他是吓坏了。

"要是他已经死了呢？"

"他不会。"我说。

我叩门，里面没有应答。我试着转动了一下门柄，发现门并没有反锁。我走了进去，施特略夫跟在我后面。房间里很黑，只能隐隐约约地看出这是一间阁楼，一道比屋子里的昏暗也强不了多少的朦胧的光，从天窗上透进来。

"思特里克兰德。"我叫了一声。

没有回答。这的确令人感到神秘，紧贴在我后面站着的施特略夫似乎在发抖了。有一会儿，我犹豫着，是不是要划根火柴。我依稀察觉到在墙角有一张床，我担心划亮火柴后，床上照见的已经是一具尸体。

"你不会划根火柴，你这笨蛋？"

思特里克兰德呵斥的声音从黑暗中传过来，着实惊了我一跳。

施特略夫喊叫起来：

"哎呀，上帝，我真以为你死了！"

我划着一根火柴，看有没有蜡烛。我将目光急速地扫过这一半是卧室一半是画室的小屋，屋子里只有一张床、一些面冲着墙放着的画作、一个画架、一张桌子和一把椅子。地板上没有铺地毯，没有火炉。桌子上乱堆着颜料瓶、调色刀和其他一些东西，在这中间我找到了半根蜡烛。我点燃了蜡烛，看见思特里克兰德很不舒服地躺在床上，因为这床对他那魁梧的身体来说实在是太小了，为了暖和，他把衣服都搭在了身上。一眼便能看出，他是在发着高烧。施特略夫走到床前，因为激动连嗓音都变了。

"噢，我的朋友，你怎么啦？我一点儿都不知道你病了。为什么你不告诉我？你一定知道，为了你我愿意做任何事情。你是不是还在想我俩吵架时我说过的那些话？我那说的都是气话。我错了。我惹你生气，是我该死。"

"你见鬼去吧。"思特里克兰德说。

"你现在安静点儿好吗？让我来照料你。有人来照看过你吗？"

施特略夫四下凄然地打量着这间肮脏的阁楼。他把思特里克兰德的被子、被单整了整。思特里克兰德呼哧呼哧地喘着，忍着怒气一声不吭。他带着怨气看了我一眼。我静静地站在那里望着他。

"要是你真想替我做点什么，你就给我去买点牛奶吧。我已经有两天没有出门了。"

他的床边放着一个喝光了奶的空瓶子，在一张报纸里还残留着一些面包屑。

"你吃过东西了吗？"

"没有。"

"你多久没有吃东西了？"施特略夫大声地问。"你是不是说你有两天没有进食没有喝水了？这太让人担心了。"

"我喝过水的。"

有片刻的工夫，他的眼睛落在了一个他伸手能够得着的水罐上。

"我马上去买，"施特略夫说，"你还想要点别的吗？"

我告诉他再买一个体温表，一些葡萄和面包。施特略夫很高兴自己能帮上点忙，咚咚地跑下楼去了。

"一个十足的傻瓜。"思特里克兰德咕哝着。

我摸了摸他的脉搏，跳得很快，也很弱。我问了他一两个问题，他不回答，我再逼问，他索性把头也恼恨地扭到墙那边去了。唯一能做的就是静静地等待。十分钟后，施特略夫气喘吁吁地回来了。除了我建议他买的，他还带回来了蜡烛、肉汁和酒精灯。他是个很会操持这些事情的人，很快他就煮好了牛奶，把面包泡在奶里端了上来。我给思特里克兰德量了一下体温，是华氏一百〇四度①，他显然已经病得很重了。

_____

① 华氏一百〇四度相当于摄氏四十度。

二十五

此后不久，我们就离开了思特里克兰德。戴尔克准备回家吃晚饭，我打算着找一个大夫过来，给思特里克兰德看看；可刚刚走出空气闷浊的阁楼来到街道上，这个荷兰人就恳求我，让我马上跟他到他家去。他脑子里在想着什么事情，却不肯告诉我，只是一味地要我陪他回去。我想了想，就是我眼下把大夫请到，除了我们已替思特里克兰德做的那些事，暂时也不会有什么事情可做，于是我同意跟他去。我们到家后，看到勃朗什·思特里克兰德正在摆桌子准备吃晚饭。戴尔克走到她面前，握住了她的手。

"亲爱的，我请求你答应我一件事。"他说。

她望着他，欢悦的神情中带着些许的端庄，这也正是她迷人的一个地方。施特略夫的脸上因渗出汗水而发着光亮，激动的表情使他的样子变得有些滑稽，但是在他那圆圆的、略显不安的眼睛里却流露着急切的神情。

"思特里克兰德病得很重，他可能会死去。他一个人住在一间肮脏的阁楼里，身边没有一个人照顾。我希望你让我把他带回家来。"

她马上缩回去了她的手——我以前还从未见过她做出过这么快的动作——她的脸唰的红了。

"噢，不！"

"亲爱的，你不要拒绝好吗？我不忍心把他一个人留在那个阁楼里。"

"我并不反对你照顾他。"

她的声音听起来很遥远，也很冷漠。

"可是，他会死的。"

"那就让他去死吧。"

施特略夫喘了一口粗气。他擦了擦脸上的汗，转过身来想让我说句话，可我真的不知道该说什么。

"他是个伟大的艺术家。"

"那又怎么样？我恨他。"

"噢，亲爱的，我的宝贝，这不是你的心里话。我恳求你让我把他带回家里，我们能给予他适当的照料。或许，我们能救了他的命。他不会给你造成麻烦，一切都由我来做。我们可以在画室里给他支上一张床。我们不能让他像狗一样地死去，那也太没有人性了。"

"为什么他不能去住院？"

"住院！他需要由爱他的人们来给予精心的照顾。护理他必须要有极大的耐心才行。"

看到她变得那么激动，我很诧异。她仍在往餐桌上摆放餐具，可她的手却在不停地颤抖。

"我对你几乎要失去耐心了。你以为你病了，他会帮你一点儿的忙吗？"

"但是，那又有什么关系呢？我还有你来护理我，不需要他的帮忙。何况，我和他不同，我只是个小人物而已。"

"你还不如一个杂种小狗有血性。你躺在地上，让人们在你身上践踏。"

施特略夫笑了一下，他想他明白他的妻子为什么会是这样的态度。

"哦，亲爱的，你还在想他那天来家里看我的画的事吗？如果他认为那些画不好，那又有什么关系呢？我可能就不该让他看那些画。我敢说，那些画画得并不是那么太好。"

他懊丧地扫看了一下他的画室。在画架上立着的是一幅未完成的油画，一个意大利的农民满面笑容地拿着一串葡萄，把它举在一个黑眼睛的小姑娘的头顶上。

"即便他不喜欢那些画，他至少应该有点礼貌，对人好一点儿。他没有必要侮辱你。他把对你的蔑视完全表现在了他的脸上，而你却还要舔他的手指头。啊，我讨厌他。"

"亲爱的宝贝，他有才华。我想，你一定不认为我也有才华吧。我倒希望我有呢；可别人谁是天才，我一眼便能看得出来，我打心眼里尊重这种人。天才是世界上最奇妙的东西。对于他们本人来说，天才或许是个很大的负担。所以，对他们我们应该多一些容忍，多一些耐心。"

我站在一旁，被他们小两口的这一幕弄得有些尴尬，我不明白施特略夫为什么非让我跟他一起回来。我看到他妻子的眼眶里已经浸满了泪水。

"不过，不仅因为他是个天才，我才请求你让我把他带回家里，他也是一个人，他现在病了，而且很穷。"

"我绝不让他在我的家里住——绝不。"

施特略夫转向了我。

"告诉她这是性命攸关的事，不能把他丢在那个寒碜的地方不管。"

"你也清楚，他来这里养病要好得多，"我说，"当然啦，这会给你们带来不方便。我想，得有一个人日夜守护他。"

"亲爱的，你可不是那种见点困难就往回缩的人。"

"他要是来了这里，我就离开。"施特略夫太太感情激烈地说。

"我简直认不出你来了，亲爱的。你一向是那么温柔、善良。"

"噢，看在老天的分上，你不要再这样说了。你快把我逼疯了。"

这时，她的眼泪终于流了下来。她瘫坐在一把椅子上，用手捂住了脸，双肩猛烈地抽搐着。戴尔克一下子跪倒在她面前，搂抱着她，亲吻着她，嘴里念叨着各种亲昵的称谓，泪水顺着他的面颊簌簌地流下来。少顷，她从他的怀抱中挣脱出来，擦干了自己的泪。

"我一会儿就好了。"她说，语气已经平缓了许多；临了，她转向我，强做出个笑容对我说："我真不知道你会怎么看我呢？"

施特略夫很是困惑地望着她，一时不知怎么才好。他的前额整个儿皱了起来，红红的嘴唇像个孩子似的那么噘着。他那副怪样子不由得让我想到了一只慌乱无措的豚鼠。

"那么，亲爱的，你还是不同意？"他最后说。

她有气无力地挥了挥手。她已经精疲力竭了。

"画室是你的。这里的一切都是你的。如果你想带他来，我凭什么阻拦你？"

刹那间，他圆圆的胖脸上露出一抹笑容。

"这么说你同意了？噢，亲爱的，我就知道你会同意的。"

突然她强振作起了精神，用乞求的眼神望着他。她把交织着的双手放在心口上，仿佛是她忍受不了它激烈的跳动似的。

"噢，戴尔克，自从我们相识，我还从未求你为我做过任何事情。"

"你知道，在这个世界上，我愿意为你做任何事情。"

"我求你别让思特里克兰德到家里来。你可以带来其他的任何人，小偷、酒鬼、街头的流浪汉，都可以。我答应你，我将乐意为他们做任何事情。我只是恳求你，不要带思特里克兰德到家里。"

"可这到底是为什么呢？"

"我害怕他，我也不知道为什么，他身上有某种叫我感到恐惧的东西。他会给咱们家带来极大的伤害的。我知道，我感觉到了这一点。如果你让他来了，我们的结局一定很惨。"

"可你说的这些听起来都毫无道理呀！"

"不，不是的。我知道我是对的。我们家就要有可怕的事情发生啦。"

"就因为我们做了一件好事？"

施特略夫太太的呼吸紧促起来，在她的脸上是一种难以说明的恐怖神情。我不知道她此刻想到了什么。我觉得她正在被一种无形的恐惧紧紧地攫住，叫她失去了自控力。她平时总是那么恬静，她的焦虑不安令人感到惊讶。有一会儿，施特略夫充满困惑和惊愕地看着她。

"你是我的妻子，你是我在这个世界上最亲的人。没有你完全的同意，谁也不能到咱们家来。"

有一会儿，她合上了眼睛，我想她就要晕过去了。我显得有些不耐烦了，没想到她竟会是这样神经质的一个女人。此时，我又一次听到施特略夫的声音响了起来。在打破屋子里的寂静时，他的声音听起来有点儿怪怪的。

"你自己不是也一度陷入非常悲惨的境地，恰在那时有人向你伸出了援手吗？你知道那样的帮助意味着什么。现在有人陷入绝境，我们有能力帮他，你难道不愿意伸出一回援手吗？"

这些话说得再普通不过了，以我看，里面甚至还有些道德训诫的意味，让我差点儿笑了出来。谁知这话给施特略夫太太的影响却是太大了，大得令我吃惊。她身体抖动了一下，随后盯着她的丈夫看了好长时间。施特略夫的眼睛望着地面，我不知道他的表情为什么会显得如此尴尬。一片淡淡的红晕浮上她的脸颊，可很快她的脸就变白

了——变得煞白，让你觉得她的血液似乎从她皮肤的表层都退回到她的体内，甚至连她的手也变得煞白。她的全身都在战栗着。画室里的寂静似乎凝固在了一起，变成了可触摸的存在。我被弄糊涂了。

"你把思特里克兰德带到这里来吧，戴尔克。我将尽我最大的力量照顾他。"

"我的亲爱的。"他笑了。

他想把她搂在怀里，可是她躲开了。

"不要在生人面前这么做，戴尔克，"她说，"这叫我很难为情。"

她的言谈举止又恢复了平时的样子，谁也看不出几分钟前她还受着剧烈情感的煎熬。

二十六

第二天我们便去给思特里克兰德搬家。劝说他过来也需要强硬的态度和十足的耐心，不过，他的身体也实在是太虚弱了，不能对施特略夫的再三恳求和我的决心做出有效的抗拒了。在我们给他穿衣服、扶他下楼梯上出租马车以及随后的这一路上，他一直骂骂咧咧的，尽管声音弱了许多。在到达的时候，他已经是筋疲力尽了，一声没有吭，任由着我们把他抬到了画室里新搭起的床铺上。他一直躺了六个星期。有一次，他眼看着就不行了，连几个小时也挺不过去了，硬是这位荷兰人凭着他顽强的决心和任劳任怨的护理，把他从死亡线上拉了回来。我还从来没遇到过像他这么难对付的病人。倒不是说他挑剔，抱怨，恰恰相反，他从不埋怨，从来不提任何的要求，他躺在那里一声不吭，似乎是对受到的照顾心怀不满；谁要是问问他觉得好点没有，需要点什么，他不是讽刺挖苦，就是骂骂咧咧。我觉得他这个人实在是太讨厌了，在他病情刚一好转，我就告诉了他我的这个看法。

"你他妈的见鬼去吧。"他毫不客气地对我说。

戴尔克·施特略夫搁下了自己的工作，用他全副的身心温柔体贴地照料思特里克兰德。他能把病人服侍得很舒服，总有办法诱哄着病人把医生开下的药吃到肚子里（我以前从没想到他还有这样的本领）。无论是做什么，他都不嫌麻烦。尽管他的收入能满足他和妻子的日常需要，却没有富余的钱可以去乱花；然而，现在的他却变得大手大脚，购买已过季节、价格昂贵的美味，这样来勾起病人吃东西的欲望，以

恢复其功能变弱的胃口。我什么时候也忘不了他劝说思特里克兰德增加营养的那种耐心和手腕。不管思特里克兰德对他的态度多么粗暴，他从来不发火；如果对方只是不高兴，绷着脸，他就全当没有看见；如果对方骂他嘲讽他，他也只是咯咯地笑。当思特里克兰德的身体有所恢复且又心情好用取笑他来开心时，他就故意做出些荒唐的事情来让思特里克兰德嘲笑他。那时，他常常会高兴地给我使眼色，让我知道病人的情况已大有好转。施特略夫真是一个崇高无私的人。

但是，最让我感到惊讶的还是勃朗什。她用她的行动证明了自己是个能干的、尽心尽责的护理。在她身上再也看不出一丝儿的影子，让你想到她曾那么激烈地反对过她丈夫，不让他把思特里克兰德带回家里。她坚持要做好她的那一份照顾病人的职责。她整理病人的床铺，尽量做到在撤换床单时不惊扰病人。她清洗他的身体。在我称赞她的能力时，她脸上露出她惯有的笑容，说她曾在医院里工作过一段时间。在她身上，丝毫也看不出她以往对思特里克兰德的深恶痛绝。她很少跟他说话，却能预想到他需要什么。有两个星期的时间，病人需要整晚有人陪护，她就和丈夫轮替着值夜班。我真想知道，当她守在病床前熬过这漫漫长夜时，她都在想些什么。思特里克兰德躺在床上，样子古怪瘆人，他比以前更加消瘦了，乱蓬蓬的胡子长满了脸腮，眼睛直愣愣地望着天花板；因为生病，他的眼睛显得更大了，发出热切、奇异的光亮。

"他晚上跟你说过话吗？"有一次我问。

"从来没有。"

"你还是那么不喜欢他吗？"

"比以前更加不喜欢了。"

她用她那双安详的灰色眸子望着我。她的表情显得非常平静，让人很难相信几天前她居然会迸发出那么剧烈的情感。

"你替他做了这么多，他谢过你吗？"

"没有。"她笑了笑说。

"他这人不通人情。"

"他令人憎恶。"

这一段时间，施特略夫当然对他的妻子非常满意。她勇敢地把他加在她身上的重担挑了起来，并全身心地投入，他无论怎么做也不能表达出对她的感激。然而，对勃朗什和思特里克兰德两人之间表现出的一些行为举止，他又颇有些不解。

"你知道吗，我常常看见他们两个几个小时坐在那里，一句话也不说。"

有一次，我和这一家人一同坐在画室里，这时思特里克兰德的身体状况已经好多了，再有一两天就能下地了。我跟戴尔克聊着天，施特略夫太太在缝补着什么，我认出来她缝补的那件衬衣是思特里克兰德的。思特里克兰德静静地仰面躺着。我看到他的眼睛有一次落在了勃朗什·施特略夫的身上，目光里是一种奇怪的嘲弄神情。感觉到他正在看着自己，勃朗什抬起了眼睛，有一会儿，他们两人对视着。我真的无法理解她此时的表情。她的眼睛里流露出一种我不熟悉的惶惑神情，或许——啊！——是惊恐。思特里克兰德很快看到了别处，悠闲地望到了天花板上，可她还是一直盯视着他，此时，她目光里的神情很难解释得清楚。

几天以后，思特里克兰德开始下床活动了。他瘦得只剩下了皮包骨。他的衣服穿在身上，像是稻草人披着件破衣。乱糟糟的胡须，长长的头发，由于消瘦而凸显出来的五官，使他的整个外表显得更加特别；倒不是使他更难看了，而是样子变得更加古怪了。我不知道怎样

才能确切地表达出他给我的印象。准确地说，最显眼的倒不是他精神的品质（尽管他的肉体这道遮挡灵魂的屏障几乎都快成透明的了），而是他脸上的那种蛮横的欲念；然而，说来也荒谬，这肉欲又像是空灵的，会让你觉得好生奇怪。在他身上，散发着一种原始的气息。希腊人曾用半人半兽的形象——比如说生着马尾的森林之神，长着羊角、羊腿的农牧神等——来表现大自然中的神秘力量，思特里克兰德的身上似乎就有这样一种力量。他使我想到马尔塞亚斯[①]，因为他竟敢跟大神比赛音乐，所以被活剥了皮。思特里克兰德的心里好像怀着奇妙的和弦与未经探索过的图景，我预见到他将来会在绝望和痛苦的折磨中死去。我从前有过的那个想法又再次出现在我的脑海中：他是被魔鬼附体了，但是你又不能说，附在他身上的就一定是个恶魔，因为这是在宇宙混沌、善恶未分之前就存在的那股原始力量。

　　思特里克兰德还太虚弱，不能作画，他待在画室里，有时候看看书，有时候他就默默地坐着，天晓得他的脑子里在想着什么。他喜欢读的书都很怪，有时候我发现他在聚精会神地看马拉美[②]的诗歌，他像个孩子那样地读，嘴唇在默默地念着字的发音，我真的很想知道这些精妙的韵律和晦涩的诗句在他心里会激起怎样奇妙的情感；有时我看到他沉浸在嘉包里奥[③]的小说中。这使我饶有兴味地想到，他对他所读的书的选择倒是很形象地表现出了组成他怪诞性格的不可调和的方面。他的个性还有一个很特别的方面，那就是即使在他身体很弱时，他也不会想到去追求安逸。施特略夫喜欢舒适，在他的画室里摆放了一对

---

① 马尔塞亚斯是古代小亚细亚弗利吉亚国的一个吹笛人，跟阿波罗比赛吹笛失败，被大神杀死。
② 斯泰凡·马拉美（1842—1898），法国象征派诗人。
③ 艾米尔·嘉包里奥（1835—1873），法国最早的侦探小说家。

衬着厚厚的软垫的扶手椅和一个长沙发椅。思特里克兰德从来也不去靠近它们，他这样做并不是要做出一种甘于吃苦的姿态（因为有一天我进到画室里时就他一个人，看见他坐在一个三脚凳上），而是因为他不喜欢它们。如果叫他选择的话，他宁愿坐没有扶手的硬背椅。见到他这样我常常会很懊恼，我从未见过像他这样对其生活环境毫不在意的人。

二十七

　　一晃又过去了两三个星期。一天早晨，我的写作告了一个段落，我想给自己放个假，于是就去了卢佛尔宫。我在那些我非常熟悉的画幅中间徘徊观赏，让我的想象乘着这些画作所激起的情感任意地翱翔。我悠闲地走进长画廊，在那里我突然瞧见了施特略夫。我脸上泛起了笑容，因为他那圆胖的身躯和像是受到惊吓的表情每次见到总会让我不由得笑出来，待我再走近一些时，发现他的情绪格外低落。他看上去一副痛苦不堪的样子，可举止还似平时那么滑稽，像是一个不小心落入深水中的人，刚从水里被救上来，惊魂未定，可又跟个落汤鸡似的怕别人笑话。他转过身来，看着我，可我觉得他并没有认出我来。在他镜片后面的圆圆的蓝色眼睛里充满了忧伤。

　　"施特略夫。"我叫了一声。

　　他吃了一惊，随后，他笑了，但在他的笑容里却满是悲伤。

　　"你怎么像是丢了魂似的在这里游逛？"我高兴地问。

　　"我已经很久没来卢佛尔宫了。我想来看看有没有什么新的作品展出来。"

　　"可是你告诉过我，说这个星期你一定得完成一幅画。"

　　"思特里克兰德现在在我的画室里工作呢。"

　　"哦？"

　　"是我自己建议他在那里画的。他的身体还没有完全恢复。我以为我俩可以一块在那里作画，拉丁区的许多画家都是共用一个画室的。

我觉得那会很有趣。我总认为，当一个人画累了时，身边有个人说说话，会是件很惬意的事。"

他慢慢地说着这些话，句与句之间都有较长的停顿，出现尴尬的沉默，与此同时，他那双温和的有些傻气的大眼睛却一直盯着我。我看到他的眼睛里溢满了泪水。

"我想，我并没有听明白你的意思。"我说。

"思特里克兰德不能和其他任何人在一个画室里工作。"

"这个该死的，那是你的画室啊。该出去想办法的是他。"

他可怜巴巴地望着我，他的嘴唇在不停地颤动。

"到底发生了什么？"我的声调变得有些急切起来。

他没有立刻回答，脸也变得红了起来。他看着墙上的一幅画，脸色非常难看。

"他不让我继续画了。他叫我滚出去。"

"可你为什么不告诉他，滚蛋的应该是他。"

"他把我撵出来了，我争抢不过他的。在把我赶出来后，扔出了我的帽子，反锁上了门。"

我对思特里克兰德感到非常气愤，我也很生自己的气，因为戴尔克·施特略夫那副滑稽的样子每每让我忍不住会笑了出来。

"你的妻子就没帮着你说话吗？"

"她当时出去买菜了。"

"他会让她进家吗？"

"我不知道。"

我看着施特略夫，心里充满了困惑和不解。他站在那里，像是个挨了老师骂的小学生一样。

"用我帮你把思特里克兰德赶出去吗？"我问。

听了这话，他有点儿吃惊，他闪闪发光的面庞变得更红了。

"不用。你最好什么也不要做。"

他冲着我点了点头，离开了。很显然，出于某种原因，他不愿讨论这件事。我不明白他为什么要这样。

二十八

　　一个星期之后，我等来了他的解释。那是在一天晚上的十点钟，我刚刚在饭店吃完饭，回到我狭小的公寓房里，坐在起居间里看书。突然门铃喑哑地响起来，我走到过道上打开门，是施特略夫站在门口。

　　"我能进来吗？"他问。

　　楼梯口光线很暗，我看不太清楚他，可他说话的声音还是让我吃了一惊。我知道他从来都不多喝酒，否则的话，我会以为他是喝醉了。我把他让进起居间，请他坐下。

　　"感谢上帝，我总算找到你了。"他说。

　　"你怎么了？"看着他那激动的样子，我惊讶地问。

　　我现在可以看清楚他了。他平日里总是穿戴得很整齐，可现在却是衣衫不整。他一下子变成了一副落魄的样子。确信他是喝多了，我对他笑了笑，正准备对他这副样子开他的玩笑，他突然说话了：

　　"我真不知道该到哪里去了，我早些时候来过，你还没回来。"

　　"我今天吃饭晚了。"我说。

　　我突然清楚了：他不是因为喝酒才变得这么沮丧。他平日里红通通的脸庞现在却是青一块紫一块的。他的手也在发颤。

　　"发生什么事了？"我问。

　　"我妻子离开我了。"

　　他费了很大的劲才把这几个字说出来。他抽咽了一下，眼泪就顺着脸颊淌了下来。我不知道该说什么。我首先想到的是，她再也忍受

不了施特略夫对思特里克兰德的迁就和纵容，也被后者的那一冷嘲热讽的态度所激怒，所以坚持要思特里克兰德搬出去。我知道她发了火时脾气也是很大的，尽管平日里看着举止沉稳、娴雅；如果施特略夫拒绝了她的要求，她很可能离家出走，发誓再不回来。看到这个小个子荷兰人那副痛苦不堪的样子，我再也笑不出来了。

"哦，朋友，不要难过了。她就会回来的。对女人们在气头上说的话，你大可不必当真。"

"你不明白。她是爱上思特里克兰德了。"

"什么！"我感到诧异了，不过，这一想法刚一进入到我的脑子里，我就认定它是荒谬的。"你怎么会这么蠢呢？你不会是说你对思特里克兰德妒忌了吧？"我几乎笑了起来。"你也知道，她根本就不想见他。"

"你不了解。"他痛苦地咕哝着。

"你真是头歇斯底里的蠢驴，"我有点不耐烦地说，"让我给你倒杯威士忌苏打，你喝了就会好了。"

我猜想，不知道是为了什么原因——天晓得人们会想出什么样的法子来折磨自己——戴尔克脑子里生出了他的妻子喜欢上思特里克兰德的怪念头，就他平时老是闹出笑话的那副德性，很可能是惹恼了她，于是就故意增添他的怀疑来气他。

"听我说，"我对他说，"让我们一起到你家去。如果是你自己做了蠢事，那么你现在就必须去赔礼道歉。在我的印象里，你的妻子可不是那么爱记仇的。"

"我怎么还能回得去呢？"他无精打采地说，"他们俩在家里。我把房子留给他们了。"

"那么，并不是你的妻子离开了你，而是你离开了你的妻子。"

"看在上帝的分儿上，请不要这样跟我说话。"

可是，我对他还是严肃不起来。我没有一刻相信过他告诉我的话。然而，他的确是非常非常沮丧。

"哦，既然你来这里找我谈这件事，你最好还是把事情的全部经过讲给我听吧。"

"今天下午，我再也忍不住了。我去画室里跟思特里克兰德说，'你已经好得差不多了，回你自己的家去吧。我想自己用画室了。'"

"世上唯有像思特里克兰德这样的人才需要人家把这话讲出来，"我说，"他怎么说？"

"他笑了笑，你知道他笑起来的样子，他笑并不因为什么事有趣，他笑好像是想让你觉得你是个大傻瓜。他说他这就马上走。他开始整理东西。你记得我从他住的地方拿来一些我觉得可能会用得着的东西，他让勃朗什替他找一张纸和一条绳子，准备打一个包。"

施特略夫停了下来，喘着气，我想他就快要晕倒了。这一点也不像我想象中他要讲给我听的故事。

"勃朗什的脸色煞白，但还是把纸和绳子取来了。他什么也没说，一边打着包，一边哼着小曲，根本没再注意我和勃朗什。他的眼睛里充满嘲讽的笑意。我的心沉重得像是铅块一样，我担心什么事情就快要发生了，我开始后悔我说过的话。他在四下找他的帽子。这个时候，勃朗什说话了：'我这就跟思特里克兰德一起走，戴尔克，'她说，'我不能和你再生活下去了。'我想劝阻，可嘴里一个字也说不出来。思特里克兰德什么也没说。他继续吹着口哨，好像这一切都与他无关似的。"

施特略夫又停了下来，擦着他脸上的汗。我静静地等着。现在我相信他的话了，我感到很震惊。不过，我还是不明白这到底是怎

么回事。

接着，他用发颤的声音泪流满面地告诉我，他是如何走到她的跟前，想要把她搂在怀里，但她马上缩了回去，央求他不要碰她。他乞求她不要离开他。他告诉她他有多么爱她，叫她想一想他对她的一片痴情和他为她所做的一切。他说起他们俩一起度过的那些快乐时光。他并不生她的气，他也不会责备她。

"你不要说了，戴尔克，请你让我安安静静地走吧，"她最后说，"你难道不明白吗？我爱思特里克兰德，他到哪儿，我就去哪儿。"

"可你要知道他永远也不可能给你幸福。就是为了你自己，你也不要离开。你不知道前面等着你的是什么。"

"都是你的错，是你一味地坚持让他来这里的。"

施特略夫转向了思特里克兰德。

"你可怜可怜她吧，"他向他哀求着，"你不能让她做这样疯狂的事情。"

"她想怎么做就怎么做，"思特里克兰德说，"我并没有要她跟我走。"

"我决心已定。"勃朗什平静地说。

思特里克兰德这种纵容似的事不关己的态度使施特略夫的最后一点儿自控力也失去了。一阵狂怒攫住了他，他想也没想就向思特里克兰德扑了过去。思特里克兰德被这一突然的猛扑打了几个趔趄，虽说他久病初愈，身体还是比施特略夫强壮得多，片刻的工夫，还没有反应过来是怎么回事，施特略夫已发现自己倒在地上了。

"你这个矮个子小丑。"思特里克兰德说。

施特略夫站了起来。他注意到他的妻子静静地在那里动也没动，在她面前出这样的丑，更是叫他备受羞辱。他的眼镜在撕扯中不知掉落在了哪里，让他一下子无法找到。他的妻子帮他捡起了眼镜，默默地递到他的手里。他似乎突然意识到了他的不幸，尽管他知道这样做会叫自己显得更丢脸，他还是忍不住哭了起来。他捂着脸号啕大哭。那两个人看着他哭，一语不发。他们都站在原地，连脚步都没有挪动一下。

"噢，亲爱的，"他呻吟着说，"你怎么能这么狠心呢？"

"我也无法控制我自己，戴尔克。"她回答说。

"世上的女人没有谁享有过我对你那样的崇拜。如果我做的任何事情让你不高兴了，那你为什么不告诉我呢？我都会改正的。你难道忘了我为你所做过的一切？"

她没有回答。她的脸沉了下来，他看到自己只不过在惹她生厌。她穿上外套，戴好帽子，向门口走去，他明白再有片刻的工夫她就会消失在门外。他急忙赶上前去，跪在了她面前，一把抓住了她的手，他什么脸面也不要了。

"噢，不要走，亲爱的。没有你我活不下去，我会杀死我自己。如果我做的什么事激怒了你，我请求你原谅。再给我一次机会，我仍会尽一切努力让你幸福。"

"站起来，戴尔克。你自己的脸面都叫你丢尽了。"

他摇摇晃晃地站了起来，可他的手还没有松开。

"你要上哪里？"他急切地问。"你不知道思特里克兰德的住处有多糟糕。你不能住在那里。你会受不了的。"

"如果我不在乎，我真的看不出你为什么要在乎？"

"你再留一下，容我把话说完。你不会连这样的机会也不给我吧。"

"你觉得这还有用吗？我的决心已定。无论你说什么，都无法叫我改变。"

他喘了一口气，把手放在心口，想让心脏剧烈的跳动减缓下来。

"我不再请求你改变主意，我只想让你听我说几句。这是我请求你的最后一件事，请不要拒绝我。"

她停下了脚步，用她那双沉静的眼睛望着他，目光里透出冷漠的神情。随后，她又折回了画室，把身子靠在了桌子上。

"你要说什么？"

施特略夫极力使自己平静下来。

"你不能太感情用事。你不能靠空气生活，你知道。思特里克兰德一分钱也没有。"

"我知道。"

"你将要忍受最可怕的贫穷。你知道他的身体为什么用了这么长的时间才得以恢复吗？因为他一直生活在饥饿之中。"

"我可以给他挣钱。"

"怎么挣？"

"我现在还不知道。我总能找到办法的。"

一个极其恐怖的想法掠过这位荷兰画师的心头，他不由得战栗了一下。

"我想你一定是疯了。我不知道你是中了什么魔。"

她耸了耸肩膀。

"我现在可以走了吗？"

"再等一下。"

他用疲惫的眼神再一次环视了一下自己的画室，他爱这个画室，因为是她的存在使它变得有了家的温馨；有一会儿，他闭上了眼睛；临了，他把目光落在了她的身上，凝视了她好一会儿，似乎是想要把她的形象深深地印在自己的脑子里。然后，他站了起来，从衣架上取下帽子。

"不，还是我走吧。"

"你走？"

她感到惊讶了。她仍不明白他这话的意思。

"一想到你要住到那个简陋、肮脏的阁楼上去，我就受不了。毕竟这个家是我的，也是你的。你留在这里会舒服一些，至少不会落到赤贫的地步。"

他到抽屉里拿出几张钞票来。

"我把这些钱留给你一半。"

他把钱放在了桌子上。思特里克兰德和他的妻子都没有说话。

随后，他又整理了一些东西。

"你能把我的衣服整理起来，放到门房那里去吗？我明天过来取。"他努力掬出一个笑来。"再见，亲爱的。谢谢在过去的日子里你带给我的幸福。"

他走了出来，关上了他身后的门。在想象中，我看到思特里克兰德把帽子往桌子上一扔，坐下来，点燃了一根香烟。

二十九

有一会儿，我没有吭声，想着施特略夫告诉我的事。我不能容忍他的软弱，他从我的表情里看出了我的不赞同。

"你跟我一样清楚，思特里克兰德是怎么生活的，"他声音颤抖地说，"我不能让她生活在那样的环境中——我不能。"

"那是你的事情。"我回答。

"要是你，你会怎么做？"他问。

"她是自己睁着眼睛要跳火坑的。如果她不得不吃些苦头，那也是她自作自受。"

"是的，你的话没错；但是，你要知道，你并不爱她。"

"你现在还爱着她吗？"

"噢，比以前更爱了。思特里克兰德不是那种能给女人幸福的人，他们俩不可能持久。我要让她知道我会永远等着她的。"

"你的意思是说，你随时准备着要把她接回来？"

"是的。哦，她会比以前更加需要我。想到她被人抛弃，受尽羞辱，身心疲惫，无处可去，我就受不了。"

施特略夫似乎一点儿也没有记恨她。我想，也许我这个人太平凡了，对他这样窝囊没法不感到恼火。或许他猜到了我脑子里在想什么，因为他说：

"我不能指望她像我爱她那样来爱我。我是个叫人看不起的人，我不是那种女人会喜欢上的男人，我清楚地知道这一点。如果她爱上了思特里克兰德，我不会怪她。"

"你显然比我所认识的任何一个男人都更少一些虚荣心。"我说。

"我爱她比爱我自己要多得多。在我看来，爱情里掺杂进了虚荣心，那只能说明你最爱的还是你自己。毕竟这样的事情是经常发生的：已婚的男人有时会爱上别的女人，在这样的爱结束之后，他又会回到妻子的身边，妻子也会接纳他，对此人们都觉得再正常不过了。为什么如果这种事发生在女人身上就不同了呢？"

"我敢说，你说得有道理，"我笑着说，"但大多数的男人都和你不一样，所以他们做不到。"

在与施特略夫的交谈中，有一点一直在困惑着我，那就是整件事情都发生得太突然了。我以为这件事不可能事先没有一点儿征兆。我记得我曾看到过勃朗什·施特略夫眼睛里的那种奇怪的目光；对此我或许应该这样来解释：她似乎已经模糊地意识到了自己的情感，并被这一情感给震骇了。

"在今天之前，你难道对他们的事就丝毫也没有察觉吗？"我问。

他沉默了一会儿。桌子上放着一支铅笔，他拿起来无意识地在一张吸墨纸上画着一个头像。

"如果你不愿意让我提问题，就请直截了当地告诉我。"我说。

"跟你谈谈话，能舒缓我的情绪。噢，要是你知道我心里有多痛苦就好了。"他放下了手中的铅笔。"是的，我在两个星期以前就知道了。在她还没有意识到之前我就知道了。"

"那么，你为什么不早点打发思特里克兰德走呢？"

"我怎么也不能相信这是事实。这看起来不太可能。她连见他的面都不愿意。这太不可能，太令人难以置信了。我以为这只是我的嫉妒心理在作祟。你也了解，我的嫉妒心很重，可是我控制着自己从不让

它表露出来；对她认识的每一个男人，我都嫉妒，甚至连你，我也嫉妒。我知道她爱我不像我爱她那么深。这是很自然的，不是吗？只要她允许我爱着她，这就足够了。我硬逼着自己出去，到外面一待就是几个小时，为的是让他们俩能单独在一起；我以为我这样怀疑她，降低了我的人格，我该惩罚自己；等我从外面回来后，我发现他们并不想让我在家——对思特里克兰德来说，我在与不在他都无所谓，可勃朗什就不同了。当我上前去吻她的时候，她的身体都在战栗。当最后我确定了这件事已是不争的事实时，我却不知道该怎么办了；我知道如果我要大闹一场的话，他们两个一定会取笑我的。我想，如果我不说，全装没有看见，也许一切都会过去的。我打定主意不与他争执，悄悄地把他打发走。噢，如果我能告诉你我心里的那一痛苦就好了！"

接着，他再次跟我讲起他请思特里克兰德离开的事。他精心挑选了一个时机，说话时尽量使自己的语气显得很随便；但是，他却控制不了自己声音的发颤，他本想说得亲切、友好，结果却是把嫉妒的怒火给发泄了出来。再说，他也没有想到思特里克兰德会当场给他个下不了台，马上收拾起东西就要走；最糟糕的是，他没有想到他的妻子会决定跟思特里克兰德一块走。看得出来，他非常懊悔，真希望自己再继续忍下去就好了。他宁愿妒火中烧，也不愿意忍受分离的痛苦。

"我真想杀了他，结果只是我自己出了丑。"

他沉默了好长时间，临了，他说出了他的心里话。

"如果我再等一等，或许，一切就都过去了。我不该这么沉不住气的。噢，可怜的人儿，看看我把她逼到了什么样的境地？"

我耸了耸肩膀，没有吭声。我并不同情勃朗什·施特略夫，不过，我知道如果我说出我对她的看法，只能是增加戴尔克的痛苦。

这时候，戴尔克已非常疲惫，无力控制自己，任由自己滔滔不绝地说下去。他又把那场风波中每个人所说的话都重复了一遍。一会儿想到了一件他忘了告诉我的事，一会儿谈论起他应该说的而不是已经说过的话；临了，又后悔起他的草率鲁莽。他为他做了这件事而遗憾，又因忽略了另一件事而责备自己。夜越来越深了，最后我也像他一样感到疲惫了。

"你现在打算怎么办？"我最后问。

"我能做什么呢？我会一直等，等到她召唤我的时候。"

"你为什么不离开一段时间呢？"

"不，不行；在她一旦需要我的时候，我必须得在她身边。"

眼下，他对一切似乎都很茫然。他还没有任何的打算。在我让他睡觉时，他说他睡不着，要出去走走，在各条街道上游逛直到天亮。像他这样的状态显然不适合单独出去。我劝他留下来在我这里过夜，我把他安排在我的床上。我的起居间里还有一个长沙发椅，我可以睡在那里。这时的他已筋疲力尽，抵不住我的一味坚持。我给他服了一些佛罗那，确保他能好好地睡上几个小时。我想这是我能给予他的最好的帮助了。

三十

可我留给自己的那个长沙发椅，睡上去却不太舒服，因此一晚上我都没有睡着。我翻来覆去地想着这个不幸的荷兰人告诉我的事情。勃朗什·施特略夫的行为倒不是太难解释，我认为她做出这种事只是肉体的诱惑所导致的结果。她从来没有真正地爱过自己的丈夫，过去我认为她爱施特略夫，实际上只是男人的疼爱和生活的安逸在女人身上引起的自然反应，而大多数的女人都把这种反应当成了爱情。这是一种能被任何人（或任何物）所激起的被动感情，就像藤蔓会攀附在任何一棵树上一样；因为这种感情可以叫一个姑娘嫁给任何一个想要她的男人，相信日子久了，自会生出爱情，所以世俗的见解承认它的力量。说到底，这种情感只不过是对衣食无忧的满足，对拥有家资的自豪，对有人疼爱的沾沾自喜，和对自己有一个家可以掌管的感激之情。女人们生性善良，爱慕虚荣，于是便认为这种感情具有它的精神价值，但是在冲动和激情面前，这一感情就失去支撑了。我怀疑，从一开始，在勃朗什·施特略夫对思特里克兰德的那一强烈的憎恶里，就隐伏着性诱惑的因素。可是性的问题是极其复杂的，我有什么资格去试图解开这个谜呢？或许，施特略夫对她的热情只是激起而未能满足她这一部分的本能，她恨思特里克兰德，因为她感觉到在他身上有满足她的这一欲望的力量。在她那么激烈地反对她的丈夫带回思特里克兰德的时候，我想她是真诚的，是发自内心的。她害怕他，尽管她也不知道为什么；我记得她在预想到灾难来临时那一恐怖痛苦的表情。

我充满好奇地想到，她对思特里克兰德的恐惧实际上是她对自己恐惧的一种移植，因为他煽起了她内心的欲望，搅扰了她平静的心灵。他的相貌给人粗野、桀骜不驯的印象，他的眼睛里透出冷漠和傲慢，他的嘴形给人以肉欲感，他的身体高大、强壮，他的这一切都让人觉得在他身上隐伏着狂放不羁的热情；也许她跟我一样，在他身上也感觉到了某种邪恶的品质，这一品质使我想到了宇宙初辟时的那些半人半兽的生物，那时万物与地球还保持着一种原始的联系，似乎仍然具有某种精神的品质。一旦被思特里克兰德搅乱了心智，她必定会做出恨他或是爱他的抉择。当时，她是恨他。

临了，我又想到，她整日与病人相厮守，一定慢慢地产生了一种奇怪的感情。她扶起他的头来给他喂食，他的头沉甸甸地倚在她的手臂上；饭喂完了，她擦抹他富于肉欲的嘴唇和红胡子。她清洗他的肢体，他的身体上覆着一层厚厚的汗毛；在她擦干他的手时，尽管他病着，她还是能感觉到他手的结实有力。他的手指很长，是那种艺术家的善于创造的手；我不知道这样的手指会在她的心里搅动起怎样的思绪，会不会叫她心智迷乱。他静静地躺在那里，一动也不动，看上去就像死了一样，他像是森林中的一头野兽，在一阵猛烈的追猎之后休憩一下；她不知道在他的睡梦里会出现什么样的幻象。他会梦到这样的图景吗？一个林泽中的女神正在希腊的森林里飞奔，森林之神塞特尔在后面紧追不舍；她拼命地奔跑，可他还是一步一步地追了上来，直到她感觉到了他呼在她脸颊上的热气；她仍然在一声不响地奔逃，他依然在一声不吭地紧追，当最后他把她搂在怀里的时候，她心里感到的是恐惧，还是狂喜？

勃朗什·施特略夫陷入了难以自拔的欲火中间。或许，她仍然还恨着思特里克兰德，但是她却渴望得到他，迄今为止构成她生活的一

切都已变得无足轻重。她已不再是一个女人，不再具有复杂的性格，不再是那个既善良又乖戾，既体贴又率性的女子，她成了迈娜德①，成了欲念的化身。

或许，这一切都是我的想象；她也许只是厌倦了她的丈夫，怀着一种好奇的心理（没有什么真感情在里面）投入到思特里克兰德的怀抱。她对他也许并没有什么特别的感觉，只是由于跟他厮守或是无聊才屈从于他的愿望，结果发现掉落在了她自己设置的陷阱里而不能自拔。我怎么能知道在她那双沉静、平和的灰色眸子背后，到底隐藏着什么样的念头和情感呢？

但是，既然在探讨像人这样难以捉摸的生物时，对什么也不能肯定，那么，我们对勃朗什·施特略夫行为的种种解释总归也是应该有它们的一席之地的。在另一方面，我对思特里克兰德的行为却一点儿也不理解。他这一次的行为跟我对他的看法完全相悖，任凭我怎样苦思冥想，也无法对其做出解释。他会毫无心肝地背叛朋友对他的信任，会为了满足自己一时的念头，毫不犹豫地对别人造成伤害，这些都并不奇怪，因为这是他的禀性。他是个丝毫也不知道感恩的人，他没有同情心。我们大多数人所共有的那些情感在他身上简直就不存在，你为此而责怪他，就像你因老虎凶猛残暴而责怪老虎一样。这里我所不能理解的是，他为什么会动了对勃朗什·施特略夫的念头。

我不相信思特里克兰德会爱上勃朗什·施特略夫。我不相信他还具有爱的能力。爱这一情感的一个最为重要的组成是温柔，可是思特里克兰德无论是对自己还是对别人都不懂得温柔；爱情中有对彼此弱点的感知，于是有了保护对方的愿望，渴望给对方带来愉悦和幸

---

① 迈娜德：希腊神话中酒神的女祭司。

福——如果不是无私，这种自私最起码也是被巧妙地加以了掩饰；爱情还包含着某种程度上的羞涩和怯弱。我以为这些品质都是思特里克兰德所不具备的。爱情是需要奉献精神的，它需要爱的双方走出他（或她）自己；即使是看问题很透辟的人，尽管他从道理上可能知道，在实际上却不会承认，爱情有走到头的那一天；爱情赋予他明知是虚幻的东西以实体，尽管知道这一切都是镜花水月，仍然爱它胜于爱真实。爱情使一个人比原来的自我更丰富了，与此同时，也更狭隘了。他不再是他自己。他不再是一个人，而是成了追求与他的自我相异的目标的工具。爱情从来都不缺乏多愁善感，而在我认识的所有人里，思特里克兰德是最不可能患上这一病症的。我不相信他在任何情况下会让爱情占据了他的身心；他绝不能容忍外界强加在他身上的任何桎梏。我相信，他能够把挡在他自己与那一不断驱使着他向未知目标前进的热望之间的任何东西，从他的心中连根拔起，尽管这会使他痛苦，会使他遍体伤痛，鲜血淋淋。思特里克兰德给我留下的印象是错综复杂的，如果我对他的描述多少是成功的话，我想我下面的断语也不会错到哪里去：我觉得，思特里克兰德这个既非常伟大同时又非常渺小的人，根本容不下爱情。

不过，对爱情的看法会因人而异，人都是根据他自己的癖性对爱情做出自己的理解。像思特里克兰德这样的一个人会以他自己特有的方式去爱，要想分析他的情感实在是一件徒劳的事。

三十一

第二天，尽管我一再地挽留，施特略夫还是走了。我提出帮他去把他家里的东西取来，他却一味坚持要自己去；我想，他是希望他们还没有把他的东西收拾好，这样他就能有机会去到家里，再一次见到他的妻子，或许还能劝说她回到他的身边。然而，待他过去后，才发现他的零星用品早就整理好放在门房那里了，看门人告诉他勃朗什出去了。我想，如果有机会的话，施特略夫是一定憋不住要把他的苦恼向她倾诉一番的。我发现，他把他不幸的遭遇讲给他认识的每一个人听；他希望别人同情他，结果只是招来别人的嘲笑。

他的行为变得越来越不冷静。他知道他的妻子每天什么时间买菜，有一天，再也控制不住想要见她的欲望，他在街上拦住了她。她不愿理他，可他还是没完没了地跟她纠缠。他为他所做的任何一件错事向她道歉；他滔滔不绝地倾泻他对她的爱，乞求她回到他身边。勃朗什一句话也不回答，她把脸扭向一旁，匆匆地赶路。我想象着，施特略夫迈着他的两条肥胖的短腿，在后面紧紧追赶的样子。他跑得气喘吁吁，上气不接下气地诉着他的苦；他恳求她可怜自己；他发誓只要她能原谅他，他愿意为她做任何事情。他说他可以带她去旅游，思特里克兰德很快就会厌倦了。在施特略夫给我讲述他这丢人的一幕时，我气坏了。他这个人既没有理智，又没有尊严。他做的每件事情都让他的妻子更看不起他。女人对一个仍然爱着她可她已不爱的男人，会表现出加倍的残忍；那时的她没有同情，甚至也没有宽容，她心中只是燃烧着一股无名的怒火。勃朗什·施特略夫突然停了下来，用她所有的力气，迎面给了她丈夫一个耳光，趁他还没有反应过来的时候，跑回家去了。她自始至终没有说一句话。

施特略夫一边讲述着，一边用手抚摸着他的脸颊，似乎他仍然能感觉到那火辣辣的疼痛似的，他的眼睛里充满了痛苦和诧异，他痛苦的神情叫人看着可怜，他的诧异令人觉得滑稽。他就像个挨了老师的训诫和体罚的学生，在为他感到难过的同时，我又几乎禁不住要笑了出来。

这以后，他就在勃朗什买东西会路过的那几条街道上来回走动，当他见到她走过的时候，他就站在她对面的街角。他再也不敢上前跟她说话了，只是用他那双圆眼睛盯着她看，把他内心的向往和祈求全从眼神里表露出来。我想，他是想用他的这副可怜相来打动她。她从未改变过她买菜的时间或是需经过的街道。我觉得，她要在她的这一冷漠和毫不在意中间，表现对他的残忍。或许，她能从她给予他的折磨里享受到一种乐趣。我不知道她为什么会这么恨他。

我恳求施特略夫行事更为明智一点。他这样没有骨气，真是让人感到气恼。

"你这样做，不会给自己带来一点好处。"我说。"依我看，如果你能用棍子当头给她一棒，也比你现在的做法强。那样，她就不会像现在这么看不起你了。"

我建议他回家乡住一段时间。他常常跟我提起他的故乡，一个位于荷兰北部的安静的小镇，他的父母仍然住在那里。他的家境并不富裕。父亲是个木匠，他们住在一幢古老的小红砖房里，屋子收拾得干净整齐，在他们的旁边是一条缓缓流淌的运河。街道宽广人稀，因为近二百年来，这个城镇在日益变得萧条，尽管房屋还保持

着它们当年宏大、古朴的气派。富有的商人们把货发往遥远的东印度群岛，在这些房子里过着优裕、平静的生活，如今这些人家虽已落败，可依然罩在往日荣耀的晕光里。如果你沿着运河漫步，就可以走到一望无际的绿色田野，这里有黑白毛色相间的牛儿懒洋洋地啃吃着嫩草，有高大的风车耸立在其间。我想在这样充满了他童年记忆的环境中间，戴尔克·施特略夫很快就会忘记了他的不幸。但他却不愿意回去。

"我必须留在这里，她随时都可能需要我的，"他老是这一句话，"一旦有什么糟糕的事情发生了，我要不在她身边，那我会后悔死的。"

"你觉得会发生什么呢？"我问。

"我不知道。我只是担心。"

我耸了耸肩膀。

尽管遭受了这么大的不幸，戴尔克·施特略夫的样子仍然看着令人发笑。要是他变瘦、变憔悴了一点儿，或许人们会对他同情的。可他仍然是大腹便便的，他圆圆的红润的脸颊像两个熟透了的苹果。他穿得干净整齐，上身还是那件很讲究的黑外套，一顶略小一点的圆顶硬礼帽戴在头上，显得很是洒脱。他的肚子越发胖了，丝毫没有受到这件伤心事的影响。他比以往任何时候都更像是一个买卖兴隆的商人。有的时候，一个人的外貌如果和他的内心极不相称的话，那也是一件非常痛苦的事。戴尔克·施特略夫具有罗密欧的热情，却生就一副托比·培尔契爵士[1]的形体。他的本性宽厚、善良，却总是闹出笑话；他对美有着异乎寻常的感知和鉴别力，却只能创作出平庸的东西；他的情感非常细腻，举止却很粗俗；他在处理别人的事务中很有策略，却

---

[1] 莎士比亚戏剧《第十二夜》中的人物。

把自己的事情搞得一塌糊涂。大自然在创造这个人时，在他身上糅合了太多的相互矛盾的元素，叫他这个样子去面对令他迷惑不解的冷酷人世，这老天爷真是跟他开了一个残酷的玩笑。

三十二

有好几个星期，我没有见到思特里克兰德。我讨厌死了这个人，如果有机会的话，我一定会把我对他的这个看法告诉他，不过，为了这个目的去找他，却大可不必。我不太愿意摆出一副义愤填膺的样子，这里面总有一点自以为是的成分，若遇上一个有幽默感的人，会很难堪的。要让我对别人的取笑不当回事，那需要我有比现在更坚强的意志。思特里克兰德惯会讽刺挖苦、不讲情面，在他面前我更要小心，免得给他留下笑柄。

但是一天晚上，正当我经过克里舍路那家咖啡馆门口的时候（就是思特里克兰德经常去的而我现在却尽量避开的那家咖啡店），我跟思特里克兰德迎面撞上了。勃朗什·施特略夫也在，他们俩正要到思特里克兰德平常最喜欢坐的那个角落里去。

"你这一段时间到底去哪儿了？"他说。"我还以为你是到了外地。"

从他表现出的过分的殷勤来看，他已知道我不想理他。对思特里克兰德这样的人，你根本无须跟他客气。

"没有，"我说，"我没出去。"

"那你为什么没来这里呢？"

"巴黎的咖啡馆有很多，不只这一家，在哪里不能消磨上个把小时。"

勃朗什伸出手来，跟我打招呼。我也不知道我为什么会认为，她的样子许会有些改变的，但她仍然是老样子，还是穿着过去经常穿的那件灰衣服，既合身又整洁，前额还是那么光洁，眼睛里的表情还是那么的平静，就跟我过去看到她在家里操持家务时一样。

"我们来下盘棋吧。"思特里克兰德说。

我不知道此刻我为什么没有想个理由去拒绝。我闷闷不乐地跟着他们来到思特里克兰德经常坐的地方，他要来了棋盘和棋子。他们两人都当什么也没有发生过似的，行为极其自然，我要是不自然，倒显得我好像不通人情了。施特略夫太太看着我们下棋，从她的脸上丝毫也看不出她的内心。她什么话也没说，可她平时话就不多。我看着她的嘴角，想看看能否现出什么表情，暴露出其内心的情感；我望着她的眼睛，寻找某种泄露她内心隐秘的闪光，或表示沮丧或表示怨恨的眼神；我打量她的前额，看会不会有偶尔出现的皱纹，告诉我她的热情已在衰减。可她的脸庞就像一副面具，里面的东西什么也看不到。她的双手一动也不动地放在膝头，一只手轻轻地握着另一只。从我听说的一些事情，我知道她是个性情暴烈的女人；施特略夫那么全心全意地爱着她，她却能给他这样大的打击，给他这么大的伤害，这足以暴露了她性子的乖戾和残忍。她抛弃了有丈夫所庇护的安乐窝和衣食无忧的舒适生活，去追求连她自己也看出是充满风险的生涯，这表明她渴望冒险，甘于过贫困的生活，这与过去精心照顾家务和热爱做家庭主妇的她，形成鲜明的对照。她一定是一个具有复杂性格的女人，她那追求冒险的思想和她端庄娴静的仪态之间有着巨大的反差。

这一次出乎意料的相遇使我非常激动，勾起我无数的思绪。不过，我还是努力使自己的注意力集中在下棋上。跟思特里克兰德下棋，我总是竭尽全力去取胜，因为他非常看不起败在他手下的人，他赢棋后的得意和狂喜使得输棋的人更加难以忍受。但另一方面，如果他下输

了，他的神情倒很坦然和大度。换句话说，他是个糟糕的赢家，却是个颇有风度的输者。有人认为在下棋的时候比平时更能看清一个人的性格，从思特里克兰德的例子也可窥见一斑。

在我们下完棋后，我叫来侍者付了酒钱，就离开了他们。这一次见面毫无波澜，没有一句话值得我去品味、揣摩，我所做出的猜测也没有找到任何的证据来证实。不过，这反而更加激起了我的好奇心。我很想弄清楚这两人的关系。我愿意不惜代价，去做一个无形的精灵，进到他们的家里，偷偷地看看他们是如何相处的，听听他们在谈些什么。现在的我没有一丁点儿的线索或是头绪，可供我的想象力驰骋。

三十三

两三天后，戴尔克·施特略夫来找我。

"我听说你见到过勃朗什了。"他说。

"你怎么会知道的？"

"有人看见你们坐在一起，告诉我了。为什么你不告诉我？"

"我想，那只会使你更加伤心。"

"即便如此，我也想知道。你要明白，只要是她的事，哪怕是最微不足道的，我也想听到。"

我等着他提出问题。

"她看起来好吗？"他说。

"一点儿也没变。"

"你觉得她快活吗？"

我耸了耸肩膀。

"我怎么知道？我们是在咖啡馆里，我在同思特里克兰德下棋。我没有机会跟她说话。"

"噢，可你从她的脸上就看不出点什么来吗？"

我摇了摇头。我只能重复地跟他讲：她没有说一句话，也没有任何含有暗示意味的手势，表露出她的感情。他一定比我更清楚，她的自控能力有多么强。戴尔克激动地把双手绞扭在了一起。

"噢，我现在非常担心。我知道，有什么事情就要发生了，什么可

怕的事情，可我却没有任何的办法来阻止它。"

"会发生什么样的事？"我问。

"噢，我也不知道，"他用两手抱着头，呻吟着。

"我已感觉到，一个可怕的灾难就要发生了。"

施特略夫平时就容易激动，现在简直快要精神失常了，和他根本说不进话去。我认为很可能勃朗什·施特略夫已经察觉到她很难继续跟思特里克兰德生活下去了；我们常常挂在嘴边的一句俗语"自作自受"，实在是没有什么道理。生活的经验告诉我们，人们常常会做一些蠢事，导致灾难的发生，但也能想法找到机会，避免掉这些蠢事所带来的后果。在勃朗什与思特里克兰德发生争吵后，她只有离开他才是明智的选择，而她的丈夫这边也正谦恭地等候着，准备原谅她，忘掉过去的一切。不过，我对勃朗什却没想着给她太多的同情。

"你也明白，他并不爱勃朗什。"施特略夫说。

"毕竟，现在还没有任何迹象表明她不快活。也许，他们两个已经过起像夫妻那样的小日子来了。"

施特略夫用哀怨的神情看了我一眼。

"当然啦，这基本上不关你的事，但是，对我来说，这件事非常非常重要，非常非常严重。"

如果我显得不耐烦，或是不严肃，让他难过了，那我是应该感到抱歉的。

"你愿意为我做件事吗？"

"当然愿意。"

"你可以帮我给勃朗什写封信吗？"

"你为什么不自己写呢？"

"我已经给她写过很多封信了，她都没有回复。我想，她连看也没有看。"

"女子的好奇心是很重的。你认为她能克制住自己不看吗？"

"对我的信——她能。"

我瞥了他一眼。他垂下了眼皮。他的回答让我觉得有一种奇怪的自卑感在里面。他似乎意识到她对他的态度已是如此的冷漠，以至于看到他的笔迹也不会产生任何的反应了。

"你真的相信她会回到你的身边？"我问。

"我想让她知道，即便出现了最糟糕的情况，她还有我可以依靠。这正是我想让你告诉她的。"

我拿过来一张信纸。

"你确切地说一下你希望我写下的话好吗？"

下面就是我所写下的内容：

亲爱的施特略夫太太：

戴尔克希望我告诉你，不管任何时候如果你需要他做什么，他都会非常感激你给他一个为你效力的机会。他不会因为已经发生的事情，对你怀有任何不好的情感。他对你的爱永远不会改变。你在下面的地址总可以找到他。

三十四

尽管我跟施特略夫一样，也相信思特里克兰德和勃朗什之间的关系将会以一场灾难结束，可是我却没料到这件事会演变成这么一出悲剧。夏天来了，天气闷热得让人透不过气来，甚至到了晚上，也没有一丝儿的凉意能让困乏的神经得以休憩。暴晒了一天的马路似乎在把它们白天所吸收进去的热量给释放出来，行人们都是无精打采地拖着脚走路。有几个星期我都没有见到思特里克兰德了。我忙于别的一些事务，不再想着他和他的事情。戴尔克徒劳的叹息哀怨已经叫我觉得有点儿烦了，我尽量地避开他，不跟他见面。这是件吃力不讨好的事情，我不想再把自己掺和在里面了。

一天早晨，我正在写作，身上还穿着睡衣。我浮想联翩，想到了布里坦尼阳光灿烂的海滨和清澈的海水。在我的身旁放着女看门人给我端来的盛牛奶咖啡的空碗和一块吃剩的月牙形的小面包。女看门人正在隔壁的房间里为我放掉浴盆里的洗澡水。这时，响起了一阵门铃声，我叫她去开门。少顷，我听到了施特略夫问我是否在家的声音。我坐着没动，大声地招呼他进来。他慌慌张张地一直来到我坐的桌子这里。

"她杀死了自己。"他声音嘶哑地说。

"你说什么？"我吃惊地喊了一声。

他的嘴唇在动，好像在说着什么，却没有声音出来。他像个白痴那样动着嘴唇，说出些模糊不清的词语。我的心在胸膛里扑腾扑腾地乱跳，不知为什么，我突然发起火来。

"看在上帝的分儿上，你镇静点儿行吗？"我说。"你到底在说些什么？"

他绝望地做着各种手势，可仍然说不出话来。他或许是因为受到极大的惊吓，一时失语了。我也不知道自己为什么火冒三丈，上前抓住他的肩膀，使劲地摇晃起来。现在回过头去看，我为我当时粗鲁的行为很是懊恼。我想，可能是因为这些天我晚上休息不好，使我的情绪变得暴躁了。

"先容我坐下好吗？"他终于喘上来了这口气。

我给他倒了一杯圣加米叶酒，拿过去让他喝。我把酒杯端在他的嘴边，仿佛他是个孩子一样。他喝下去了一口，有一些洒在了他的衬衣前襟上。

"是谁杀死了自己？"

我也不知我为什么会这么问，因为我知道他指的是谁。他挣扎着想让自己平静下来。

"他们昨晚吵了一架。他走了。"

"她死了吗？"

"没有，他们把她送到医院了。"

"那么，你到底在说些什么？"我有些不耐烦地喊了起来。"你为什么要说她杀死了自己？"

"别生我的气。你要是这样跟我说话，我什么也告诉不了你了。"

我把手攥成了拳头，想压下我的急躁。我试着掬出一个笑来。

"对不起。你先定定神。不要着急，我不怪你。"

他镜片后面的那双蓝色的圆眼睛里充满了惊惧和恐怖。他戴着的放大镜片使他的眼睛变得畸形，非常吓人。

"今天早晨看门人去给他们送信，她按门铃怎么也没人回答。她听到屋子里有人呻吟。门没有反锁，她走了进去。勃朗什躺在床上，她的情况看上去非常危急。桌子上放着一瓶草酸。"

施特略夫拿手捂着脸，前后地摇晃着身体，嘴里哼哼着。

"她还有知觉吗？"

"有。噢，你不知道她遭受了多大的痛苦。我真的受不了，受不了了。"

他的声音变成了厉声的尖叫。

"你这是怎么了，你有什么受不了的，"我有点发火似的喊，"她必须承受她这样做的后果。"

"你怎么能这么残忍？"

"你后来做什么了？"

"他们派人去找来大夫和我，他们也报了警。我给了看门人二十法郎，吩咐她如果有什么情况，立即派人去叫我。"

他迟疑了一会儿，我看出来他下面要说的话叫他很难开口。

"待我赶到后，她不理我。她告诉他们把我打发走。我发誓我原谅了她所做的一切，可是她根本听不进去。她使劲往墙上撞她的头。大夫跟我说我必须离开她身边。她一个劲儿地念叨着：'叫他走开！'我只好离开卧室，到了画室里等着。救护车来了后，他们把她放上担架，叫我到了厨房，免得让她看见我还在那里。"

在我穿衣服的时候——施特略夫希望我马上跟他到医院去——他告诉我他给勃朗什安排了一个单间，这样她至少用不着和许多人挤在一个病房里。在去医院的路上，他向我解释了他为什么希望我也在场：如果她仍然拒绝见他，或许，她会见我。他恳求我告诉她，他依然爱着她；他一点儿也不责怪她，只是想帮助她；他对她没有任何要求，病好之后也不会劝说她回到他的身边，她是完全自由的。

我们来到了医院（一座阴森凄凉的建筑物，一看到它就足以叫人的心里发毛），从一个办公室被支到另一个办公室，爬了无数阶的楼梯，穿过长长的光秃秃的走廊，好不容易才找到了主治医生，结果却被告知病人情况太糟，这一天任何人不得探视。这位主治医生个子不高，蓄着胡子，穿着白大褂，一副对什么都不以为然的做派。他显然只把病人当作了病例看待，把心情焦急的亲属都看作是讨人厌的家伙，毫无通融的余地。而且，对他来说，像这样的事情早已司空见惯；这只是一个歇斯底里的女人跟爱人吵了架，一气之下喝了毒药，这类的事情经常发生。一开始他以为是戴尔克造成了这场灾难，对戴尔克的态度一直很不客气。当我解释说戴尔克是病人的丈夫，是要原谅自己的妻子的，这位医生突然用好奇、探究的目光看着戴尔克。在他的眼睛里我好像看到了嘲讽的神情；施特略夫的长相一看就叫人觉得是会叫老婆给戴绿帽子的主儿。只见医生让人不易察觉地耸了耸肩膀。

"眼下没有生命危险，"他回答我们的询问说，"我们不知道她把草酸喝下去多少。或许这只是虚惊一场。女人们总是因为爱情想着要自寻短见，但是，一般而言，她们会做得很小心，不会让自己的想法成功。她们只是要做个姿态而已，为的是引起爱人的同情和惧怕。"

他的语调里含着冷漠和轻蔑。很显然，对他来说，勃朗什不过是即将列入巴黎这一年自杀未遂的统计表中的一个数字。他很忙，没有时间浪费在我们身上。他告诉我们明天再来，如果勃朗什病情有所好转，她的丈夫或许就能见见她了。

三十五

　　我几乎不知道我们那一天是怎么熬过来的。施特略夫不能没有人陪着，我想方设法地岔开他的思想。我把他带到卢佛尔宫，他假装看着墙上的画幅，可看得出来他的思想还是在他妻子身上。我硬逼着他吃了一点东西，午饭后我劝着他躺了下来，但是他一点睡意也没有。我留他在我这里住几天，他很痛快地答应了。我拿书给他看，他翻上一两页就把书撂下了，然后就两眼呆呆地痛苦地望着墙壁。到了傍晚后，我们玩了无数盘的皮克牌，为了不让我扫兴，他强打起精神，装出玩得津津有味的样子。临了，我给他喝了一口药水，让他睡了，尽管睡得不太踏实。

　　当我们再次来到医院时，见到了一个女护士。她说勃朗什看上去好了些，说完她就进了病房，去问勃朗什是否愿意见她的丈夫。我们听到了从病室里传出的话语声，没有多久，护士就出来了，告诉我们病人谁也不想见。我们事先已经跟护士讲过，如果病人不愿见戴尔克，就问问她是否能见我，可病人也拒绝了。听到此，戴尔克的嘴唇颤栗起来。

　　"我不敢硬跟她说，"护士说，"她病得很厉害。或许一两天后她会改变了主意。"

　　"她还想见别的什么人吗？"戴尔克问，声音低得几乎像是耳语。

　　"她说，她只想一个人安安静静地待着。"

　　戴尔克的手奇怪地蠕动着，好像它们与他的身体没有关系，只是凭着它们自己的意愿在动。

"你能告诉她，如果她想见别的什么人，我可以把那个人带来吗？我只希望她快活。"

护士用她善良、平静的眼神看着戴尔克，她的那双眼睛一定已经见过了人世间的一切恐怖和痛苦，但在她的眼里所看到的仍是一个没有罪恶的世界的映像，因此她眼睛里流露出的仍然是安详和恬静。

"等她的情绪稳定一点后，我告诉她。"

可心头充满了怜悯的戴尔克却恳求她立即去跟她说。

"这会有助于她病情的恢复。我求求你现在就去问她。"

护士的脸上露出一丝同情的笑来，她又折回到病室里。我们先是听到护士低低的嗓音，然后是一个我几乎辨识不出的声音在回答：

"不，不，不。"

护士走了出来，摇了摇头。

"刚才说话的是她吗？"我问。"她的声音听起来很怪。"

"她的声带被酸液烧坏了。"

戴尔克压着嗓门发出一声痛苦的叫声。我叫他先走，去大门口等我，因为我想跟这位护士说几句话。戴尔克没有问我是什么事，默默地走了。他似乎完全丧失了自己的意志力，就像个听话的孩子一样。

"她告诉过你，她为什么这么做吗？"我问。

"没有，她不愿说话。她非常安静地躺着，几个小时也不动一下。可她总是在哭，泪水浸湿了她的枕头。她的身体太虚弱了，连一块手绢也拿不起来，眼泪就顺着她的脸颊一直淌下来。"

我的心突然感到一阵绞痛。那个时候，我真想杀了思特里克兰德，在跟护士说再见时，我发现我的声音在颤抖。

我看到戴尔克在台阶上等我。他似乎对什么都没有心思去看，直

到我走到他跟前、把手搭在他的肩膀上时，他才注意到了我。我俩默默地走着。我努力想象着，到底发生了什么事，竟逼得这个可怜的人儿走上了这一步。我猜想，思特里克兰德已经知道发生了什么事，因为警察局一定已派人找过他，听取了他的证词。我不知道他现在会在哪里。我想，他已经回到了那间他当作画室的简陋的阁楼吧。她竟然连他也不想见，这倒是有些奇怪。或许，她拒绝让人把他叫来，是因为她清楚他不会来。我想知道，她看到的是怎样的一个悲惨冷酷的深渊，才叫她恐惧绝望得不想再活下去。

三十六

接下来的一个星期简直是场噩梦。施特略夫一天跑两次医院，询问他妻子的情况，可她仍然拒绝见他；前一次来被告知她的病情好了起来，离开医院时心里感到宽慰，充满了希望，再一次来了离开时感到的就是绝望，因为医生所担心的并发症果然出现了，病人看来是没有希望了。护士对施特略夫非常同情，可又说不出什么安慰他的话来。病人静静地躺着，不动也不说话，只是用专注的眼神望着半空，好像是在等候着死神的来临。她活的日子也就剩下那么一两天了；当天色稍晚施特略夫来找我时，我知道他是来告诉我她的死讯的。施特略夫已经身心交瘁到了极点。他往日总是滔滔不绝地同我讲话，这天却一言不发，一进屋就无精打采地瘫倒在了我的沙发上。我一时找不出安慰的话语，就让他静静地躺在那里。我想看看书，可又担心他觉得我心肠太硬，于是就坐到了窗户那里去抽烟，直等到他想说话的时候。

"你一直对我很好，"他最后说，"没有一个人不对我好的。"

"别瞎说了。"我有点不好意思地说。

"他们说我可以等在医院里。他们给我搬来一把椅子，我坐在病房外面。她失去了知觉后，他们叫我进到了病房里。她的嘴和下巴都被酸液灼伤了。看到她光洁白嫩的皮肤被烧得满是创伤，心里难受极了。她死得非常平静，还是护士告诉了我后，我才知道她已经死了。"

施特略夫疲惫得连哭的劲儿也没了。他浑身瘫软地仰面躺着，好像他全身的力气都离开了他的肢体，没过一会儿，就睡着了。这是他

一个星期以来，睡的第一个安稳觉。老天爷有时对人很残忍，可有时也很仁慈。我给他盖上了被子，熄灭了灯。第二天早晨我醒来时，他还睡着。他一夜连身都没翻，他的金边眼镜还架在他的鼻梁上。

三十七

由于勃朗什·施特略夫的死因比较特殊，我们需要一关一关地办理许多道手续，不过，好在手续都办完了，勃朗什终于可以入土为安了。跟随枢车到墓地的人只有我和戴尔克。在去的时候我们走得很慢，回来的路上，拉车的马儿却小跑起来，枢车的车夫不断用马鞭抽打着辕马，在我的心里引起一种别样的恐惧，仿佛是人们习惯性地耸耸肩膀，要把死者甩到身后去似的。时不时地我能看到在前面晃荡着的枢车，我们的车夫也不断加鞭，想赶上前去。我的心里也产生了要把这整件事甩在脑后的愿望。我已经开始对这件实际上与我毫不相干的悲剧感到厌倦了，我找了另外一些话题跟施特略夫聊起来，虽说我这样是为了宽慰自己，却骗自己说是为了转移施特略夫的注意力。

"你不认为到外面走一走会好一些吗？"我说。"你现在待在巴黎没有任何意义了。"

他没有回答。我继续不依不饶地往下说：

"你对以后的这段日子有安排吗？"

"没有。"

"你必须试着振作起来。为什么你不到意大利去，在那里重新开始你的作画生涯呢？"

他仍然没有回答，这时，我们的车夫帮我解了围。在他把车子的速度放缓的同时，他倚过身子来说了句什么，我没有听清，于是我把头探到了车窗外面；原来他是想知道我们在什么地方下车。我告诉他

我先和朋友商量一下。

"你最好还是去我那里，跟我一起吃午饭吧，"我对戴尔克说，"我叫车夫在皮卡尔广场放下我们。"

"不用了。我想回画室。"

我迟疑了片刻。

"你要我陪你一起去吗？"我问。

"不用，还是我自己去吧。"

"那么好吧。"

我告诉了车夫该怎么走，随即，我们又都沉默了。自从那天早晨从家里把勃朗什送到医院后，施特略夫就再没有回过画室。我很高兴他没有叫我陪他去，我和他在他家的门口分手后，有一种如释重负的感觉。走在巴黎的街道上，我的内心充满了新的喜悦，我满心欢喜地看着匆匆往来的行人。那天，天气和暖，阳光明媚，我的心中洋溢着一种对生活的强烈的欢悦感。这种感觉是油然而生、发自内心的，施特略夫和他的悲痛甩在了我的脑后。我要享受生活。

三十八

　　自上次分手后，我有近一个星期没有看到施特略夫。一天傍晚，刚过了七点钟，他来邀我出去吃饭。他身着重孝，圆顶硬礼帽上系着一条很宽的黑带子，连他用的手绢也镶上了黑边。他的这身丧服表明在一次灾祸中他已失去了他在这个世界上的一切亲人，甚至连远房姨表亲也没有了。他浑身的肥胖和他红扑扑胖嘟嘟的脸蛋与他身上的丧服极不协调。老天也真是残忍，让他这一极大的不幸和悲伤带上了些许滑稽的成分。

　　他告诉我，他已决定要走了，不过不是像我建议的那样去意大利，而是回荷兰。

　　"我明天动身。这或许是我们今生最后一次见面了。"

　　我说了一句在这种场合下我该说的话，他勉强地笑了笑。

　　"我有五年没有回过家乡了。我想，我都快把它忘掉了；我离父母待着的故乡如此遥远，我甚至都有点不好意思再回去探望它了；可现在我觉得它是我唯一的庇护所了。"

　　施特略夫的内心伤痕累累，他的头脑中萦绕着母亲对他的爱抚和温情。这些年来他所忍受的揶揄嘲讽似乎就要把他压垮了，勃朗什的背叛给他以最后的一击，使他失去了用笑脸承受羞辱的耐性。他被这个社会所遗弃了。他跟我讲起他在那所整洁的砖房子里度过的童年。他的母亲生性爱干净，她收拾的厨房洁净整齐，一切东西都是各就其位，你在任何地方都看不到一点灰尘。他母亲爱好洁净简直是有点儿

过了头。此时，我仿佛看到一个干净利落的老太太，红红的脸颊像熟透的苹果似的，从早到晚一年到头地忙活着，把家里收拾得格外整齐，一尘不染。他的父亲是一个瘦削的老人，正直善良，不多言语，一生的辛勤劳作让他手上的筋脉和关节分外凸显；傍晚时，他大声地读报纸，妻子和女儿（现在嫁给了一只小渔船上的船长）不愿意浪费掉一时一刻的工夫，低头做着针线活。没有任何事情发生在那个遗落在了社会文明之外的小镇，年复一年，直到死神像个朋友一样地莅临，让这些劳苦一生的人们最终得以安息。

"父亲希望我像他一样做个木匠。迄今我家已有五代人一直做着这个行当，总是父传子这样地传下去。或许，这就是生活的智慧，无须左顾右盼，就沿着你父亲的脚印走下去。在我还是个孩子时，我就说我要娶我们隔壁做马具人家的女儿。她是一个蓝眼睛的小女孩，亚麻色的头发梳成一个小辫。要是跟她结了婚，她也会把家里收拾得井然有序，我也会有一个儿子来接替我的营生。"

施特略夫叹了一口气，不再吭声。他的思想还沉浸在他那时可能会过上的生活中间，他拒绝了过那样一种安逸的生活，现在他渴望那种生活了。

"这个世界是残酷的、艰难的。没有人知道我们为什么来到这个世界，也没有人知道我们死后会去到哪里。我们必须谦卑才是。我们必须看到那种安静平和的美。我们必须默默无闻地了此一生，免得惹起命运对我们的注目。让我们去寻求淳朴、憨厚的人们的爱吧。他们的无知远胜于我们的知识。让我们保持着沉默，满足于自己的一小片天地，像他们那样的和顺温柔。这就是生活的智慧。"

在我看，这是他受挫的心灵在表达着它自己，我不同意他这样的一种自暴自弃。但是，我没有与他争辩。

"是什么使你想到要做一个画家的呢？"我问。

他耸了耸肩膀。

"我凑巧有些绘画的才能。在学校时，我为此而得过奖。我可怜的母亲为我的这个才能感到非常自豪，她买了一盒水彩送给我，还把我的画拿给牧师、医生和法官们看。他们送我到阿姆斯特丹，看能不能申请到一份奖学金，结果，我成功了。我可怜的母亲为此自豪得不得了；尽管跟我分开她非常难过，可她还是笑着，不让她的悲伤表露出来。她很高兴她的儿子将来会成为一名艺术家。他们省吃俭用，供给我生活的费用，当我的第一张画要展出时，我的父母和我妹妹都来到了阿姆斯特丹，母亲看到我展出的画，流下了眼泪。"说到这里，施特略夫和善的眸子里放出光彩。"现在，在我家的那所老房子里，它的每一堵墙上都挂着一幅我的画，它们被镶在漂亮的金框子里。"

快乐和自豪让他的脸上发着光亮。我想到了他所画的那些缺乏生机的景物，那些穿得花花绿绿的农民，还有丝柏树、橄榄树等。这些画镶在那种很讲究的金框子里，挂在一个农家的墙上，会显得多么的不协调啊。

"我亲爱的母亲认为，她把我造就成了一个艺术家，是为我做了一件很了不起的事情，但是，说不定要是父亲的愿望得以实现，我做了一个诚实的木匠，我的命运倒也许会比现在好得多。"

"既然你已经知道艺术会带来什么，你会改变你的生活吗？你会怀念艺术曾给你带来的快乐吗？"

"艺术是世界上最伟大的东西。"他停了一下后说。

他沉思地看了我好一会儿，似乎在犹豫着什么。临了，他说：

"你知道吗，我去看过思特里克兰德了？"

"是吗？"

我太惊讶了。我本想他今生再也不愿意看他一眼了。施特略夫微微地笑了。

"你也知道,我这个人是没有什么自尊的。"

"那你们的见面好吗?"

接下来,他给我讲了一个非常奇特的故事。

三十九

　　那天在我们埋葬了可怜的勃朗什分手以后，施特略夫怀着沉重的心情走进家里。他被什么东西（某种模糊的要折磨自己的欲望）驱使着走向画室，尽管他也非常害怕他将会体味到的剧烈痛苦。他拖着脚走上楼梯，步子迈也迈不动，好像他的脚不愿载着他向前似的；他在画室外面逗留了好长时间，极力在鼓起进到里面的勇气。他的肚子里像是翻了五味瓶，感到一阵阵的恶心。他真想冲下楼去追上我，叫我回来陪他一起进去；他有种感觉，仿佛画室里面有人似的。他记得他上了楼后常常要停在楼梯的平台上，歇上一两分钟，缓上一口气，可又因为想迫不及待地见到勃朗什，呼吸总是平静不下来。想见到她的热情和见到她的喜悦从来也不曾衰减过，就是他刚离开家不到一个小时，想到马上便能见到她还是叫他激动不已，那种心情就像是分离了几个月一样。他突然觉得她并没有死，所发生的一切可能只是一个梦，一个噩梦；在他转动钥匙打开门以后，他就会看到她略微地俯身在桌子上，她的身姿像夏尔丹名画《饭前祷告》里面的那个女人一样优美（施特略夫一向觉得这幅画美轮美奂）。他急忙从口袋里掏出钥匙，打开了门，走了进去。

　　房间里不像是没人住的样子。他的妻子喜欢整洁，这也是叫施特略夫很欣赏她的一点；他儿时的教养使他对洁净和整齐情有独钟；在他留意到把东西各就其位是她的一种本能的欲望时，他心里有一种热乎乎的感觉。卧室的样子就像是她刚刚离开了一会儿似的：梳妆台上

的几把刷子整整齐齐地放在梳子的两边，有人已经整理过了勃朗什最后一晚睡在画室里的床铺，她的睡衣放在一个小盒子里，搁在枕头上面。真是不敢相信，她就这样永远地离开了这间屋子。

此时，他感到了口渴，去到厨房找水。这里也是一样整洁。在碗架上放着她跟思特里克兰德吵架的那天晚上用过的碗碟，它们都被用心地洗过了。刀叉收好放在了抽屉里。在一个器皿的盖子下面扣着一块吃剩的干酪，一个洋铁盒子里有一些面包屑。她总是每天上街采购，只买当天要吃的东西，所以很少有吃剩的食物放到第二天的。施特略夫从处理这件事情的警察那里了解到，那天晚上思特里克兰德一吃完饭就甩手走了，在这之后，勃朗什仍能像平常一样刷碟子洗碗，这叫他心头一阵悸动。她在临死之前，还能这样有条不紊、井然有序地做事，足以说明她的自杀不是一时的冲动所为。她的自控能力真是强得惊人。突然之间，施特略夫感到一阵心痛，他的双膝一软，几乎摔倒在地上。他回到卧室里，扑在床上，不住地喊着她的名字：

"勃朗什，勃朗什。"

一想到她这些天来所受的苦与难，就叫施特略夫心如刀绞。他脑中突然出现了她站在厨房里——一间比橱柜大不了多少的厨房——洗碗的形象，她洗着盘子、玻璃酒杯、刀叉、勺子，在刀架上又把几把刀很快地磨了几下；洗完后，把餐具都一一地归放到原位，随后刷干净了洗碗池，把抹布搭了起来晾干——这块用糙了的灰色抹布还挂在那里。临了，她四下看看，是不是一切都收拾干净和整齐了。他仿佛看见她放下了卷起的袖子，摘下了她的围裙——围裙就挂在门后面的木栓上——拿起了一瓶草酸，走进了卧室。

这样思想着的痛苦让他从床上跳了起来，离开了卧室。他走进画室。画室里面很暗，因为大玻璃窗上的帘子都被拉了下来，他一把拉开了窗帘；可是，当把这间他曾度过那么多快乐时光的房间扫视了一下以后，他却不禁呜咽起来。这里的一切都没有变。思特里克兰德对其周围的环境既无感觉也不关心，他住在别人的画室里，从没想到过要把什么东西变换个位置。这间屋子经过施特略夫的精心布置，很富于艺术情趣。它体现了他心目中艺术家应有的生活环境，墙上挂着几块织锦，钢琴上用一块美丽但光泽已变得有些暗淡的丝绸盖着；在屋子的一角摆着美洛斯的维纳斯①的复制品，另一个墙角是麦迪琪的维纳斯②复制品。这边摆放着一个意大利式的小柜橱，柜橱顶上搁着一个德尔夫特③的陶器，那边挂着一块浮雕美术品。在一个很漂亮的金框子里镶着委拉斯凯兹的名画《天真的 X》的描本，这是施特略夫在罗马时临摹下来的。另外，还有他自己的几张画作，镶嵌在精致的镜框子里，摆放得极具装饰效果。施特略夫一向很为自己的艺术审美能力感到自豪。他对他这间具有浪漫情调的画室就没有欣赏够的时候；尽管现在看到它宛如有一把利剑插在心头，他还是不自觉地把一张路易十五时代的桌子稍稍挪动了一下，这张桌子是他最喜爱的珍品之一。蓦然，他看到有一幅画像面冲着墙壁放着。这幅画的尺寸比他自己平时画的尺寸要大得多，他很奇怪为什么这张画会在这里。他走了过去，把它转了过来，以便看清它上面画的什么。这是一幅裸体女人的画像。他的心跳开始加快，因为他马上意识到这是思特里克兰德的一幅画作。他气呼呼地把它往墙那边一甩——思特里克兰德把他的画留在这里不知有何用意——谁知那画被他这么一扔，面朝下倒在了地上。不管是

---

① 1820 年在希腊美洛斯发现的古希腊云石雕像，现存巴黎卢佛尔宫。
② 17 世纪在意大利发掘出的雕像，因长期收藏在罗马麦迪琪宫，故得名，现收藏于佛罗伦萨乌非济美术馆。
③ 德尔夫特系荷兰西部的一个小城，以生产蓝白色上釉陶器闻名。

谁的画，他都不应该把它丢在尘土里，他上前把它扶了起来。就在那时他突然产生了强烈的好奇心，他想要好好地看看这幅画，于是，他将它拿到画架上摆好。然后，他往后退了退，以便更好地观赏。

他倒吸了一口气。画面中一个女人躺在沙发上，一只胳膊枕在头下面，另一只顺着贴着身体；她的一条腿略微屈起来一点儿，另一条腿平展着。这是一个古典的姿势。施特略夫的脑袋嗡的一声胀了起来。这画上的女人竟是勃朗什。悲愤和嫉妒攫住了他的心，他撕着嗓子喊，却喊不出话来；他攥起拳头对着看不见的敌人拼命地摇晃。他撕心裂肺地喊着，就快要发疯了，他忍受不了这样的画面，这远远超出了他的承受能力。他疯狂地四下看着，想找到一件利器，把这幅画劈它个粉碎，不能让它再多存在一分钟。他找不到一件称手的武器，他在他的画具里胡乱地翻找，不知为什么还是什么也没有找到；他简直要发疯了。最后，他终于看到了他在寻找的东西，一把刮油彩用的大刮刀，他拿着这刮刀，像是举着一把锋利的匕首，胜利地呐喊着向那幅画冲了过去。

在施特略夫给我讲述这一切的时候，他又变得像当时那样地激动起来，他拿起桌子上放在我俩之间的一把餐刀，挥舞着。他举起手臂，似乎就要刺过去了，可是，突然之间，他松开了手，让餐刀当啷一声跌落到了地上。他望着我，无奈地笑了笑，没有再说话。

"你往下讲呀。"我说。

"我也说不清楚自己到底是怎么了。在我抬起手臂正要戳向这幅画的时候，我似乎突然看清楚了它。"

"看清楚了什么？"

"那幅画。那是一件珍贵的艺术品。我不能触碰它。我害怕了。"

施特略夫又沉默了，他张着嘴，盯视着我，那双蓝色的眼睛几乎快从眼眶里凸出来了。

"那是一幅奇妙的伟大画作。我心中油然生出一种敬畏感。我刚才差点儿犯下可怕的罪孽。为了看得更清楚一些，我移动了一下位置，我的脚无意中碰到了那把刮刀。我不由得哆嗦了一下。"

我真真切切地感觉到了那一使施特略夫激动不已的情感。他的话出乎意料地打动了我。倏忽之间我好像进入到一个价值观完全改变了世界之中。我一时变得茫然无措，仿佛是一个人来到一片完全陌生的国土上，在那里他对各种他熟悉的事物的反应都与他以往所知道的不同了。施特略夫想把这幅画描述给我，但是他此时已有些语无伦次，我不得不去猜出他想要告诉我的意思。思特里克兰德已经打破了迄今为止束缚着他的那些桎梏。他发掘出的并不是自我（如俗语中所说的），而是一个新的灵魂，一个具有意想不到的伟大力量的灵魂。这幅画之所以能表现出这么丰富、这么独特的个性，不仅仅是因为它那极为大胆的简单的线条；不只是因为它绘画的方法——尽管那肉体被画得具有一种强烈的、几乎可以说是奇妙的情欲感；也不只是因为它的质感使你奇异地感觉到了那身体的重量；而且因为它有一种纯精神的品质，一种使你感到不安和陌生的精神，它把我们的想象力导向一个从未有过的全新的方向，把我们带入到一个朦胧空幻的境界，那里有永恒的星星照耀着，探求的灵魂在那里了无牵挂，勇敢地（同时又怀着敬畏）发现着新的秘密。

如果我在这里使用了不少的修辞和比喻，那是因为施特略夫就是这么表达的（我们知道，人在激动的时候表达自己往往会用上许多的文学辞藻）。施特略夫在努力表述着一种他以前从未体验过的感情，他不知道怎么用普通的语言把它表达出来。他像是一个神秘主义者，在企图描述无法说出的东西。但是，有一点对我来说是很清楚的：人们

平常总是太轻率地谈到美，由于对词语缺乏敏感，他们过滥地使用了这个词，以至于使它失去了原有的力量；人们把它所代表的事物跟千百种琐屑的事物并列在一起来谈，使这个词失去了它的尊严。他们把一件衣服、一条狗、一次布道，都说成是美的；当他们真正面对着美的时候，却认不出它来了。他们过分注重于去装饰他们的那些没有价值的思想，结果迟钝了他们的感受力。就像骗子会伪造出他有时感受到的精神力量一样，人们已经失掉了他们用之过滥的（欣赏）能力。但是，施特略夫，这个本性无法改变的憨厚的人，不一样，他对美有一种诚实、真挚的爱和理解，正像他的灵魂也是诚实和正直的一样。美对他而言，就像是上帝之于其信徒，当看到它时，他就会心存敬畏。

"你见到思特里克兰德时，跟他说了什么？"

"我请他跟我一起回荷兰。"

我一下子惊呆了。我只能一头雾水地、诧异地看着他。

"我们两个都爱勃朗什。在我家乡的老宅里能有他的住处。我想，跟穷苦和淳朴的人们在一起，会对他的心灵有好处的。我想，从他们身上他可以学到一些对他有用的东西。"

"他怎么说？"

"他笑了一笑。我猜想他一定觉得我很蠢。他说他没有那闲工夫。"

我真希望思特里克兰德说一句别的什么话，来表示他的拒绝。

"他把他画的那张勃朗什的画给了我。"

我很想知道思特里克兰德为什么这么做，可我没有说话。有一会儿，我们俩都保持着沉默。

"你是怎么处理你的东西的呢？"我最后问。

"我找了一个收旧货的犹太人来家，他买走了不少东西，给了我一笔钱。至于我的画，我会把它们全都带回老家去。除了它们，除了一箱子衣服和几本书，我在这个世界再也没有什么别的东西了。"

"我很高兴，你终于要回到你的家乡去了。"我说。

我觉得，他只有完全把过去抛在身后，才会有未来。我希望，他现在那一看似难以忍受的悲伤会随着时间的流逝，慢慢地逝去，他对这些痛苦的记忆会慢慢地淡薄，直至忘掉，进而再一次挑起生活的担子。他还年轻，用不了几年，当他再回顾这段悲惨的往事时，除了悲伤，也许还会有些愉悦之情。迟早他会再娶上一个诚实的荷兰女人做老婆，我相信他一定会幸福的。想到在他生前还不知道要画出多少幅俗不可耐的画作，我不由得笑了。

第二天，施特略夫动身回阿姆斯特丹，我去送了他。

四十

接下来的一个月，我忙于自己的事务，再也没有见到哪个与这一悲惨事件有关的人，我脑中也不再想着这件事。可是有一天，在我外出办事的路上，我碰上了查理斯·思特里克兰德。看到他便让我想起了这件我宁愿忘掉的令人心寒的事，我心里蓦然又感到一阵厌恶。我向他点了点头（如果完全不理，那显得我有点太孩子气了），快步向前走去；可刚走了一会儿，后面就有一只手放在了我的肩膀上。

"你这是急着赶路啊。"他一副热情的样子跟我说。

对于任何一个不屑于理他的人，思特里克兰德都非常亲切，这是他的一个特点，我跟他打招呼时的冷淡，让他不会感觉到我对他的态度。

"是的。"我简短地回答。

"那么，让我跟你走一段吧。"他说。

"为什么？"我问。

"因为高兴跟你在一起。"

我没有回答，他一声不吭地走在我身边。我们就这样走了几百米。不久，我觉得我们俩这个样子未免有些可笑，于是，在经过一家文具店，我就想到不妨进去买份报纸，这样就有个借口可以摆脱他了。

"我要进这里面看看，"我说，"再见。"

"我等等你。"

我耸了耸肩膀，进到了店里。我认为法国的报纸办得很糟糕，既然我的目的没有达到，我没有必要再把一件我不需要的东西买上拿在手里。我问了一个我知道这家店里不会有的东西，就走了出来。

"你买到你要买的东西了吗？"他问。

"没有。"

我俩一声不响地向前走着，随后，来到了一个分岔路口。我停在了马路边上。

"你走哪条路？"我问。

"走你走的那一条。"他笑了。

"我要回家去。"

"那我就陪你回家，在你家里抽支烟。"

"你应该等我给你发出邀请才是。"我冷冷地回了他一句。

"如果我认为我真有这样的机会的话，我会的。"

"你看见你前面的那堵墙了吗？"我向前面指了一下。

"看见了。"

"那么，我想你也一定看出来我不想跟你在一起了。"

"我承认，我隐隐约约看出来一点。"

我扑哧一声笑了。这也是我性格上的一个缺陷，我没有办法对一个能逗我发笑的人完全地恨起来。不过，我马上就又一本正经起来。

"我觉得你这个人非常讨厌。你是我所认识的人里最为可恶、最为冷血的一个，认识你真是我的不幸。你为什么喜欢跟恨你和憎厌你的人在一起呢？"

"我亲爱的伙计，难道你认为我会在乎你怎么看我吗？"

"真见鬼，"我说，因为感觉到我的理由站不住脚，我反而装出一副更加生气的样子，"我不想认识你。"

"你是不是怕我把你影响坏了？"

他的语调让我觉得很可笑。我知道他正斜着眼睛看着我呢，脸上是他惯有的那种嘲讽的笑容。

"我想，你又穷得叮当响了。"我简慢地说。

"要是我以为我有可能从你这里借出钱来，那我才是个大傻瓜呢。"

"如果你已学着去奉承别人了，那说明你现在的情况已经是糟透了。"

他咧着嘴笑了。

"只要我能时不时地给你提供机会，让你开开心，你就不会真正讨厌我。"

我不得不咬住嘴唇，免得让自己笑出声来。他的话里有点儿叫我恼火的真实性在里面，我性格上的另一个弱点就是：不管是什么人，哪怕是道德上堕落的人，只要在语言上能与我针尖对麦芒地交锋，我就喜欢跟他们在一起。我开始觉得，我对思特里克兰德的憎恶只能靠我这单方面的努力来维持。我认识到我在道德上并不是那么强，看到在我对他的不赞同里已有装腔作势的味道；我知道如果我意识到了这一点，凭着思特里克兰德的敏锐的知觉，也早已发现了这一点了。他一定在暗暗地笑我呢。是我先放弃了这场舌战，我耸了耸肩膀，对他的话没再反驳。

四十一

我俩一起来到了我住的地方。我没有说请他进来的话，而是一言不发地自己上了楼梯。他紧跟在后面，跟着我进了房间。他从来没有到过我家，却对我这费劲布置了一番的屋子，看也没看一眼。在桌子上摆着一铁罐烟草，他拿出烟斗来，装了一斗烟。他在唯一一把没有扶手的椅子上坐下来，身体往后一靠，跷起了椅子的前腿。

"如果你想坐得舒服点，为什么不坐在有扶手的椅子上呢？"我有点气恼地问他。

"为什么你会关心我坐得舒服不舒服呢？"

"我不是关心你，"我反驳说，"我关心的是我自己。看到有人坐在一把不好坐的椅子上，让我有种不舒服的感觉。"

他咯咯地笑了，却没有挪动位置。他默默地抽着烟，没再理我，似乎是在思考着什么。我真不知道他为什么要来。

在长期的习惯还未磨钝了作家的感知之前，作者的这样一种本能总是使他感到些许的不安，他本能地对种种怪异的性格感兴趣，他被他们深深地吸引，使得他的道德感在这样的人性面前变得软弱无力。在对这些令他略感惊讶的邪恶进行审视的中间，他获得一种艺术上的满足感；而且他的诚实的秉性也在逼迫着他承认，他对于某些行为的反感远远不如他对它们之动因的好奇心那么强烈。一个恶棍的性格如果刻画得好且又合乎情理，对于创作者是具有一种魅惑的力量的，尽管从法律和秩序的角度来说，是应该对之深恶痛绝的。我想，莎士比

亚在借助月光和幻想构思苔丝德梦娜①时，绝不会有他在创作埃古②这一人物时的那一他从未体味过的热情。这或许是因为作者在塑造这些恶棍时，满足了他深藏在心底的一些欲望，这些本能的东西已被文明世界中的风俗礼仪等逼迫到最为隐秘的潜意识中间去了。在赋予他所发明的这些人物以血肉的同时，他也把那一部分无法表达的自我赋予了生命。他的满足感是一种获得释放和解脱的快感。

作家更关心的是去了解，而不是评判。

在我的心里确实有一种对思特里克兰德这个人的很大的恐惧感，可与此而来的还有要客观地发现出其动机的好奇心。他的行为叫我感到困惑，我渴望知道他是怎么看待这场他给两个关心他的人所造成的悲剧的。我勇敢地拿起了解剖刀。

"施特略夫告诉我，你给他妻子画的那幅画是你迄今画得最好的作品。"

思特里克兰德把烟斗从嘴里拿出来，眼睛里闪现出笑意。

"我画那幅画，画得非常开心。"

"你为什么要把它给了施特略夫呢？"

"我已经完成了它，它对我已没有任何用处了。"

"你知道施特略夫几乎把它给毁掉吗？"

"我对那幅画还不是完全的满意。"

他沉默了一两分钟，临了，从嘴里取下烟斗，咯咯地笑起来。

"你知道吗？那个小胖人来找过我。"

"他的话对你就没有触动吗？"

"没有。我觉得，他太傻，太感情用事了。"

---

① 莎士比亚戏剧《奥瑟罗》中的反面人物。
② 《奥瑟罗》中，主人公奥瑟罗的妻子。

"我想，你可能已经忘记了是你毁掉了他的生活。"我说。

他沉思地摩挲着下巴上的胡子。

"施特略夫是个糟糕的画家。"

"但他是个好人。"

"也是个不错的厨师。"思特里克兰德不无嘲讽地加上了一句。

他的心肠几乎硬到了没有人性的程度，愤怒之下我直接道出了我想说的话。

"仅仅是出于好奇的心理，我希望你能告诉我，你对勃朗什·施特略夫的死就没有丝毫的愧疚心理吗？"

我注视着他的脸，看看他脸上会有什么变化，然而，他还是一副无动于衷的样子。

"为什么我要感到愧疚呢？"他问。

"让我给你摆摆事实。你快死了，戴尔克·施特略夫把你带回他的家里。他像母亲一样照顾你。为了你，他牺牲掉了他的时间、金钱和安逸的生活。他把你从死亡的魔爪中救了回来。"

思特里克兰德耸了耸肩膀。

"这个荒唐的胖子就喜欢为别人做好事。这就是他的活法，他的命。"

"就假定你用不着对他感恩，你也不应该从人家手里抢走他的妻子呀？在你未到他们家里之前，他们是幸福的。为什么你非要插进来一杠子呢？"

"是什么使你认为他们俩是幸福的？"

"这不是明摆着的吗？"

"你对什么事情都看得很透。你以为，她会原谅他为她所做的那件事吗？"

"你这话是什么意思？"

"难道你不知道他是怎么才娶到她的吗？"

我摇了摇头。

"她原来是罗马一个贵族家里的家庭教师，这家的少爷勾引了她。她原以为这个少爷是要娶她的，没想到却被这一家人一脚踢出了门外。她怀了孕，走投无路时她要自杀。是施特略夫正巧碰上了，把她的命救了下来，并娶了她。"

"这正像是他的为人。我从未见过比他更富有同情心的人。"

我以前常常纳闷，为什么这么不般配的两个人能结合在一起，但是我从来没有想到过会是这么一回事。戴尔克对他妻子的爱和一般人的很不相同，这或许就是其中的原因。我曾注意到在他对他妻子的态度里，有比热情或是爱情更多的东西。我也记得我总是觉得在她那一矜持的神态下面似乎隐藏着一些我所不知道的东西；现在，我明白了她极力想要隐藏的，远远不只是一个令她感到羞耻的秘密。她的沉静就像是笼罩在刚被飓风席卷过的小岛上空的那一寂寥。她表现出的欢悦是一种绝望中的欢悦。思特里克兰德用一句满含嘲讽揶揄的话打断了我的思考，也叫我吃惊不小。

"一个女人可以对给她造成伤害的男人加以原谅，"他说，"但是，她却永远不会原谅为她而做出牺牲的男人。"

"那么，你当然是确有把握地知道，在你和女人的相处中，你一定不会招致她们对你的怨恨了。"我顶了他一句。

他的嘴角露出了一丝笑容。

"你为了反驳诋损别人，从来都不怕牺牲你的原则。"他回了一句。

"那个孩子怎么样了？"

"噢，在他们结婚三四个月后，流产了。"

这时，我提出了那个最使我迷惑不解的问题。

"你能告诉我，你怎么竟会对勃朗什·施特略夫这个女人动了心思呢？"

他很长时间没有回答，让我几乎又把这个问题重复了一遍。

"这我怎么知道呢？"他最后说。"她连看我一眼都忍受不了。这让我觉得很有趣。"

"我明白了。"

他突然生出一股怒火。

"该死，我要得到她。"

不过，他马上就平静了下来，微笑地看着我。

"起初，她吓坏了。"

"你跟她挑明你的想法了吗？"

"没有这个必要。她心里清楚。我从未说过一个字。她害怕极了。最后我得到了她。"

我不知道他为什么要用这样的一种方式告诉我，这非常清楚地表明了他的那一欲望的狂烈性。这令我感到不安，甚至是恐惧。在他的生命中，他奇怪地排斥那些物质的东西，可有的时候他的肉体似乎又会对他的精神进行可怕的报复。在他体内的那个半人半兽的东西会突然攫住他，在这种富于大自然的原始力量的天性中间，他一下变得软弱无力。这一本能刹那间完全占据了他，使他无暇再去顾及审慎或是感恩之类的东西。

"可是，你为什么又要把她带走呢？"我问。

"我没有，"他蹙着眉头回答，"当她说她也要走的时候，我几乎跟施特略夫一样感到吃惊。我告诉她，在我已不再需要她以后，她就应该撒手，她说她愿意冒这个险。"说到这儿，他停了一下。"她的身体

很美，我正想画一幅裸体画。在我完成了这个画作之后，我对她就再也没有兴趣了。"

"她全副身心地爱着你。"

他一下子站了起来，在我这小小的房间里来回地踱着步。

"我不需要爱情。我没有爱的时间。这是人性的一个弱点。我是一个男人，有时候需要一个女人。当我满足了我的欲望后，我就要去做别的事情了。我克服不了我的这一对肉体的欲望，但是我恨它，它禁锢了我的精神；我期盼着那一时刻的到来，那时我将完全摆脱了对物的欲望，不受任何阻挠地全心投身到自己的工作中去。女人除了爱情，什么也做不了，她们把爱情的重要性提到了几近荒唐的程度。她们想要说服我们爱情就是生活的全部。其实，它只是生活中的一个很小的部分。我有对肉体的欲望，这是正常也是健康的，但爱情是一种疾病。女人只是我行乐的工具，我对她们提出的什么事业上的助手、生活中的伴侣等这些要求很是厌恶。"

我以前从来没有听思特里克兰德讲过这样的长篇大论。他说话时带着愤愤的情绪。我无论如何也不敢声称，我能完整地记录下他的话语；他的词汇量很小，也没有组织句子的才能，因此我不得不通过他所使用的惊叹词、他的面部表情、他的手势和他使用的一些陈腐的词语，来把他要表达的意思一点一点地连缀起来。

"你应该生活在妇女是奴隶、男人是奴隶主的时代，"我说。

"我碰巧生来就是一个完全正常的人。"

他讲这句话时一脸的严肃，让我忍不住笑了出来。他继续讲着，像个关在笼子里的野兽一样，来回地在屋子里面踱着步，一心想要表达出他所感觉到的东西，却总是发现很难连贯起他要说的内容。

"一旦有女人爱上了你，她一定要占有了你的灵魂，她才会满足。

因为女人弱，所以她的支配欲非常强烈，不到征服了你，她绝不会满足。她思想狭隘，对那些她理解不了的抽象的东西非常反感。她的身心都被物质的东西占满了，对于理想和精神的东西很是妒忌。男人的灵魂能遨游于宇宙中最遥远的地方，而女人则要将它禁锢在家庭收支的账簿里。你还记得我的妻子吗？我发现勃朗什也渐渐地耍起她的小手腕来。她用她无比的耐心为我编织着罗网，准备把我给束缚住。她想要把我降低到她的水平；她根本不在乎我的事业，她只想让我成为她的。她愿意为我做任何事情，除了一件事，那就是不来打搅我。"

我沉默了一会儿。

"你离开她以后，你想过她怎么办吗？"

"她可以回到施特略夫那里，"他有点儿烦躁地说，"他是愿意接纳她的。"

"你这个人不通人性，"我说，"跟你谈论这样的事情，就像是和色盲谈论色彩一样，一点用处也没有。"

他站到我的椅子这里，看着我，我从他的神色中读出了轻蔑和诧异。

"我想知道，勃朗什·施特略夫是死是活，你真的在乎吗？"

我把他的问题认真地想了一下，因为我想如实地回答，起码我要对得起我自己的良心。

"如果说她的死对我一点儿也无所谓，那我可能就有点儿太缺乏同情心了。她还年轻，生活能给她的东西还很多。她以这样残酷的方式结束了自己的生命，我认为这是件很可怕的事；我感到羞愧，因为对她的死我真的不是那么在乎。"

"你没有勇气说出你真正的思想。生命并没有什么价值。勃朗什·施特略夫之所以自杀，不是因为我离开了她，而是因为她愚蠢，

因为她的心理缺乏平衡。好了，我们谈她已经谈得够多的了；她实在是个微不足道的角色。到我家去吧，我让你看看我的画。"

他那副说话的样子仿佛我是个孩子，得需要他来把我的思想岔开。我心里有气，但与其说是气他，倒不如说是生我自己的气。我想到了他们小两口——施特略夫和他的妻子——在蒙特玛特尔区一间画室中曾度过的舒适快乐的生活，想到他们的淳朴、善良与好客；而这个温馨的家庭就这样被一个偶尔发生的无情的事件给瞬间毁掉了，这让我觉得似乎有点儿太残酷了；但最为残酷的是，事实上这件事对别人并没有什么影响，人们继续生活下去，没有一个人因为这个悲剧而生活变得更糟。我还想到，虽说戴尔克是一个情感反应强烈的人，可他的感情却没有什么深度，也许不久他就会淡忘了这件事情；勃朗什这个怀着不知是什么样的憧憬和梦想开始了她的生命的人，也会像从未存在过那样消失得干干净净。一切看来都是虚空，没有意义。

思特里克兰德拿起了他的帽子，站在我面前看着我。

"你来我家吗？"

"你为什么愿意跟我结识呢？"我问他。"难道你不知道我恨你，也看不起你吗？"

他高兴地咯咯笑起来。

"你跟我吵嘴生气，实际上是因为我根本不在乎你对我的看法。"

我被他的话气得满脸通红。他根本不可能理解人们对他的这一冷酷和自私会感到愤怒。我恨不得一下子刺穿他那副冷漠的盔甲。不过，我最终也不得不承认，他的话有一定的道理。在无意识中间，我们往往可能会在意别人是否重视我们对他们的看法，对那些我们丝毫也影响不了的人，我们是憎厌的。我以为这就是人的自尊心里最痛的创伤。但是，我不愿意让他看出他击中了我的要害。

"一个人有可能完全把别人置之不顾吗？"我说，更多的是在问自己而不是问他。"你生活中需要的任何东西都得依靠别人来取得。只想为自己活着或者只想靠自己活下去，这些企图都是荒谬的。迟早有一天，你会生病，你会感到疲惫，你会变老，那时你就会狼狈不堪地回到人群中来。当你的心里也希望得到温暖和同情的时候，你难道不会为你以前的行为感到羞愧吗？你在尝试着一件不可能做到的事情。在你身上还留存着的人性的东西迟早会使你渴盼着回到人类这个大家庭中来。"

"走，去看我的画吧。"

"你想到过死吗？"

"为什么我要想到它呢？我不在乎生死。"

我盯视着他。他一动不动地站着，眼睛里流露出嘲讽的笑意；但是，在那一瞬间，我似乎看到一个炽烈、饱受折磨的灵魂正在追求着某种远远超出肉体束缚的更加伟大的目标。我瞥见的是一种对无以描述的事物的追求。我看着我眼前的这个衣衫褴褛的人，大大的鼻子、炯炯发光的眼睛、红色的胡须和乱蓬蓬的头发；我有一种奇怪的感觉：我这里描述的只是个躯壳，而我感受到的是一个脱离了肉体的灵魂。

"走吧，去看看你的画。"我说。

四十二

　　我不知道为什么思特里克兰德会突然提出要我看他的画，我很高兴有这样的一个机会。一个人的作品最容易揭示出他本人的思想。在人际交往中，一个人只想让世人看到他希望你看到的那一面（往往是表面），你只能借助他的一些无意识的小动作，借助无意间他脸上掠过的表情，来对他做出正确的了解。有的时候，人们把他们装出的那一面做得如此完美，随着时间的推移，他们似乎真的变成了他们所装扮的那个人了。但是，在他们写的书，他们作的画里，他们自己真实的面目却是暴露无遗。在这里，他的装腔作势将只能表明他的空虚。他那些涂了油漆冒充铁板的木条到头来还会被看出只不过是木条。假充具有独特的个性无法掩盖平庸的心理。对一个目光锐利的观察者来说，即使是一部作者信手写来的作品也能泄露出他灵魂深处的秘密。

　　当我踏上思特里克兰德住处那几乎走不完的楼梯时，我承认我的心情是有些激动的。我似乎马上就要步入一场奇异的冒险了。我充满好奇地打量着这间屋子，它比我记忆中显得还要小，还要寒碜。我不知道我的那些朋友们看到此景会有何感想，他们要求拥有宽敞的画室，信誓旦旦地说如果条件不能全都符合他们的心意，就无法进行工作。

　　"你最好是站在那里。"思特里克兰德手指着一处地方说，他可能认为我站在那个位置，可以更好地观赏他让我看的画。

　　"我想，你不愿意让我讲话吧？"我说。

"是的，我要你闭上你的嘴巴。"

他把一幅画放在画架上，让我看上一两分钟，然后将它取下来换上另一幅。我想，他大概给我看了三十来幅画。这是他六年来一直作画所获得的成果，从未卖出去过一张。他的画作大小不一，小一点的是静物画，最大的是风景画。还有五六幅人物肖像。

"这就是所有的了。"他说。

我真希望我能说我一眼就看出了这些画幅的美和它们伟大的独创性。这些画中有许多我后来又有机会欣赏过，另外的一些我通过复制品也非常熟悉了。让我感到奇怪和纳闷的是，在我第一眼看到它们时，我竟然会有非常失望的感觉。我当时丝毫也没有感觉到艺术品本应该带给我的那种激奋。思特里克兰德的绘画给予我一种惶惑不安的感觉；我当时根本没想要买上一幅，这是我永远不能原谅自己的。我错过了一个绝佳的机会。这些画大多数都被博物馆收藏，其余的一些珍藏在了有钱的业余爱好者手里。我极力在给自己寻找着辩解的理由。我认为我还是有鉴赏力的，只不过是有些缺少创见罢了。我对绘画知道得很少，我多是步着别人的后尘，因循着别人的见解。当时我最佩服的是印象派画家，渴望弄到一幅西斯莱①或德加②的作品，另外，我崇拜马奈。马奈的《奥林庇亚》我觉得是当代最伟大的作品，他的《草地上的早餐》也能将我深深地打动。以我看，在当代绘画中，似乎再也没有别的画作能超过这几幅画了。

我不打算描述思特里克兰德拿给我看的这些画作。对画幅进行描述是件很乏味枯燥的事，再则，这些画对许多的艺术爱好者来说，

---

① 阿尔弗雷德·西斯莱（1839—1899），法国画家。
② 埃德加·德加（1834—1917），法国画家。

都是十分熟悉的了。既然他对现代绘画已经产生了如此巨大的影响，既然后来的艺术家们把他最先探求的那些疆域已经发扬光大，几乎已成为当今的时尚，因此即使再有谁第一次看到他的画，也早已有了心理准备；而我则是破天荒第一遭看到这类作品，这一点务必请读者记住。首先，令我感到诧异的是，他的画法似乎非常笨拙。因为我看惯了经典画家们的作品，并一直认为安格尔是近代以来最伟大的画家，所以便认为思特里克兰德画得十分拙劣了。我根本不了解他当时所追求的简朴。我记得他让我看的一张静物画，一个盘子里放着几只橘子，那盘子并不圆，盘里的橘子也是倒向一边，让人看了很不舒服。他画的头像都比真人略大一点，让人看着很笨拙。在我看来，这些头像画得就像是漫画一样。他的这种画法对我来说是完全陌生的。他的风景画更是令我感到疑惑不解。其中有两三张画的是枫丹白露的森林，另有几张是巴黎的街景，它们给我的第一印象是，这些画好像是出自一个喝醉酒的马车夫之手。我完全被弄糊涂了。所用的色彩在我看来也似乎过于粗犷。我脑子里当时的想法是，这些绘画简直是没有谁能理解的、令人咋舌的滑稽图形。现在回想起来，我觉得思特里克兰德在当时真可谓是独具慧眼。他从一开始就感觉到在艺术领域中酝酿着一场革命，在那时便意识到今天世人们会认可什么样的天才。

然而，即便说他的作品使我感到不安和困惑，可给我的印象却是深刻的。尽管我对他的画法一点儿也不了解，我依然能感觉到他的作品中有一种努力要表现它自己的伟大力量。它们令我激奋，也让我感到好奇。我觉得他的这些画里有什么东西要对我说，而且，去了解它们，对我很重要。在我的眼里，这些画似乎很丑陋，但是在它们里面却暗示着——不是揭示——具有划时代意义的重大秘密。这些画对我有一种奇怪的诱惑力，它们在我心中激起一种我无法理清的情愫。它们诉说着一种语言无法表达的事物。我猜想，思特里克兰德在物质的东西中隐约发现一些精神的意蕴，这一意蕴非常奇特，他只能用很不完善的符号，将它暗示出来。就好像是他在宇宙的一片混乱中发现了一个新的图式，正在笨拙地把它描摹下来，由于力不从心，内心非常痛苦。我看到一个饱受折磨的灵魂在拼力表达着什么，以求得解脱。此时，我把身子转向了思特里克兰德。

"我怀疑，你表达的方式是否得当。"我说。

"你到底想要说什么？"

"我想，你是在努力表达着什么，虽然我不太清楚你所要表达的东西，可我觉得绘画对你也许不是最好的表达方式。"

我曾想，待看过他的画后，我就能多少了解一些他奇怪的性格了，可结果并非如此。他的画只不过是更增加了我对他的诧异感。我比看画之前更加迷茫了。只有一件事对我来说似乎是清楚的——或许连这件事也是我想象出来的——那就是他在竭尽全力挣脱着束缚他的那股力量。但这究竟是一种什么力量，他又以什么样的方式寻求解脱，仍然是个谜。我们每一个人在这个世界上都是孤独的。每个人都被囚禁在铁塔里面，他与他的同伴只能通过信号来进行交流，这些信号没有共同的所指，因此它们的含义是非常模糊和不确定的。我们费尽力气想要把我们心中的珍藏传达给别人，可他们却没有领悟的能力，所以我们只能是形单影只、貌合神离，既不能了解别人，也不能为别人所了解。我们就像是身处异国他乡的人，对那个国家的语言知之甚少，心中有许多美好和深刻的东西要倾诉，却只能局限于会话手册上的那几句陈腐的套语。我们的头脑里充满了各种各样的思想，却只能说出像"园丁的姑妈有一把伞在屋子里"

之类的话。

　　思特里克兰德留给我最后的印象是，他在为表现某一精神境界做着惊人的努力，我认为，要想解释他的作品为什么叫我感到如此的困惑，也必须从这里去寻找答案。很显然，在思特里克兰德看来，色彩和形式对他有着一种特别的含义。他感受到一种难以承受的压力，他必须要把他感觉到的东西表达出来，这是他进行创作的唯一动机。只要他能够更加接近于他所追寻的目标，他便不惜采用最简单的线条，或去歪曲所画的东西。他根本不在乎物体的真实性那一面，因为他要在纷乱的互不相关的偶然的现象下面，寻找到对他有着重大意义的事物。仿佛是他已经意识到了宇宙的本质，非得要将它表达出来不可。尽管这些画使我感到困扰和不解，我却不能不为它们所特有的一种情感而打动；我心中对思特里克兰德产生了一种我万万也没有想到会有的感情。我对他突然生出无限的同情。

　　"我想，我现在知道你为什么会屈从于对勃朗什·施特略夫的感情了。"我对他说。

　　"为什么？"

　　"我想是因为你一下子失掉了勇气。你肉体的软弱感染了你的灵魂。我不知道是怎样一种无限的渴望之情把你攫在手中，逼着你走上一条危险孤独的道路，你一直在寻找着一种境界，在那里你便可以从折磨着你的精灵手里最终解放出来。我觉得你就像个一路跋涉的香客，在去往一个也许根本就不存在的庙宇。我不知道你探寻的是一种什么样的不可思议的涅槃。你自己知道吗？或许，你追求的是真理和自由，有片刻的工夫你以为你能从爱情中求得解脱。我想是你疲惫了的灵魂想要寻找一个女人的怀抱休憩一下，当你没有能找到时，你就恨她了。你对她没有怜悯，因为你对你自己就没有怜悯。你是出于畏惧杀死了她，因为你仍然还在为你刚刚逃脱的危险簌簌地发抖呢。"

他捋着他的胡子，干笑着。

"你真是个可怕的感伤主义者，可怜的朋友。"

一个星期之后，我偶尔听说思特里克兰德去了马赛。以后我就再也没有见过他了。

第三卷

四十三

回头去看，我发现我写的有关思特里克兰德的内容似乎并不那么令人满意。我把我所知道的一些事都记录下来了，可这些事件仍然显得很模糊，因为我不知道导致它们发生的原因是什么。最令人费解的莫过于思特里克兰德为什么要做一个画家这件事了，可我这里却似乎给不出一个像样的解释；尽管从他所生活的环境中一定可以找出原因，可我对这些个原因却是毫不知晓。从他的谈话中我也没能找到与此事相关的任何线索。如果我是在写小说，而不是就这样一个奇怪的性格陈述种种事实的话，我便会想象出一些理由，来对他的这一转变加以说明。我想我可以写他在童年时期就酷爱绘画，但迫于他父亲的意志或是生活所迫，他的梦想破灭了；我还可以写他对生活的种种羁缚一直不愿俯就；写他对艺术的热爱与他生活的职责之间的斗争和冲突，从而引起读者对他的同情。这样写来，人们对他会更加崇敬。或许，在他身上，我们还可以再发现出一个新的普罗米修斯。从这里，我也许能塑造出一个甘愿忍受痛苦折磨、一心为人类造福的现代英雄。这永远是一个动人的话题。

另一方面，我还可以在他婚姻关系的影响中找出他立志要从事绘画的动机。我可以从十多个方面来阐述这一点。他妻子喜欢跟画家和作家往来，因此他也有缘结识一些文人墨客，这样一来便唤醒了蛰伏在他身上的才能；或者是与妻子的不和睦使他的注意力转移到了自己身上；更或者是一场婚外恋把他心中闷闷伏着的火星燃成了熊熊大火。

我想，此时我应该把思特里克兰德太太描写成另外一副样子。我应该摈弃事实，把她刻画成一个爱唠叨、讨人厌的女人，或是一个性格偏狭、对心灵方面的诉求全然无动于衷的女人。我应该把思特里克兰德的婚姻生活写成是对他的一个长期痛苦的煎熬，离家出走是他唯一的选择。我想，对他的这个嚼舌、脾气乖戾的伴侣，我还应该用重笔强调一下他的忍耐精神，和他对妻子的怜悯心理，正是这一心理使他不忍心摆脱束缚在他身上的枷锁。当然，我也不会提及他们的两个孩子了。

为了把故事写得生动感人，我还可以让他去接触一位老画家，这位老画家出于生活的压力或是贪图虚名，糟蹋了他年轻时代所具有的才能，他在思特里克兰德身上发现了他年轻时浪费掉的才华和其将来可能会取得的成就，所以他竭力去影响思特里克兰德，叫他抛弃了人世间的虚荣，献身于神圣而又崇高的艺术。我想，在对这位既富有又享有盛名的老画家的描写中，不乏具有讽刺的意味，他要在另一个人身上体验到他虽感觉美好却无力再追求的生活。

但是，事实要比这乏味得多。思特里克兰德一出校门，就进了一家经纪人事务所，对此他毫无半点抵触情绪。在成家之前，他过的就是从事这一行业的人那种平庸的生活，在交易所里干几宗输赢不大的投机买卖，关注着达贝尔赛马和牛津、剑桥比赛的结果，在这上面他下的赌注也不过就是一两镑钱。我想在业余时间他还打点拳。壁炉架上摆着朗格瑞夫人 ① 和玛丽·安德逊 ② 的照片。他读的是《拳击》杂志和《体育时代》。有时还到汉普斯台德去跳跳舞。

有很长一段时间我没有见到过他，可这并没有多大的关系。在他

---

① 朗格瑞夫人（1852—1929），英国演员，以美貌著称。

② 玛丽·安德逊（1859—1940），美国女演员。

孜孜以求力图掌握一门困难艺术的那些岁月，他的生活是非常单调的，为了挣钱糊口他干过各种活计，在这中间并没有什么值得写下来的东西。即便我把他的这段生活记录下来，也是一些和发生在平常人身上毫无二致的日常事务。我认为它们对他的性格并不会有任何的影响。他在巴黎的经历一定够得上写出一部有关现代巴黎的冒险小说，但他对周围事物却总是取一种超然物外的态度，从他的谈话中也可推断出：在巴黎的这些年里没有任何事情给他留下过什么特别的印象。或许，在到了巴黎时，他的这个四十而不惑的年龄已经让他不会受到巴黎灯红酒绿、纸醉金迷的影响。尽管这一点看起来很奇怪，可他在我的眼里始终是一个很现实和讲求实际的人。我想他这一段的生活是富于浪漫色彩的，但是他显然没有看出这一点。这或许是因为一个人如果想要体味到生活中的浪漫情趣，就必须具有一点演员的品质；而要想跳出自身之外，则必须能够对自己的行为抱着一种既超然物外又沉浸于其中的态度。可是，没有谁比思特里克兰德更加心无旁骛了。在我认识的人里，再也没有谁比他更缺少自我意识了。不幸的是，我不能描述出他在取得艺术成就的艰难征程中不倦的跋涉；如果我能表现出他如何面对失败毫不气馁，如何满怀勇气奋斗不息，从不悲观失望，如何在面对艺术家的劲敌——对自己产生怀疑——时，顽强地坚持下去，我就可能为一个显然是缺少魅力的（我很清楚这一点）性格赢得一点儿同情。但是，我没有这方面的内容可写。我从未见过思特里克兰德工作时的情形，而且我知道不只是我，其他人也不可能看到过。他的拼搏和付出只有他自己知道。如果他在画室中曾经与上帝的天使单枪匹马地搏斗，他也不会让任何一个人知晓他的痛苦。

在写到他跟勃朗什·施特略夫的关系时，我更是为我所掌握的材料的支离破碎感到苦恼。为了把故事说得条理连贯，我理应描述出他

们这一悲剧性的结合是怎么发展的，但是我对他们住在一起的这三个月的情况，一点儿也不了解。我不知道他们如何相处，他们谈些什么。毕竟一天里有二十四个小时，而情感的高潮只能持续很短的时间。我只能想象他们俩是如何挨过这其余的时光的。在灯还亮着、勃朗什还没有发困要去睡觉之前，我想思特里克兰德会一直作画，而勃朗什看到他完全沉浸在工作中一定很气恼。那个时候，他根本不会想到她是他的情人，她只是作为他的模特儿存在着；此外，就是他们相对无言、沉寂地度过的漫长时日。这种情形一定吓坏了勃朗什。思特里克兰德曾向我透露，勃朗什委身于他，带有某种对戴尔克·施特略夫报复的因素在内，因为施特略夫是在她受尽了羞辱丢尽了颜面时搭救的她，他的这一揭秘打开了对人性阴暗面之臆测的大门。我真不希望他说的是真的。我觉得这也有点儿太可怕了。然而，谁又能测度出人心的微妙和讳莫如深呢？那些只希望从人心里寻得高尚情操和正常情感的人肯定是做不到的。当勃朗什发现思特里克兰德除了偶尔迸发出他的热情之外，平时总是孑然独处时，她一定失望极了；纵便是他情感的高潮到来的时刻，我猜想她也一定意识到了，对他而言，她只是他作乐的工具，而不是一个具有个性的人。对她来说，他还是一个陌生人，她试着用一些可怜的小手腕来拴住他的心。她企图用舒适的生活网罗住他，而不愿承认舒适与否他根本不会在意。她费尽心思给他做他喜欢吃的东西，而不愿看到他根本不在乎他吃的是什么。她害怕让他一个人待着。她百般殷勤地照顾他，不离他的左右，她千方百计地煽起他蛰伏着的情欲，因为至少在那个时刻，她还能幻想她拥有着他。或许，她的理智已经告诉了她，她锻造的这些锁链只能激起他砸毁它们的欲望，正像厚厚的玻璃会使人看着手痒痒，想捡起半块砖来将它砸碎一样；但是，她的心却已听不进去理智的劝告，使得她继续朝着这条不归路走下去。她一定非常不快活，然而，爱情已经冲昏了她的头脑，叫她相信她自己的追求是真实的，她的爱情是如此伟大，似乎不可能不在他身上唤起同样的情感，来给予她回报。

我对思特里克兰德性格的分析，除了有许多的事实我不了解以外，还有一个更为严重的缺憾：因为他同女人的关系非常显眼，而且令人震撼，我记录下了这些关系；可是，这只是他生活中非常微不足道的一部分。我们也许会不无嘲讽地想到，这一与女人的关系问题却悲剧性地影响了多少其他人的命运。在思特里克兰德真正的生活里只有梦想和极为艰辛的工作。

小说的不真实性从这里也可见出一斑。因为一般来说爱情只是男人生活中的一段插曲，是其诸多事务中的一件，小说中对爱情的强调和渲染赋予爱情一种与实际生活中不相符的重要性。在这个世界上，只有为数极少的男人把爱情看作是他们的头等大事，这些人往往是些无聊乏味的人，甚至把爱情视为崇高之至的女性对这类男人也瞧不起。他们对女性奉承，献殷勤，在她们的情感被激起的同时，她们也会略感不安，认为他们实在是可怜。而且，即便是在他们谈情说爱的期间，男人们也要干点其他的事情，让他们的脑子得到调剂；他们所从事的职业需要他们投入精力；他们还痴迷于运动，有时对艺术也会产生兴趣。在大多数情况下，他们分别在不同的场合中从事着各种不同的活动，他们在从事一项活动时，会暂时把其他的活动放在一边。他们会把注意力集中在此刻正在做的事情上，如果一项活动侵扰了另一项，他们会觉得恼火。作为恋爱中的人，男人与女人的不同就在于女人可以一整天一整天地谈恋爱，而男人却只能有时有晌地谈上那么一会儿。

在思特里克兰德身上，性欲只占据非常小的位置，它并不重要，或毋宁说叫他厌恶。他的灵魂所寻求的是另外的东西。他的情感很强

烈，有时欲念会攫住了他的身体，逼着他去纵情狂欢一阵子，但是他却痛恨这剥夺了他宁静和自持的本能。我想，他甚至痛恨诱惑他放荡的那个不可或缺的女伴。当重新获得了对自我的控制以后，他看到让他寻欢的女人，都会不由得战栗。他的思想这时似乎平静地遨游于九天之上，他看见她时所感到的厌恶，或许就像飞翔在花儿上方的蝴蝶见到它脱壳而出的脏兮兮的蝶蛹时的嫌恶。我以为艺术是性本能的一种流露。金黄的月亮照耀下的那不勒斯海湾，或者是提香^①的名画《墓穴》，和一个漂亮的女人，可以在人们心里引起同样的感情。思特里克兰德憎厌这一性欲的释放，很可能是因为与艺术创造所获得的满足感相比，它是粗鄙的。连我自己甚至也对这样的一点感到奇怪：在我描述这个人的粗鲁，自私，残酷和色欲的同时，我又得说他是个伟大的理想主义者。可这是事实。

比起一般的艺术家来，思特里克兰德过着更加贫困的生活。他工作得更加努力。对大多数人所追求的那些使生活变得安逸和美好的事物，他都不屑一顾。他对金钱没有丝毫的兴趣。他对名声全不在意。我们大多数受不住各种诱惑，总要对世俗人情做些让步，可你对他能抵御住这些诱惑又不能致以赞词，因为这种诱惑对他而言就不存在。他的脑子里根本就没有妥协这根弦儿。他在巴黎过的是比底比斯沙漠的隐士还要孤寂的生活。对于其他人，他没有任何的要求，只求别人不要打搅他。他一门心思朝着自己的目标迈进，为了追求它，他不仅甘愿牺牲自己——这一点许多人都能做到——而且也不惜牺牲别人。他心中怀有憧憬。

思特里克兰德是个令人讨厌的人，但是，我依然认为他是一个伟大的人。

---

① 提香（1490—1576），意大利威尼斯派画家。

四十四

对于其他艺术大师的绘画持什么样的看法，这一点也很重要，我自然应该把我所知道的思特里克兰德对过去一些伟大艺术家的意见，记录在这里。恐怕值得我写下来的东西并不多。思特里克兰德不擅长于谈吐，没有那种把他想要说的话用锦言妙句表达出来、让人听着容易记住的才能。他讲话没有风趣。他的幽默——如果我多少成功地把他的说话方式再现出来一点儿的话——是那种嘲讽式的。他反驳别人的话时很粗鲁。有时候由于直言不讳，会叫人发笑，但是这种形式的幽默只能凭借其使用的频率少才有力量；一旦使用得多了，就不再会觉得有趣了。

我得说，思特里克兰德不是那种头脑非常聪明的人，他对绘画的看法也没有什么过人之处。我从来没有听他谈论过那些与他的画风相类似的画家，例如塞尚、梵·高等人，我甚至怀疑他是否见过他们的作品。他对印象派画家没有太大的兴趣。他们的绘画技巧给他留下了深刻的印象，可我觉得他认为他们对待艺术的态度太过平庸。有一次，当施特略夫正在详细地评论莫奈的卓越艺术时，思特里克兰德却说道："我更喜欢文特尔哈尔特①。"不过，我敢说，他当时之所以这么讲是想要气气施特略夫的，如果真是这样的话，他无疑是成功了。

我感到很失望，不能写下他评论一些老派画家时的过激之词。他的性格特别、怪异，要是他在品评绘画时也能标新立异，他的形象才

---

① 弗朗兹·伊克萨维尔·文特尔哈尔特（1805？—1873），德国宫廷画家。

会更加完美。我极想叫他在评论过去的一些画家时说出些荒诞的理论，但是我却不得不老老实实地承认，他对他们的看法跟其他人的并没有什么两样。我认为他根本不知道埃尔·格列柯。对韦拉斯凯兹，他有一种既敬佩但又不耐烦的情绪。他喜欢夏尔丹，伦勃朗也叫他入迷。他告诉我伦勃朗的绘画给予他的印象时，使用的语言极其粗俗。谁也想不到他最喜欢的一位画家竟会是老布鲁盖尔①。我当时对老布鲁盖尔不太了解，而思特里克兰德又没有能力把他的观点说清楚。我之所以记得他曾提到过对老布鲁盖尔的看法，是因为他讲得太不能令人满意了。

"他的画不错，"思特里克兰德说，"我敢说，他觉得画画是件吃苦受罪的事。"

后来在维也纳，我看到过几幅彼得·布鲁盖尔的画，我想我才懂得为什么这位画家会引起了思特里克兰德的注意。和他一样，这位画家对世界也怀有一个他自己所独有的憧憬。我当时做了不少的笔记，想着写一些有关布鲁盖尔的文章，但是这些材料后来都丢失了，只有一种对他的情感留在了记忆中。在布鲁盖尔的眼里，人们的形象似乎都是怪诞的，正因为他们怪诞，所以他常常生他们的气；生活似乎只是滑稽、肮脏、乱糟糟的事件的堆砌，只配做笑料，可在他觉得好笑的同时心里又满是悲伤。布鲁盖尔给我的印象是，他想用一种手段努力表达只适合于用另一种方式表达的感情，或许正是对这一点的模糊的意识勾起了思特里克兰德对他的同情。也许他们两人都是想在绘画中表达出更适合于用文学去表达的内容。

这个时候的思特里克兰德一定已快满四十七岁了。

---

① 彼得·布鲁盖尔（1522？—1569），佛兰德斯画家。

四十五

　　我在前面已经说过，如果不是一个偶然的机会让我去了塔希提岛一趟，我是一定不会写这本书的。在几经周折之后，思特里克兰德最后到达的正是这里，也是在这里，他创作出了许多名留青史的画幅。我想，没有任何一个画家能够完全实现萦绕在他心中的梦想，因为一直受着绘画技巧方面问题的困扰，思特里克兰德在表达他心目中所向往的那一幻境时，或许会比别的画家更为困难一些；但是，在塔希提，生活的环境对他一下子非常有利了：在这里，他经常可以发现激发出他灵感的那些不可或缺的事物，他晚年的画作至少暗示出了他所追求的东西是什么。这些画作把我们的想象力带入一个崭新、奇异的境界，就好像是在这片遥远的土地上，他的赤裸着的四处游荡寻找栖所的灵魂，终于觅到了它可以依存的肉体。用我们的老话说，他在这里找到了自我。

　　在我一踏上这个偏远的岛屿时，我对思特里克兰德的兴趣会很快地重新燃起，这似乎是再自然不过的了，但事实上是我手头的工作占用了我的全部精力，根本无暇顾及与工作无关的任何事情，直到几天以后，我才记起了这儿是思特里克兰德晚年生活创作的地方。毕竟我跟他分手已经十五年了，他逝世也已九年了。现在回想起来，我觉得我当时本应该把眼前要办的那些看似重要的事都抛在脑后；可实际情况是，甚至在一周以后，我还没有从繁杂的事务中脱出身来。我还记得在我上岛的第一天早上，我起得很早，在我走到旅馆的露台上时，

四周还没有一点儿动静。我逛到了厨房那里，可厨房的门还锁着，在门外的一条长凳上，一个侍者，当地的男孩，睡得正香。看来一时间还开不了早饭，于是我漫步到了一条离海不远的街道上。侨居在这里的中国人已经在他们的店里忙活起来。此时的天空还是黎明时分的鱼肚白色，环礁湖仍然笼罩在死一般的寂静当中。十英里开外，莫里阿岛伫立在海面上，宛如一个圣杯形状的巍然屹立的要塞，深锁着它的秘密。

　　我几乎不敢相信自己的眼睛。离开威灵顿之后的这些日子，我觉得自己过得极不寻常，充满了奇遇。威灵顿整洁有序，富于英国风味，它会让你想起英国南岸的一个海港小镇。这以后，我在海上航行了三天，海面极不平静，天空中翻滚着聚集起的乌云。三天以后风停了，平静的海面显得格外湛蓝。太平洋比别的海域显得更加荒寂，烟波浩渺，即使是一次最普通的旅行也含有冒险的成分。你呼吸进体内的空气像是补身的甘香酒，令你振奋，让你准备好去经历意外之事。但是，你除了知道已经驶进塔希提、感到走进一片幻境中的黄金国土之外，它绝不向你透露任何别的秘密。与塔希提构成姊妹岛的莫里阿岛进入你的视野，它巍峨绚丽，神秘地耸立在浩渺无垠的海水中，仿佛是魔棍召唤出的海市蜃楼般的幻景。莫里阿岛巉岩嶙峋，宛如将蒙特塞拉特岛①移植到了太平洋里，使你不由得会遐想，波利尼西亚的武士正在那里举行奇特的宗教仪式，阻止着凡人们去了解那里的秘密。当距离逐渐靠近，它秀丽的山峰更清晰地显露出它们的轮廓时，莫里阿岛的美丽便全然呈现在眼前，但在你从它身边驶过时，你会发现它仍然锁闭着自己，对着你的是一堆人们无法接近的参天巨石。你会惊讶地发

---

① 蒙特塞拉特岛是英属西印度群岛中的一个岛屿。

现，在你似乎就要看到有一个河口通向它里面时，这入口会在你眼前突然消失，映入你眼帘的唯有太平洋孤寂浩瀚的蓝色。

塔希提岛却是另外的一番景象，它是一个高耸在海面、到处都有绿荫覆盖的岛屿，它暗绿色的深褶会使你想到寂静叠嶂的山谷；在那些充满神秘和阴郁的山涧里，有清凉的山泉泼溅着岩石汩汩地流淌，在这层层的绿色中，你会感到，自远古以来，生活就是按照古老的习俗没有任何更迭地延续着。这里也有悲伤和恐怖，但是，这种印象并不会长久地留在你脑中，这只会让你更加敏锐地感觉到当前生活的欢乐。这就像一群饶有兴致的人听一个小丑插科打诨，正在听得开怀大笑时，却在小丑的眼睛里看到了悲凉；小丑的嘴唇在笑，他的玩笑越来越滑稽可笑，因为在人们的大笑中间，他越发感觉到他的孤独不可忍受。塔希提现在似乎就在向我友好地微笑，它像一位可爱的女子，尽情地向我展示着她的妩媚和魅力；特别是在船只进到帕皮提港口时，更是让人感到一种莫大的慰藉。停泊在港湾里的双桅帆船干净而整齐，沿着海湾建起的小城呈现出洁白、优雅的风貌，法国火焰似的建筑直刺蔚蓝色的苍穹，像充满着激情的呐喊，炫示着自己耀目的色彩。它们给人一种强烈而又毫无顾忌的色欲感，叫你能屏住了呼吸。当轮船靠岸时，人们欢悦而又彬彬有礼地围聚在了码头；那是一片挥动着手臂的欢乐的人群，那是一片棕色面孔的海洋。你会感到在炎炎的蓝天下，有色彩在耀眼地移动。码头上一片忙碌的景象，行李在从船上搬运下来，海关在检查着每个人的入关手续，人人似乎都在向你微笑。天气很热。绚丽的色彩令你睁不开眼睛。

四十六

　　我在塔希提还没待几天就见到了尼科尔斯船长。他来的那天早晨，我正在旅馆的露台上吃早饭，他进来后便做了自我介绍。

　　他听说我对查理斯·思特里克兰德感兴趣，就毛遂自荐来找我，要跟我谈谈思特里克兰德。这里的人们跟英国的乡下人一样都喜爱聊天，我向这儿的一两个人打听过思特里克兰德的画儿，这消息很快就传开了。我问这位陌生的来客是否吃过了早饭。

　　"吃过了，我早晨一起来就喝过咖啡了，"他回答说，"不过，我并不反对来点儿威士忌。"

　　"你不会觉得，我现在喝威士忌有点儿早吧？"这位船长说。

　　"这应该是由你和你的肝脏来做决定。"我回答说。

　　"我实际上是个戒酒主义者"。他一边说，一边给自己倒了大半杯加拿大克拉伯牌威士忌。

　　尼科尔斯船长在笑的时候，露出一口很不整齐的发黑的牙齿。他人很消瘦，中等身材，灰色的头发剪得短短的，唇上留着白胡子茬儿。看那样子至少有几天没有刮脸了。他的脸上皱纹很深，由于常年日晒，脸变成了棕褐色的。他有一双蓝色的小眼睛，滴溜溜地转得很欢。他贼溜溜地盯着我的每一个动作、手势，给人的感觉就是一个十足的老油条。不过，在眼下，他却表现得很友好，富有诚意。他穿着一套破旧的卡其布衣裤，他的手恐怕也是早就该洗一洗了。

　　"我跟思特里克兰德很熟，"他说着把身子往后靠在了椅背上，点上了我递给他的雪茄，"他是靠了我，才来到这个地方的。"

"你跟他是在哪儿认识的？"我问。

"在马赛。"

"你在马赛做什么？"

他像是要讨好我似的，给了我个笑脸。

"哦，我当时没在船上，没有活干。"

从我这位朋友现在的样子看，他的处境也好不到哪里去，我决定跟他好好聊聊，交个朋友。与这些南海群岛上的流浪汉们相处，你尽管得稍稍付出一点儿，可你得到的回报每每是丰厚的。他们都很容易接近，而且很善于表达他们想说的意思。他们很少摆架子，只要有一杯水酒，就足以打动了他们的心。你无须处心积虑地去和他们混熟，你只要竖起耳朵注意地去听，便能赢得他们的信任和感激。他们把谈话看作是他们生活中的最大乐趣，并以此来证明他们有出色的修养，他们的谈话大体上都很风趣。他们的阅历很广，又善于运用他们丰富的想象力。不能说他们就没有一点儿欺诈，就不狡黠，可只要法度严明，他们对法律还是有一定的尊重的。与他们玩牌是件危险的事，可他们高超的技艺却又给世界上这一最好的游戏增添了特别的刺激。在离开塔希提时，我已经跟尼科尔斯船长结为了很好的朋友，与他的这段交情也丰富了我的阅历。我觉得我从他那里获得的乐趣大大超过了我的付出——我招待他的雪茄和威士忌（他从不喝鸡尾酒，因为他实际上是位戒酒主义者），以及他带着施恩于我的神气从我这里借走的为数不多的美元。我始终是他的债务人。所以，如果我听凭作者的良心，不肯偏离本题，只用几行文字就把他打发掉的话，那我会觉得对不起他的。

我不知道尼科尔斯船长最初为什么要离开英国。对这一点他也

一直保持缄默，而像他那样性格的人，如若你直接去问这类事也是极不慎重的。他向我暗示过他曾蒙受了不少的冤屈，毫无疑问他是把他自己看成了滥用法律的牺牲品。而在我的头脑中，我总是将他与种种形式的诈骗和暴行联系起来。在他谈到英国当局执法过于机械时，我不无同情地对他表示赞同。令人高兴的是，无论他在故乡遭受了多大的委屈和不愉快，却丝毫也没有减损了他爱国的热情。他经常跟我说英国是世界上最了不起的国家，做英国人要比做世界上其他国家的人——比如说美国人、殖民地人、达哥人、荷兰人或是卡纳加人——强得多。

　　然而，我觉得他活得并不快活。他患有消化不良症，嘴里经常含着一片胃蛋白酶药片，提起每天的早饭他总是没有胃口。不过，如果只是这点儿痛苦，到还不至于影响到他的情绪。造成他对生活不满的还有一个更大的原因。八年前，他轻率地跟一位女子结了婚。毫无疑问，世上有种男人，仁慈的老天本来命定他们是过单身生活的，但是这些人不是出于任意妄为就是抗不过环境，因而没有遵循上天的旨意。天下再也没有比这种不该成家而成了家的男人，更让人值得同情了。尼科尔斯船长就是这样的一个人。我见过他的妻子。她是个二十八岁的女人，尽管我认为像她这类女人你很难看出她的实际年龄；因为她即便是在二十岁时，也不会和现在的样子有什么不同，等她到了四十岁，她的样子也不会比现在老多少。她给我的印象是，凡她身上的东西都是紧绷绷的，一张并不好看的面孔绷得很紧，她的薄薄的嘴唇总是抿着，全身的皮肤都紧包着骨头，她笑起来时也是绷着脸，她的头发紧贴在头皮上，衣服瘦瘦的，白斜纹料子看去活像是黑色的邦巴辛毛葛。我无法想象尼科尔斯船长为什么要找这么一个老婆，跟她结了婚以后为什么这么久没有把她休掉。或许，他已尝试过多次，只是他从来也没有成功过，这可能才是他郁郁寡欢的真正原因。无论他跑到天涯海角，无论他藏匿得多么深，尼科尔斯太太就像命运一样逃避不掉，像良心一样毫无愧疚。他甩不掉她，就像因与果分不开一样。

这种社会上的老油条像艺术家或是绅士一样，并不属于哪一个阶级。无业游民的放浪形骸不会叫他难堪，而王公贵人的高雅礼节也不会让他不自在。可尼科尔斯太太却是出身于一个名声渐起的社会阶级，就是人们称之为中下层的社会阶层。她的父亲是个警察，而且听说蛮精明强干的。我不知道她是靠什么拢住了船长的心，但我知道她靠的绝不是爱情。我从没听见过她讲话，也许她跟船长单独在一起时话很多。不管怎么说，船长非常怕她。有的时候，跟我正坐在旅馆的露台上，他便能突然感觉到他的太太在外面的马路上了。她不会喊他，也不会表示出她意识到他就在这里，她只是镇定自如地在外面来回走动。那个时候，船长便会浑身不自在起来，他会看看他的表，发出一声叹息。

"哦，先生，我得走了。"他说。

不管是谈笑也好，还是威士忌也好，此时都无法再将他留住。可话说回来，在航海时，尼科尔斯船长却是个面对暴风雨或台风而镇定自若的人，只要有一把手枪，就是十几个黑人围上来，他也敢于跟他们拼杀。有时尼科尔斯太太也会派她的女儿，一个面色苍白、总是拉长着脸的七岁女孩，到旅馆来。

"母亲要你回去。"她带着哭调说。

"好的，亲爱的。"尼科尔斯船长说。

他马上站起来，跟着女儿一起走了。我想，这是一个精神战胜物质的典型例证，所以，我写的这一段虽说是题外话，可至少还具有一些道德寓意的。

四十七

　　我试着把尼科尔斯船长讲述给我的一些有关思特里克兰德的事情整理了一下，下面我就按照事情发展的前后顺序，把它们记录下来。那年冬末我与思特里克兰德在巴黎分手后，他就去了马赛，刚到马赛不久，他就跟尼科尔斯船长认识了。至于在他们俩相遇之前的那段日子思特里克兰德是怎么度过的，我一点儿也不了解。可以肯定的是他生活得一定很艰难，因为尼科尔斯船长第一次见到他时，是在夜宿店里。那时的马赛正举行着一场大罢工，很显然，已经穷困潦倒的思特里克兰德当时根本无法挣到他赖以糊口的钱。

　　夜宿店是一座高大的石头建筑，穷人和流浪汉凡持有齐全的身份证明，并能让负责这一机构的修道士相信他本是个凭干活吃饭的人，都能在这里住上一个星期。尼科尔斯船长在等着夜宿店开门的一大群人里，留意到了思特里克兰德，因为他身材的高大和长相的特别。大家都懒洋洋地等在那里，有的来回踱着步，有的靠着站着，有的坐在马路边上，两脚伸进路边的沟渠里。在他们排着队进到里面时，尼科尔斯船长听见检查证件的修道士跟思特里克兰德谈话用的是英语。当时船长没有机会跟他说话，因为人们刚一走进公共休息室，马上就走过来一位手里捧着一本大《圣经》的传教士，登上屋子前面的讲坛，开始布道；既然在这里住宿，这些可怜的流浪汉们就必须听传教士的布道。船长和思特里克兰德没有分在同一间屋子里。第二天早晨五点钟，船长被一个高大壮实的修道士从被窝里赶了出来，在他叠被子洗脸时，思特里克兰德已经不见了。尼科尔斯船长在寒风凛冽的街头转悠了一个钟头，随后去了水手们常常聚会的维克多·耶鲁广场。在那里，他看到思特里克兰德身子靠在一个雕像的基座上，打着盹儿。他踢了他一脚，把他从梦中唤醒。

"嗨，不要睡了，去吃早饭吧，伙计。"船长说。

"谁这么该死。"思特里克兰德骂了一句。

我一听就是我那位老朋友的语气，这时我决定把尼科尔斯船长看作是一位值得信赖的证人了。

"一个子儿也没了吧？"船长问。

"你他妈滚蛋。"思特里克兰德回答。

"跟我一块走吧。我能让你吃上一顿早饭。"

在迟疑了片刻后，思特里克兰德从地上爬了起来，他俩一起去了一个施舍面包的救济所，在那里，饿汉们每人可以领到一块面包，但必须是当时吃掉，不准带走。吃完面包，他们又到一个施舍汤的地方，每天十点到下午四点可以在那里得到一碗盐水稀汤。这两座建筑物相距很远，所以只有饿极了的人才会把这两个地方都跑到。他们俩就这样吃到了早饭，思特里克兰德和尼科尔斯船长也是这样开始了他们奇怪的友情。

他们俩一起在马赛度过了大约四个月的光景。他们在那里的生活，没有什么奇遇，如果奇遇是指一件意料之外或是令人激动的事情的话，因为他们整天都在忙碌着挣到晚上睡觉和白天填饱肚子的钱，免得肚子晚上饿得咕咕叫。我真希望我能把尼科尔斯船长的生动叙述在我想象中唤起的一幅幅丰富多彩的画面，在这里呈现给读者。船长对他们两人在马赛下层生活中的种种冒险的讲述，完全可以写成一部引人入胜的书，从他们所接触到的各种各样的人物身上，一个研究民俗学的

人可以找到足够多的材料，编纂一部有关流浪汉的大辞典。不过，在这里，我只能用一个章节来加以描写。他的讲述给我的印象是：马赛的生活既紧张、残酷、粗犷，又丰富多彩、充满活力。相形之下，我了解的马赛——人声鼎沸，阳光明媚，拥有许多高级舒适的宾馆，饭店里挤满了有钱人——就显得平庸无奇了。我羡慕亲眼看到过尼科尔斯船长描绘给我听的那些景象的人。

在夜宿店的大门对他们关上之后，思特里克兰德和船长又在硬汉子彼尔那里找到一处过夜的地方。硬汉子彼尔是一家水手寄宿店的老板，是一个身材高大、有着一双硬拳头的黑白人种的混血儿，他给暂时失业的水手们提供食宿，直到在船上给他们找到工作为止。思特里克兰德和尼科尔斯船长在这里住了一个月，跟十来个瑞典人、黑人、巴西人睡在两间光秃秃的屋子里的地板上。他们每天跟着硬汉子彼尔到维克多·耶鲁广场去，各艘轮船上的船长需要雇佣什么人时，都到这个地方来。这个混血儿的老婆是一个非常邋遢的美国女人，谁也不知道这个美国胖女人怎么会堕落到这种地步。寄宿的人每天都轮流着帮助她做家务活。思特里克兰德给硬汉子彼尔画了一幅肖像，作为给他提供食宿的报酬。尼科尔斯船长认为思特里克兰德是占了个大便宜。彼尔不但给他出钱买了画布、油彩和画笔，而且还给了他一磅偷运上岸的烟草。据我所知，这幅画现在可能还挂在拉·柔耶特码头附近一所破房子的客厅里，估计现在可能值一千五百英镑了。思特里克兰德的计划是先搭上一条去澳大利亚或是新西兰的船，到了那里后再找船去往萨摩亚或是塔希提。我不知道他怎么会动了去南太平洋的念头，虽然我记得他早就幻想着到一个充满阳光的绿色小岛，到一个四面是碧波、海水比北半球的任何一个海域都更加湛蓝的地方去。我猜想他之所以愿意跟尼科尔斯船长在一起，也是因为尼科尔斯熟悉那个地区，是尼科尔斯船长劝说他，在塔希提生活，他会过得更舒适、更惬意。

"你知道，塔希提属于法国管辖，"船长跟我解释说，"法国人办事不像英国人那么死板。"

我认为他说得对。

思特里克兰德没有证件，不过，只要有利可图（彼尔替哪个水手介绍工作，就会把这个水手第一个月的工资扣掉），这点事并难不倒硬汉子彼尔，碰巧这个时候有一位英国籍的司炉死掉了，他就把这个人的证件给了思特里克兰德。只是尼科尔斯船长和思特里克兰德都是要往东去，而当时雇佣水手的船都是西行的。有两次开往美国的货轮上需要人手，都被思特里克兰德拒绝了，另外还有一艘到纽卡斯尔的煤船上要人，他也没去。硬汉子彼尔对思特里克兰德这样一再的推却失去了耐心，因为这影响到了他的收入，最后，他忍无可忍，把思特里克兰德和尼科尔斯船长一脚踢出了他的寄宿店。于是，这两个人又发现自己流落在了街头。

尽管硬汉子彼尔那里的伙食算不上好，你吃完站起来时，会跟你刚刚坐下时一样感觉到饿，可在刚被赶出来的那几天里，他俩对那里的伙食还是很怀念。他们真正体味到了饿的滋味。施舍菜汤的地方和夜宿店已经对他们关上了大门，他们现在只剩下面包施舍处给的一小块面包可以充饥了。夜里，他们四处找地儿睡，有时他们睡在火车站岔道上的一节空车皮里，有时睡在货站后面停着的马车上；可是天气太冷了，睡不上一两个小时就会被冻醒，起来后不得不在街道上来回走动，以暖和身子。最让他们感到难受的是没有烟抽，尼科尔斯船长没有烟简直活不下去，无奈之下，他去到小啤酒馆，找前一天晚上那些夜游的人抽剩的雪茄和烟屁股。

"我抽烟斗，抽过了最混杂、最糟糕的烟蒂。"在说这句话的时候，

他自我解嘲地耸了耸肩膀，随后，他又从我递过去的烟盒里拿了两支雪茄，一支叼在嘴上，一支装在了口袋里。

他们偶尔也能挣到一点儿钱。有时是一艘邮轮开进港口，尼科尔斯船长跟雇用计时员拉上关系，能找个临时装卸工的活儿干干。如果有英国的船进港，他俩会溜进前甲板下面的舱房里，在水手那里饱餐一顿。当然，这样做也得冒一定的风险，要是遇到船上当官的，他们就要从跳板上被赶下来。为了叫他们动作快一点，屁股后面还要狠狠地被踢上一靴子。

"只要肚子填饱了，叫人踢一脚也算不得什么，"尼科尔斯船长说，"我对此从来不生气。当官的理应考虑船上的风纪。"

我的脑子里出现了一幅活生生的画面，一个气冲冲的大副飞起一脚，尼科尔斯船长脑袋朝下从狭窄的跳板上就滚了下来；他是一个真正的英国人，他对英国商船上的这一纪律严明的作风非常自豪。

在鱼虾市场里他们也能不时地找点零活。有一次，卡车要把堆在码头上的许多筐橘子运走，他俩帮助装车，一人挣了一法郎。还有一次两人也挺走运，一条从马达加斯加绕过好望角开来的货轮需要刷漆，一个开寄宿店的老板弄到了这份包工合同，他们俩一连几天站在悬在船体外面的一块木板上，往剥落的船帮上涂油漆。这件差事一定很投合思特里克兰德的惯爱嘲讽的脾性。我问尼科尔斯船长，在那段艰难的日子里，思特里克兰德的情绪怎么样。

"从来没听他说过一句丧气话，"船长回答，"偶尔他也会有点儿闷闷不乐，可是就在我们连一口吃的也没有，连在中国佬那里住宿的房钱也凑不到时，他还是像蝈蝈一样活蹦乱跳。"

听到他讲的这些，我并不感到意外。在他们俩最为困顿、最易使人感到沮丧的时候，思特里克兰德正是那种全然能超越于环境之上的人；这到底是因为他心灵的宁静，还是他矛盾的性格，却是很难说清的。

"中国旅店"，这是一个流浪汉给一个独眼的中国人在布特里路附近开的一家寒碜的小店所起的名字。六个铜子可以睡在一张小床上，三个铜子可以打一夜的地铺。他俩在这里认识了不少跟他们一样穷困潦倒的朋友，遇到他俩分文没有、夜晚天气又很冷的时候，他俩会伸手向哪一个白天碰巧挣到一法郎的人借几文钱的住宿费。这些流浪汉并不小气，谁手头有钱，都愿意跟他周围的人分享。他们来自世界上各个不同的国家，可这不妨碍他们成为好朋友，因为他们觉得他们自己都是"安乐乡"这个伟大国家的自由公民，这个国家囊括了他们所有的人，没有地域之分。

"可思特里克兰德要是生起气来，我看也是不好惹的，"尼科尔斯船长回忆当时的情形说，"有一天我们在广场碰见了硬汉子彼尔，彼尔想要回他给思特里克兰德的身份证明。'你若是想要，你就来拿吧，'查理斯说。彼尔是个身强力壮的汉子，他不喜欢查理斯现在的那副样子，于是就开始骂他。硬汉子彼尔开口骂人是很值得一听的，他把能用上的肮脏字眼儿都用上了。开始时，查理斯不动声色地听着，过了一会，他向前迈了一步，只说了一句：'滚蛋，你他妈的这只猪猡。'他骂的这句话倒没有什么，主要是他骂人的那副样子。硬汉子彼尔马上住了口，看得出来他是胆怯了。他转身就走了，好像是记起了自己还有个约会似的。"

按照尼科尔斯船长的讲述，思特里克兰德当时骂人的话跟我写在这里的并不一样，可这既然是一本供家庭消遣阅读的书，我觉得我不妨违背一些真实性，换上几个粗俗却并不粗野的词。

且说硬汉子彼尔可不是一个甘心受普通水手羞辱的人。他的权利

完全靠他的威信来维持，住在彼尔那边的一两个水手先后过来告诉他们，彼尔发誓说要干掉思特里克兰德。

一天晚上，尼科尔斯船长和思特里克兰德正坐在布特里路的一家酒吧里。布特里路是一条狭长的街道，两边都是一间间的平房，每个房子里都是只有一间小屋，就像拥挤的集市上搭的棚子或是马戏团关野兽的笼子。每间屋子门口都可以看到一个女人。有的懒洋洋地靠着门框，哼着小曲，有的用沙哑的嗓音向路人打着招呼，也有的在心不在焉地看着一本书。在她们里面，有法国人、意大利人、西班牙人、日本人和黑人；她们有的胖，有的瘦，在厚厚的脂粉、黑黑的眼眉和猩红的唇脂下面，你可以看到岁月在她们脸上镌刻的印迹和淫荡放浪留下的疤痕。她们有的穿着黑色内衣和肉色长袜，有的烫了头发并染成了金黄色，大都穿着薄纱的衣裙，打扮得像洋娃娃似的。从敞开的门，可以看到屋子里的红砖地面，一张很大的木床，还有牌桌上放着一个大口水罐和一个盆子。街道上各种各样的人走来走去，有邮轮上的印度水手，瑞典三桅帆船上的金发北欧人，军舰上的日本兵，英国水手，西班牙人，法国巡洋舰上的英俊小伙，美国轮船上的黑人。白天，这里污秽不堪，但是到了夜晚，当小屋子里亮起的灯把街面也笼罩在朦胧的光里时，这条街就充满了邪恶的魅力。弥漫在空气中的淫荡的欲念让人感到窒息和可怕，但是在这一萦绕着你、搅扰着你的景象中又有一种神秘的东西。你觉得有一种你所不熟悉的原始的力量既让你厌恶，又深深地吸引着你。在这里，一切文明和体面都一扫而光，人们直面着阴暗的现实，一切都罩在一种炽烈、悲伤的氛围里。

在思特里克兰德和尼科尔斯船长坐着的这家酒吧里，一架自动钢琴奏出聒耳的舞曲。屋子里坐满了人，有五六个水手已经喝得半醉在吵嚷，那边坐着的是一群士兵。屋子中央，人们正一对一对地挤在一起跳着舞。留着胡子、面色黧黑的水手们用他们粗硬的手掌把舞伴紧紧地搂在怀里。女人们只穿一件内衣。不时地也有两个水手站起来互相搂着跳舞。屋子里的喧闹声震耳欲聋。人们唱着，跳着，笑着；一个男子给坐在他腿上的女子一个长长的吻，引起英国水手们的一片唏嘘声，更增加了屋子里的嘈杂。屋子里又闷又热，空气中弥漫着男人们厚重的靴子踏起的尘土和抽烟喷出的烟雾。在吧台后面坐着一个女人，正在奶着怀里的孩子。一个身材矮小、扁平的脸上生满雀斑的年轻侍者，举着摆满啤酒杯子的托盘，穿梭在人群之间。

不多一会儿，硬汉子彼尔由两个大个子黑人陪同着走了进来，看得出来彼尔已经喝得有点儿醉了。他来这里是寻衅闹事的。一进门彼尔就东倒西歪地撞在一张台子上，把一杯啤酒弄翻了。坐在这张桌子上的是三个士兵，双方马上争吵起来。酒吧老板出来后，叫硬汉子彼尔出去。老板脾气很暴，从不允许顾客在他酒馆里闹事。硬汉子彼尔变得迟疑了。他不太愿意跟这个老板纠缠，因为警察站在老板一边。彼尔骂了一句，转身往外走。突然，他瞥见了思特里克兰德。他摇摇晃晃地走到思特里克兰德面前，没有说话，而是嘬了一口唾沫，吐在了思特里克兰德的脸上。思特里克兰德拿起酒杯，朝他扔了过去。跳舞的人们顿时停了下来，酒吧里出现了片刻的寂静。等硬汉子彼尔扑到思特里克兰德身上的时候，大家都红了眼。刹那间，酒吧里开始了一场混战。啤酒台子打翻了，台上的玻璃杯都被摔得粉碎。混战进入白热化。女人们都往门那里和柜台后面跑，过路的行人从街上涌进来看热闹。只听见咒骂声、拳击声、呐喊声响成一片，屋子中央有十来个人打得难解难分。突然间警察冲了进来，所有的人都开始往门那儿涌。待酒吧间多少安静下来点儿时，人们发现硬汉子彼尔不省人事地躺在地上，头上开了个大口子流着血。尼科尔斯船长拉着思特里克

兰德跑到了外面的街道上，思特里克兰德的胳膊淌着血，衣服被撕成了一片一片的。尼科尔斯船长因为鼻子上重重地挨了一拳，脸上也沾满了血。

"我看在硬汉子彼尔出院之前，你还是离开马赛为好。"当他俩回到"中国旅店"开始清洗身上的血迹时，船长对思特里克兰德说。

"今天比斗鸡还热闹。"思特里克兰德说。

我似乎又看到了他脸上讥嘲的笑容。

尼科尔斯船长非常担心。他知道硬汉子彼尔是有仇必报的。思特里克兰德叫这个混血儿丢了颜面，待彼尔清醒过来后，是需要小心防范的。他会不急不躁，暗中等待时机的到来，说不定哪天晚上，思特里克兰德的脊背上就会被插进一把钢刀，一两天后，从港口浑浊的海水里便会打捞起一具无名流浪汉的尸体。第二天尼科尔斯到硬汉子彼尔家里去打听了一下，彼尔仍在医院里，他妻子已经去看过他。据他妻子说，彼尔发誓在他出院后，一定要杀掉思特里克兰德。

时间过去了一个星期。

"我常说，"尼科尔斯此时在反思过去，"要打人就要把他打得爬不起来。这样你才会争取到一点时间，考虑下一步该怎么办。"

就在这个时候，思特里克兰德交了点儿好运。一艘开往澳大利亚的轮船到水手之家要一个司炉，原来的司炉因为神经错乱在直布罗陀附近投海自杀了。

"你现在马上去港口，伙计，"船长对思特里克兰德说，"赶快签上你的名字。你是有证明文件的。"

思特里克兰德即刻就出发了，这是尼科尔斯船长最后一次和他的见面。这艘轮船在码头只停留了六个小时，傍晚时分，尼科尔斯船长看着轮船起航向东驶去，看着轮船烟囱冒出的黑烟在冬天的海面上渐渐散去。

　　我尽可能地把这段故事叙述得生动一些，因为我喜欢拿他的这段经历与他在伦敦阿施里花园时的生活进行对比，在他忙着做证券生意时，那段生活我是亲眼见过的。不过，我也清楚尼科尔斯船长是个大言不惭的吹牛大王，我敢说，他告诉我的这些事里也许就没有一句真话。就算以后我得知，他根本就没有见过思特里克兰德，他有关马赛的知识也都是来自一本杂志，我也不会感到惊讶。

四十八

　　这本书我本来是打算写到这里就结束的。我最初的想法是先记述思特里克兰德在塔希提最后几年的生活以及他悲惨的死亡，然后再回过头来写我所了解的他的早年生活。我之所以要这么写，不是因为我一时的心血来潮，而是因为我想把思特里克兰德的启程远航作为终章，此时的他孤寂的心田里怀揣着我所不知道的梦想，一心向往着点燃他想象力的未知岛屿。我想把这样的一幅画面放在书的最后：那时的思特里克兰德已经四十七岁，大多数人在这个年龄都已把他们的生活舒适地安顿下来，而他却义无反顾地去往一个新世界，望着在灰蒙蒙的海面上渐渐逝去的、他再不会见到的法兰西海岸。我觉得这样写能体现出他的一种豪迈气概和大无畏的精神，我想在收篇时，给读者留下希望和遐想，这似乎能把人的不可征服的精神更加突出出来。但是，我却做不到。我不能把这样的一个结尾揉进故事里面去，在试了一两次之后，我便放弃了；我还是按通常的做法，从头写起，我决定把我了解到的事实按照时间发生的先后顺序写出来。

　　我现在掌握的事实都是残缺零碎的。我就像是一个生物学家一样，从一个骨骼里面，我不仅要鉴别出这个已经灭种的动物的形状，而且要分析出它的习性。思特里克兰德没有给那些在塔希提跟他接触过的人留下什么特别的印象。在他们眼里，他只是个永远缺钱花的流浪汉，人们记着他，只是因为他常常画一些样子看上去非常古怪的画。直到他死了多年，巴黎和柏林的画商派了几个代理人来寻觅可能还遗留在岛上的画作时，岛上的人们才知道，在他们中间曾经一度生活过一个了不起的人。他们这时想了起来，现在价值连城的名画，当时他们只要花一点点钱就能买到，白白让这样好的机会从身边溜走，他们个个都是后悔不已。岛上有一个姓寇汉的犹太商人，他手里存了一张思特里克兰德的画，他得到这幅画的经过也比较特别。寇汉是个法国小老头，长着一双温和善良的眼睛，脸上总是堆着笑容，他既做商人，又是水手，他自己有一条快艇，常常开着它往来于包莫图斯群岛、玛克萨斯和塔希提群岛之间，运去当地需要的商品，带回来椰子干、蚌壳和珍珠。我去找他是因为我听说他有一颗很大的黑珍珠，愿意便宜出手，去了才发现他的要价还是高出我的支付能力。临了，我跟他谈起了思特里克兰德。他跟思特里克兰德很熟。

"你知道，我对他感兴趣，是因为他是个画家。"他跟我说。"在这个岛上，画家并不多，因为他画得很难看，我也替他感到难过。我给了他一份种植园里的工作，我在半岛上有个种植园，需要一个白人做监工。如果没有一个白人监工，当地人就永远不会给你好好干活。我对他说：'你做这份工作，可以有许多的时间作画，也可以挣到一些钱。'我知道他正在挨饿，给了他不菲的工资。"

"我觉得，他可做不了一个好监工。"我笑着说。

"我对他的要求并不高。我总是对艺术家们抱着一种同情，这是在我们血液里面的，你知道。可他只干了几个月，一挣下买油彩和画布的钱，他就离去了。他就想离开这地方，跑到丛林里去。不过，我时不时地还能见到他。每隔几个月，他就会到帕皮提待上一些日子，在弄到一点钱后，就又消失了。有一次，就在他待在帕皮提时，他过来找我，跟我借两百法郎。他的样子看上去好像有一个星期没有吃过东西了，我不忍心拒绝他。当然啦，我也从来没想着再去要回这些钱。

哦，一年后，他又来看我了，这次他带来一幅画。他没有提借我钱的事，只是说：'我给你画了一张你种植园的画。'我看了看这幅画，我都不知道我该说什么了，当然了，我谢了他，在他走远后，我把它拿给我的妻子看。"

"他画得怎么样？"我问。

"哦，我可不知道。我根本看不懂。我一辈子也没有见过这种画。'我们该拿它怎么办呢？'我问妻子。'我们不能把它挂起来，'她说，'那样，人们会笑话我们的。'于是，她把它拿到阁楼去，跟堆在楼上的废旧东西放了一起，我妻子从来不扔掉任何东西，这是她的习性。噢，真是想象不到，几年以后，就在大战爆发之前，我在巴黎的兄弟给我写来封信说：'你认识一个在塔希提生活过的英国画家吗？看来这人是个天才，他的画现在非常值钱。如果你碰巧看到他的东西，把它给我寄来。这能挣很多钱。'我跟我妻子说：'那张思特里克兰德给我的画还在吗？它还会在阁楼里吗？''当然在了，'她说，'你知道我从不扔掉任何东西的。这是我多少年的习惯了。'我们上到阁楼，在那堆积攒了足有三十年的破烂东西里，找出了那张画。我再次把它拿在手里，仔细地看了看，我跟妻子说：'谁能想到，在我种植园里当过监工、我曾借给二百法郎的这个英国人是一个天才呢？''根本想不到，'妻子说，'这画得一点儿也不像我们的种植园，我从没见过长蓝叶子的椰子树；他们巴黎的人一定是疯了，你兄弟也许能用它赚回咱们借出去的二百法郎吧。'我们把画儿打包好，寄给了我弟弟。最终我收到了我弟弟的来信。你猜他怎么说？'我收到了你们寄来的画，'他说，'但是我必须承认，我以为你们是跟我开了一个玩笑。我觉得这幅画连你们所付的邮费也不值。我都有点儿胆怯，不太敢拿着它去见那位要画的先生了。当他说这是一幅杰作，要支付给我三万法郎的时候，我都惊呆了。我敢说，再跟他多要点钱，他也会付的，只是我当时已惊诧得昏了头，在我还没能冷静下来的时候，我已经接受了人家给的数目。'"

随后，寇汉先生说出一句令人钦佩的话。

"我真希望可怜的思特里克兰德还活着，我想知道，在我把两万九千八百法郎卖画的钱交到他手上时，他会怎么说。"

四十九

　　我住在塔希提的鲜花旅馆，旅馆的主人约翰生太太给我讲述了她是如何失掉了一次能挣大钱的好机会。在思特里克兰德逝世后，他的一些财产在帕皮提市场拍卖，约翰生太太也去了拍卖现场，因为在拍卖物品中她看上了一个美国式煤油炉子。她花了二十七法郎买下了它。

　　"拍卖物品中还有十几张画，"她对我说，"可它们都没有镶框，没有人想买。有几张卖十法郎，其余的大多只卖五六法郎。试想一下，如果我当时买下了它们，现在我就成了富婆了。"

　　不过，蒂阿瑞·约翰生无论如何也成不了富婆的。她手里根本存不住钱。她是在塔希提落户的一个白人船长和一个土著女人结婚后所生的女儿，我认识她时她已经五十岁了，但她看起来要比她的实际年龄还要大，她的身躯又高又壮，而且还很肥胖，要不是长着一张和气善良的面庞，她就会给人非常厉害的印象了。她的两只胳膊像是两条粗羊腿，乳房像两颗大圆白菜；她宽大的面庞上堆满了肥肉，给人一种赤裸着的不雅观的感觉；脸蛋下方是一层又一层的重下巴，也不知道一共有多少层，一直延伸到她肥胖的胸脯上面。平时她总是穿着一件粉红色的宽大薄衫，戴着一顶大草帽，在她放下来她的头发时（她常常这么做，她为自己的头发很感自豪），你会看到她生着一头又黑又长、带着小卷的头发。她的一双眼睛依然年轻、灵动，充满活力。她的笑声是我所听到过的最富于感染力的那一种，开始时只是在嗓子眼里的一阵低声的咯咯，接着声音就会越来越大，直到她那巨大的身体也笑得前仰后合起来。约翰生太太一生最喜欢三样东西：笑话、酒和漂亮男人。能跟她相识也是件荣幸的事。

她是岛上最好的厨师，也是一位美食主义者。你能看到她从早到晚坐在厨房的一把矮椅子上，有一个中国厨师和两三个当地的女孩在厨房做饭，她一面对他们发号施令，一面跟他们很友好地东拉西扯，时而又品尝着她调制出来的各种美味。当要款待她的朋友时，她会亲自下厨。她生性善良，待人热情，只要鲜花旅店还有东西可吃，她就不会让岛上的任何人空着肚子离开她的旅店。她从来不会因为顾客付不起钱而把他们赶走。当然，在他们有能力支付时，她还是希望他们付账的。有一次，一个住她旅店的人一时遇上了难处，资金周转不开，她竟一连几个月供给这人吃住。一个中国籍的洗衣工因为这人付不起工钱，拒绝给他洗衣服，她就把自己的衣服和这位房客的衣服放在一起送去洗。她说，她不能看着这个可怜的人穿着脏衣服到处走动，让人们笑话；他是个男人，凡男人大都喜欢抽烟，她每天给他一法郎叫他买香烟。她对待他就像对待其他付账的客人们一样和蔼周到。

她的年龄和肥胖很难再叫她谈情说爱了，但是对促成年轻人们的婚事，她还是极富于兴趣和热情。她认为情欲方面的事是男人和女人的本性，她很乐意与别人分享她从自己丰富的经验得来的智慧和箴言。

"在我还不到十五岁时，我父亲就发现我有情人了，"她说，"他是热带鸟号船上的三副，一个漂亮的小伙子。"

她说完叹了口气。人们都说女人总是不能忘记她的第一个恋人；不过，她也许并不是那种总把第一个爱人记在心上的女人。

"我的父亲是个明白事理的人。"

"他知道后是怎么做的？"

"他把我狠狠地揍了一顿，打得我皮开肉绽，然后，他把我嫁给了约翰生船长。我并没有反对。当然啦，他比我的第一个恋人老多了，不过，人长得倒也漂亮。"

蒂阿瑞——这是她父亲用一种香气袭人的白色花朵的名字，给她起的名儿，你一旦闻过了这种花的香味，你就是走得再远，最终也会回到塔希提来——蒂阿瑞对思特里克兰德这个人记得清清楚楚。

"他有时候会来到这里，我常常看见他在帕皮提这个地方走动。我挺可怜他的，他那么消瘦，身上总是没钱。当我听说他到城里来了，总要派个人把他叫来，让他跟我一起吃顿晚餐。我也给他找过一两份工作，可是他干什么活儿时间都长不了。日子不长他又要回丛林里去了，于是一天清早他人就不见了。"

思特里克兰德在离开马赛六个月后抵达了塔希提。他在一艘从奥克兰开往旧金山的帆船上干活，弄到一个舱位。他到达塔希提的时候，身上带着的东西只有一盒油彩、一个画架和一打画布。他的口袋里还揣着几个英镑，是他在悉尼时干活儿挣的。上岸后，他在城外的一户土著人家租了一间小屋，住了下来。蒂阿瑞告诉我，思特里克兰德有一次跟她讲过这样的话：

"我正擦洗着甲板，突然一个人对我说：'嘿，我们到了。'我抬起头来，清晰地看到了这个岛屿的轮廓。我马上意识到了这正是我一生中一直在寻找的那个地方。随着船儿越驶越近，我觉得我似乎熟悉这个地方。有时我走在岛上，觉得岛上的一切对我来说都并不陌生。我敢发誓我以前曾经来过这里。"

"有的时候，这个岛就会给来人这样的感觉，"蒂阿瑞说，"我认识好几个人，他们趁轮船装货的时候来到岸上，本来是游逛几个小时便要上船的，结果就再也没有坐船回去。我还认识几个人，他们来岛上干公务待了一年，他们诅咒这个地方，临走时他们发毒誓，如果再要他们回来，他们非得上了吊不可，可不到六个月，你看到他们再一次来到这个岛上，他们说在别的任何一个地方都活不下去。"

五十

　　我觉得有些人没有出生在适合于他们待的地方，偶然与无常随意地将他们抛掷到一个环境里，可他们总是在思念着他们也不知在何处的家园。在他们出生成长的地方，他们像是陌生人，从孩提时代起就非常熟悉的绿荫掩映的小巷，或是他们常年玩耍的行人熙攘的街道，都不过是他们人生旅途中的驿站。在自己的亲人和朋友中间，他们却像是身处异乡一样，对他生来就熟悉的环境和景物，也一直是漠然视之。或许，正是这一陌生感让他们去四处漂泊，寻找一处能给他们以归宿感的永久居所。或许，是他们内心深处隐伏着的返祖情结在敦促着这些漂泊的人，再回到他们祖先在远古就已离开的土地。有时候，一个人偶然到了一个地方，会有一种神秘的感觉，觉得他就属于这个地方。这里就是他寻找的家园，他会在这从未见过的环境、从未见过的人们中间定居下来，好像他一生下来就熟悉这里的一切。在这里，他的心终于安定下来。

　　我给蒂阿瑞讲了一个我在圣·托马斯医院认识的医生。他叫阿伯拉罕，犹太人，一个很强壮的年轻人，生性腼腆，毫不做作，却极有才能。他是靠着一笔奖学金入学的，在五年学习期间，任何一种奖金只要他有机会申请，就绝对没有别人的份儿。他先是当了住院内科医生，后来又做了住院外科医生。他的才华是有目共睹的。最后，他被选拔进领导机构中，职业生涯有了可靠的保证。如果不出什么意外的话，他无疑会升至他这份职业的最高岗位，名誉和金钱都在向他招手。

就在他就任新岗位之前，他想度一次假，因为资金不足，他在一艘开往地中海的不定期货船上谋了个医生的位置。这种船上一般是不配备医生的，可因为医院里的一位外科高级医师认识这条航线上的一个经理，便给阿伯拉罕说了说情。

几个星期以后，医院领导收到一份辞呈，阿伯拉罕说他决定放弃这个人人艳羡的领导岗位。这件事引起一片哗然，各种谣言不胫而走。只要一个人做出一个出乎意料的举动，他的同事们就会为他编造出一些令人难以置信的动机。可既然早有人准备好填补阿伯拉罕空下的位置，阿伯拉罕也就很快被人忘记了。再也没有人听到过他的任何消息。他全然消失了。

大概是在十年之后吧，有一次我乘船去亚历山大港①。在即将登陆前的一个早晨，我被通知和其他乘客一起排队，等候医生的检查。那个衣衫褴褛的医生是个壮实的汉子，在他脱下帽子后，我看到他已经秃顶了。我觉得我好像以前见过这个人。突然，我想了起来。

"阿伯拉罕。"我喊了一声。

他向我转过身来，在愣愣地看了我一会儿后，认出了我。在我们两人互表了见到彼此的惊讶之情后，他听说我将在亚历山大待一晚上，就邀我在英侨俱乐部吃饭。在我们又见面一起吃饭的时候，我再次表示在这个地方遇见他，实在是出乎我的意料。他现在的职务相当低微，给人的印象也很寒酸。临了，他向我讲述了他的故事。在他刚出来到地中海度假时，他一心想着是要返回伦敦去圣·托马斯医院就任的。一天早晨，他乘的那艘货轮停在了亚历山大港，他在甲板上望着这座沐浴在阳光里的城市和码头上的人群。他看着穿着破烂衣服的当地人、

---

① 在埃及。

从苏丹来的黑人、成群结队吵吵嚷嚷的希腊人和意大利人，以及戴着平顶无檐小帽、神情庄重的土耳其人，还有明媚的阳光和蔚蓝的天空，他的心境突然发生了奇妙的变化。他无法描述这种感觉。他说，其突兀得就像是晴天里响起一声霹雳，他觉得这一比喻还不太恰当，于是就改口说好像是得到了什么上天的启示。似乎有什么东西在绞扭着他的心，接着，突然之间，他体味到一阵激奋和狂喜，一种顿时获得自由的奇妙感觉，一种到了家的感觉，他决定从即刻起就留在这个地方，在亚历山大度过他以后的生活。离开那条船并没有什么困难，二十四小时以后，他已经拿着他的东西在岸上了。

"货轮的船长一定认为你这是疯了。"我笑着说。

"我才不在乎别人是怎么想呢。做出这个举动的不是我，而是我内心里的一个比我更强大的东西。我想去一家希腊人开的小旅店，在我寻找的时候，我觉得我知道在哪里可以找到它。你知道吗，我径直就走到了那儿，我一看到这个地方，马上就认出来了。"

"你以前来过亚历山大吗？"

"没有。在此之前，我从未离开过英国。"

他来了后，就到公立医院找了个工作，从此就一直待在这里。

"你有没有后悔过？"

"从来没有，一刻也没有。我挣的钱刚好够我生活，我满足了。我没有别的要求，我就这样活着，一直到我死，便足矣。我生活得非常美好。"

第二天，我就离开了亚历山大，此后，我把阿伯拉罕的事儿便抛在了脑后，直到前几天我跟另外一位行医的朋友阿莱克·卡尔米凯尔（他回英国来短期度假）一起吃饭时，才又提到了他。我是在伦敦的街头偶尔碰到阿莱克·卡尔米凯尔的，我祝贺他在大战中的出色表现让他获得了爵士封号。我们约好一块消磨一个晚上，好好叙叙旧，在我同意跟他一起吃饭后，他建议谁也不要叫，就我们两个人，这样我们俩就可以不受打扰地畅谈一个晚上了。他在安皇后街上有一座老宅，作为一个有品位的人，他把家装饰得很是优雅。在他餐厅的墙上挂着一幅贝洛托①的迷人的画作，还有两张佐范尼②的画也叫我羡慕。当他的妻子，一个高挑个子、穿着金色衣服的可爱女子离开我们后，我笑着对他说，他现在的生活和我们上医学院的那个时候可是大不相同了。那个时候，我们能在威斯敏斯特桥大街一家寒碜的意大利餐馆吃上一顿，就觉得是很奢侈了。现在阿莱克·卡尔米凯尔在六七家大医院都兼任要职。我想他一年的收入应该在一万英镑，他的爵士封号只不过是他将会获得的诸多荣誉中的首个罢了。

"我现在干得不错，"他说，"可奇怪的是，我今天的成功全归功于一个我偶尔交上的好运。"

"一个好运？"

"哦，你还记得阿伯拉罕吗？他本应该是那个成功的人士。在我们做学生的时候，他门门功课都比我强。奖金、助学金都让他拿去了，我甘拜下风。如果他在，我现在的职位都是他的。那个人是外科手术方面的天才，没有人能跟他相提并论。在他被指派为圣·托马斯附属医学院注册员时，我根本没有机会进入领导机构。我只能开业当个医生，你也知道，当了这样的一个医生，你就很难再有什么发展了。谁知阿伯拉罕却主动让出了，我得到了这个位置。这就给了我机会。"

"我敢说，情况正像你说的这样。"

"这完全是运气。我想，阿伯拉罕的心理一定是出了什么问题。这

---

① 贝尔纳多·贝洛托（1720—1780），意大利威尼斯派画家。
② 约翰·佐范尼（1733—1810），出生于德国的英国画家。

个可怜虫，一点救也没有了。他在亚历山大港的卫生部门找了个差事，一个检疫官什么的。我听说，他跟一个很丑的希腊老女人住在一起，生了半打长着瘰疬疙瘩的小孩。通过这件事，我想，光有脑子还是不够的，最重要的是性格。阿伯拉罕是个没有个性的人。”

个性？我在想，一个人因为看到另一种生活方式有着更重大的意义，只经过半个小时的考虑，就毅然放弃了一份大有前途的职业，难道这不是个性和性格的体现吗？而且，在贸然走出这一步后，永不后悔，这不需要有更强的个性吗？不过，我什么也没说。阿莱克·卡尔米凯尔若有所思地继续道：

“当然啦，如果我装出对阿伯拉罕的做法深表遗憾的样子，那我也未免太虚伪了。毕竟，我是最大的受益者。”他吸了一口寇德纳牌哈瓦那雪茄，优雅地喷着烟。“可如果这件事不是跟我有切身的利害关系的话，我是会为他虚掷才华感到可惜和遗憾的。一个人这样地作践自己，似乎总不是件好事。”

我不能断定，阿伯拉罕是不是在作践自己。难道做自己想做的事，生活在你喜欢的环境中，保持平和的心态，就是作践自己吗？做个一年有一万英镑收入的外科大夫，拥有漂亮的妻子，就是成功吗？我想，对这个问题的回答取决于你赋予生活什么样的含义，你对社会要尽什么样的义务，以及你对自己有什么样的要求。不过，我还是什么也没有说，我有什么资格跟一个爵士争辩呢？

五十一

　　在我把故事讲完后，蒂阿瑞很赞同我看问题的慎重和透彻；我们当时都在剥豆子，有几分钟我俩低着头干活，谁也没有吭声。她的眼睛对厨房里的事总是盯得很紧，随后，她看到她的中国厨子做了一件她非常不赞同的事。她冲着他一股脑儿地数落起来。那个中国厨子也不示弱，于是你一言我一语，展开了一场激烈的争吵。他们说的是当地话，我只能听懂其中的几个词，这场争执弄得天翻地覆，好像世界末日马上就要来临似的；可没过多久，就恢复了平静，蒂阿瑞递给厨师一根香烟，他们俩都舒舒服服地喷起烟雾来。

　　"你知道吗，是我给他找的老婆。"蒂阿瑞突然说道，笑容在她那张大脸盘上散布开来。

　　"你说的是这位厨师？"

　　"不是，是思特里克兰德。"

　　"可他已经有老婆了呀。"

　　"他也是这么说的，但是我告诉他，你的老婆在英国，英国是在世界的另一头呢。"

　　"你说的没错。"我回答。

　　"每隔两三个月，思特里克兰德就会来帕皮提一趟，来这里买他需要的油彩、烟草，或者搞点钱，他来到这里时就像是条丧家犬似的，东游西逛，看着怪可怜的。我这里有个女孩叫爱塔，为我打扫房间；她跟我还沾着点儿亲呢，她的父母亲都死了，所以我就收留了她。思

特里克兰德有时到我这里来，吃上一顿饱饭，或者是跟这里的小伙子下下棋。我留意到在他来后爱塔总盯着他看，我问她是不是喜欢思特里克兰德，她说她很喜欢他。你知道我们这里的女孩子是怎么样的，她们都愿意找个白人。"

"爱塔是本地人吗？"

"是的，在她身上，一滴白人的血液也没有。哦，在我跟她谈了之后，就派人去叫思特里克兰德，我跟他说：'思特里克兰德，这是你该成个家的时候了。像你这样年纪的男人不应该总是和码头边上的女人厮混了，他们那里面没有好人，你跟她们混，是不会有什么结果的。你没有钱，干一份工作连一两个月也干不下来。现在，没有人愿意雇你了。你说你可以跟一两个土著人就住在丛林里头，他们也愿意跟你在一起住，因为你是白人，但对一个白人来说，这总归是不太体面的。现在我给你出个主意，思特里克兰德。'"

蒂阿瑞在她的讲话里一会儿用法语，一会儿用英语，这两种语言她都一样娴熟。她说话的时候，语调像是在唱歌，非常悦耳。你会觉得如果鸟儿会说英语，它一定用的也是她那样的语调。

"'你说，你娶了爱塔怎么样？她是个好女孩，今年才十七岁。她不像别的女孩，从来也不跟这里的男人们乱来，有时候她跟个把船长或是大副倒是要好过，可从来没让当地的男人碰过。她是很自爱的，你知道①。奥阿胡号船上的事务长上次来到塔希提后跟我说，他在这个岛上还没有见过比爱塔更好的姑娘。这也是她该安顿下来的时候了，再说，那些来这里的船长或是大副们时不时地也想换个口味。我又不能永远把这些女孩子们留在我这里。就在你上岛之前，爱塔在塔拉窝

---

① 原文为法语。

河边弄到一小块地产，收获的椰子干按照现在的市价计算，够你俩过衣食无忧的日子了。那里还有一幢房子，时间都是你的，你可以想怎么画就怎么画。你觉得怎么样？'"

蒂阿瑞停下来，喘了口气。

"就是在那个时候，他告诉我他在英国有个老婆。'我的可怜的思特里克兰德，'我对他说，'来这里讨了老婆的人在别处都有个妻子，这也是他们为什么来这些岛上的原因。爱塔是个明事理的女孩，她并不要求当着市长的面举行什么仪式。她是个耶稣教徒，你知道她们看待这些事情并不像天主教徒那么古板。'"

"然后，他说：'那爱塔对这事怎么看？''看起来她对你很有情意呢，'我说，'如果你同意，她会愿意的。用我叫她过来吗？'他哈哈地笑起来，就像他平日里的笑声，干巴巴的，样子很可笑。随后，我叫来了爱塔。她知道我们刚才在谈什么，这个骚丫头，我一直用眼角看着她在竖起耳朵听，装着是在那边熨一件刚刚洗过的罩衫。她走过来时咯咯地笑着，可我看得出来她是有点儿害臊的，思特里克兰德看着她，没有说话。

"她漂亮吗？"我问。

"'不错。'他说。不过，你也一定见过他为她画的画了。他给她画了不少，有的时候她腰间围着一件帕利欧①，有的时候什么都不穿。是的，她长得蛮好看的。而且，很会做饭。是我教会她的。我见思特里克兰德在思考着这件事，便进而对他说：'我给她的工钱也不低，她把它们都攒起来了，她认识的几个船长和大副也时不时地给她点儿东西。她足有几百法郎的积蓄。'"

---

① 当地人的服装，一种用土布做的束腰。

"他捋着他的红胡子，高兴地笑着。"

"'哦，爱塔，'他说，'你喜欢让我做你的丈夫吗？'她什么也没说，只是咯咯地笑着。"

"'我可以告诉你，思特里克兰德，这个姑娘可是喜欢你哩。'我说。

"'我会揍你的。'他看着她说。

"'不这样，我怎么能知道你爱我呢？'她回答说。"

蒂阿瑞停下了她的讲述，转而对我说起了她自己的往事。

"我的第一个丈夫是约翰生船长，他常常用鞭子抽我。他是个真正的男子汉。人长得漂亮，身高六英尺三，他一喝醉了酒，就控制不住他自己，这以后的几天里我都会是鼻青脸肿的。噢，他死后，我伤心得不知道哭了有多少回。我觉得我就要挺不过去了，直到我又嫁给了乔治·瑞恩尼，我才知道我失去了我的第一个丈夫是多大的损失。你只有跟一个男人生活在一起了，才能真正了解了他是个什么样的人。乔治·瑞恩尼叫我太失望了，我对任何一个男人也没有这么失望过。他也是个帅气、身材挺直的汉子，跟约翰生船长差不多高，看上去也很壮实。不过，这些都是表面的东西。他从来不喝酒，从来没有动过我一根手指头。他真的可以做一个传教士了。我跟每个上岛来的船长、大副们谈情说爱，乔治·瑞恩尼全当什么也没有看见。最后，我实在是对他腻味透了，便跟他离了婚。像这样的丈夫有什么用？有些男人对待女人的态度实在是太可怕了。"

我安慰了一下蒂阿瑞，表示同情地说男人们都是些骗子，临了，我让她接着讲思特里克兰德的故事。

"'好吧，'我对他说，'这也不是着急的事。你再好好地想一想。爱塔在厢房有间不错的屋子，你就在这儿跟她住上一个月，看看你到

底喜不喜欢她。你就在我这里吃饭。到一个月的头上，如果你想要娶她，你就和她到她那块地产上去安个家。'

"哦，他同意这么做。爱塔还是干着收拾房间的活儿，我按照答应他的，给他提供饭食。有一两样思特里克兰德爱吃的菜，我教会了爱塔让她给他做。他用在画画上的时间并不多。他常常在山里游荡，在河里洗澡，有时坐在海滨路上望着远处的环礁湖，日落时到前面的海边去看莫里阿岛。他也常常到礁石上去钓鱼，喜欢在码头上闲逛，跟当地人聊天。他是个生性安静的人，每天吃过晚饭以后，他就和爱塔一起去了厢房。我能看得出来他渴望回到丛林里去。到了月底，我问他打算怎么做。他说只要爱塔愿意，他愿意跟她走。我给他们办了结婚宴，饭菜都是我亲手做的。我给他们做了豌豆汤、葡萄牙式的大虾、咖喱饭和椰子色拉——你还没有尝过我做的椰子色拉呢，是不是？在你离开这里之前，我一定给你做上一回。我们拼命地喝香槟，接着又喝甜酒。噢，我想着就是要给他们好好庆祝一下的。吃完饭，我们又在客厅里跳舞。那个时候我还没有这么胖，我一直都喜欢跳舞。"

鲜花旅店的客厅并不大，摆着一架简易式钢琴，顺着四面的墙壁摆着一套菲律宾红木家具，上面铺着烙花的丝绒罩子。圆桌上放着几本相册，墙上挂着蒂阿瑞和她第一个丈夫约翰生船长的合照。尽管蒂阿瑞现在老了，又很胖，有的时候，我们还是把客厅地板上铺的布鲁塞尔地毯卷起来，叫来姑娘们和蒂阿瑞的一两个朋友，一起跳起舞来，只不过现在伴奏的是一台像害了气喘病的唱机里放出的音乐。在露台上，空气中弥漫着蒂阿瑞花的馥郁的香味，在头顶上，有南十字星座在万里无云的苍穹中闪烁。

在回忆着过去这段快乐的时光时，蒂阿瑞的脸上现出了陶醉的笑容。

"我们一直跳到午夜三点钟，在我们要去睡的时候，没有一个人敢说自己是清醒的。我跟他俩说，我会派一辆小马车把他们一直送到前面再没有路的地方，在这之后，他们还有一段很长的路要走。爱塔的地产在很远很远的地方，在山峦叠嶂的腹地。他们在黎明时动身，我派去送他们俩的那个男孩直到第二天才回来。就这样，可怜的思特里克兰德结婚了。"

五十二

我想，这以后的三年是思特里克兰德这一生中最快乐的时光。爱塔的房子坐落在离环岛公路八公里的地方，去到那里，你要走一条由各种繁茂的热带树木掩匿着的羊肠小道。那是一个带着凉台、没有刷漆的木制平房，里面有两间小屋，它的外面是一个用作厨房的棚子。屋里没有家具，只有草席做地铺，有一个摇椅放在凉台上。

芭蕉树一直长到屋前，巨大的叶子破破烂烂，像是一位陷于困境的女王褴褛的衣衫。房子后面有棵梨树，房子四周种着能换钱花的椰子树。爱塔的父亲生前在这块地产的周围种了不少巴豆，如今它们长得密密麻麻，开着鲜艳的花朵，像一堵火焰墙一样环绕着椰林。房子前面还有一棵杧果树，在屋前的空地边上还有两棵姊妹树，开着火红的花朵，与椰子树的一片金黄色交相辉映。

思特里克兰德就住在这个美丽的地方，靠着这块地的出产过着舒适的日子，很少再到帕皮提去。在不远处有一条小河，他常在那里洗浴，有时会有成群的鱼儿沿河而下。那个时候，村民们便会拿着长矛聚集在河边，大声地喧嚷着把正在向海里游去的受到惊吓的大鱼叉上岸来。有时，思特里克兰德也会到海滩上去，回来时带回一篮子各种颜色的小鱼（爱塔会用椰子油把它们炸了吃）或是一只大海虾；时不时地，爱塔会给他做上一盘味道鲜美的螃蟹，这种螃蟹常常就在人的脚底下爬，伸手便能捉到。在山上是一片一片的野橘子树，爱塔偶尔跟村里的两三个女伴上山去，采回许多甜美多汁的绿色小橘子。到了

椰子成熟该采摘的季节，爱塔的表兄表弟们（跟所有的当地人一样，爱塔也有多得数不清的亲戚）便会过来，都爬到树上去，把成熟了大椰子扔下来。他们把椰子剖开，拿到太阳地里晒干。晒干后，他们把椰子肉取出来，装在口袋里。妇女们便会把一袋袋的椰子肉运到环礁湖附近一个村落的商贩那里，换回来大米、肥皂、罐头肉和一些零用钱。有时，邻居们有什么庆祝活动，会大摆宴席，宰猪杀羊，爱塔和思特里克兰德也会去凑热闹，大吃大喝一顿，吃完后就跳舞，唱赞美诗。

爱塔的房子离村子还有一大截路，塔希提的人比较懒，他们喜欢旅行，喜欢聊天，可是不爱走路，有的时候一连几个星期，思特里克兰德和爱塔这里都没有人来。思特里克兰德画画，看书，在傍晚天色暗下来后，他们就一起坐在凉台上抽烟，瞭望夜空。不久，爱塔有了个孩子，帮她接生的那个老太婆留了下来。随后，老妇人的孙女也来到这里，此后不久，一个小伙子出现了——谁也不太清楚他来自哪里，与谁有亲戚关系——他也随性地快快乐乐地住下来，他们组成了一个大家庭。

五十三

　　"看啊，那就是布吕诺船长①，"一天在我正整理着她给我讲的有关思特里克兰德的材料时，蒂阿瑞大声地喊，"布吕诺船长和思特里克兰德很熟，他去过思特里克兰德住的地方。"

　　随后，我就看到一位中年法国男子，他留着黑黑的络腮胡子（里面已经夹杂上银丝），有一张晒得黧黑的面孔和一双闪闪发亮的大眼睛。他穿着一套整洁的帆布衣服。其实，我在吃中午饭时就注意到他了，旅馆的一个中国籍侍者阿林告诉我，他是从包莫图斯岛来的，他乘的船今天刚刚靠岸。蒂阿瑞把我介绍给了他，他递给我一张名片，名片很大，中间印着他的姓名勒内·布吕诺，下方印着龙谷号船长。我们坐到厨房外面的露台上，蒂阿瑞正在给她旅馆里的一个女孩裁剪着一条裙子。布吕诺船长也坐了下来。

　　"是的，我跟思特里克兰德很熟，"他说，"我爱下棋，他也喜欢下。我每年为了生意上的事，都要到塔希提这边来待上三四个月，当他也待在帕皮提时，他便会到旅馆和我下棋。在他结婚以后"，提到结婚两个字，布吕诺船长笑着耸了耸肩膀，"在跟蒂阿瑞介绍给他的那个女孩生活在一起以后，他也请我到他们住的乡下去看他。在他们的结婚宴席上，我也是宾客之一。"他看了看蒂阿瑞，两人都笑了起来。"在这之后，思特里克兰德就不怎么来帕皮提了，大概是在他们结婚一年以后，我碰巧在离他们住处不远的地方有什么生意要做，办完事之

---

　　① 原文是法语。

后，我对自己说，'哦，我为什么不去看看可怜的思特里克兰德呢？'我问了一两个当地人有关他的情况，得知他离我住的地方不过就五公里的路程。于是，我就去了。我永远不会忘记这次访问给我留下的印象。我自己是住在一个地势不高的珊瑚岛上，它是一个环抱着咸水湖的狭长岛屿，它的美主要是大海和苍穹的美，是湖水变幻不定的色彩和椰子树的摇曳、挺拔；而思特里克兰德所住的地方却是一种像伊甸园那样的美。啊，我真希望我能给你描绘出那个地方的魅力和迷人，那是隐匿在世界之外的一个僻静的角落，头顶上是蔚蓝的天空，周围是郁郁葱葱的树木。那是一个色彩的世界。空气芬芳而凉爽。语言难以描绘那个像天堂一样的地方。他住在那里，全然忘记了世事，世人也将他忘记。我想，在欧洲人的眼里，这块地方未免显得寒碜。房子不但破旧，而且里面也不是那么干净。在我走近的时候，我看到有三四个当地人躺在露台上。你知道当地人总爱凑在一起待着。有一个年轻人展展地躺着，抽着一根烟，浑身只穿着一件帕利欧。"

帕利欧是一红色或是蓝色的长条洋布，上面印着白色的图案，用来围在腰和膝盖之间。

"一个年龄大约十五岁的女孩正在用凤梨树叶编着一顶帽子，一个老太婆正蹲在地上抽烟袋。随后我看到了爱塔。她正奶着一个刚出生不久的婴孩，另一个稍大一点的光着身子在她脚边玩耍。爱塔看到我时就喊思特里克兰德，他听到后从屋子里来到门口。他身上同样也是只围着一个帕利欧。他留着红色的胡子，头发都黏粘在了一起，胸脯上长满了长长的厚厚的汗毛，样子怪特别的。他的两只脚磨起了厚茧，还有许多疤痕，于是我知道他平时总是光着脚的。他真成了个再地道不过的当地人了。他看到我似乎很高兴，吩咐爱塔杀只鸡来做晚饭。他把我领进屋子里，让我看他刚才正在画的那幅画。在屋子的一个角落里摆着床，在屋子中央立着画架，画架上钉着一块画布。因为我很同情他，就用一些钱买了他的几幅画。我送了几张给我巴黎的朋友。尽管我是出于同情才买的，可是在它们陪伴了我一段时间后，我却开始喜欢上它们了。我觉得这些画有一种说不出来的美。人人都说我疯了，但事实证明我是对的。我是这个岛上第一个欣赏他的画作的人。"

他幸灾乐祸地朝蒂阿瑞笑着，这让蒂阿瑞又一次哀叹起她失去的那次机会，在拍卖思特里克兰德的遗物时，她本可以买他的画，却只是花了二十七法郎买了个美国式的煤油炉子。

"你现在还保存着他的画吗？"我问。

"是的；我还留着它们呢，我要等到女儿结婚的时候，再卖掉它们，给女儿做嫁妆。"

他又接着讲起他在思特里克兰德家里的那次做客。

"我永远忘不了我跟他度过的那个晚上。我本来打算是待上个把钟头就要走的，可他却一味地坚持让我在他那里过夜。我有点儿迟疑，因为我实在是不想躺在他让我睡的那张破席子上；但最后我还是耸了耸肩膀，留下了。当我在包莫图斯岛建房子的时候，我一连几个星期睡在户外，睡的地方比这席子还要硬呢，上面只有灌木丛的叶子遮住身体；至于说到咬人的小虫子，我的又硬又厚的皮肤就是最好的防护层。

"在爱塔做饭的时候，我和思特里克兰德到河里洗了个澡，在回来吃过了晚饭后，我们都坐到了凉台上，抽着烟聊天。我来时看见的那个年轻人有架手风琴，他正演奏着十几年前在音乐厅里流行的那些曲子。在远离人类文明几千里以外的南太平洋的小岛上，这些乐曲听起来怪怪的。我问思特里克兰德这么多人混杂地住在一起，有没有感到厌烦。他回答说不；他喜欢让他的模特儿就在他的眼前。没有多久，

当地人都打着哈欠睡觉去了，凉台上只剩下了我和思特里克兰德。我简直无法向你描述这里夜晚的那种宁静。在我们包莫图斯岛上，夜晚从来没有像这里一样静谧。海岸边有上千种小动物发出窸窣声，各种各样的带甲壳的小东西永远在不停息地到处爬动，另外还有生活在陆地上的螃蟹嚓嚓地移动着。在环礁湖里不时地有鱼儿跳出水面的声音，有时候一条棕色的鲨鱼追赶着鱼群四处匆匆地逃命，水的泼溅声响成一片。压倒这一切声响的还有浪花拍击岩礁的像时间一样永远不停息的哗啦声。但是，在这里却没有一丁点儿的声响，空气中弥漫着夜间开放的白色花儿的芳香。这里的夜晚是如此的美好，你的灵魂似乎再不能忍受你身体的桎梏。你觉得你的灵魂就要御着虚无缥缈的空气升到太空中去了。死神就像你亲爱的朋友的面容。"

蒂阿瑞叹息了一声。

"啊，我真希望我再回到十五岁去。"

这时，她看见一只猫正要吃厨房桌子上盘子里的对虾，她敏捷地拿起一本书，伴着一阵连珠炮似的骂声，把书摔在了仓皇逃跑的猫尾巴上。

"我问思特里克兰德，他和爱塔生活是不是快乐？

"'她不打扰我，'他说。'她做饭，看孩子。她干好我吩咐她做的事。她给予我想要从女人身上得到的东西。'

"'你后悔过离开欧洲吗？你有时会不会想起巴黎或伦敦街道上的灯火，会不会怀念你那里的朋友，伙伴和同事们？怀念那里的剧院，报纸，还有公共马车碾在鹅卵石铺道上的隆隆声？'

"有老大一会儿，他没有吭声。临了，他说：

"'我会一直待在这里，直到我死。'

"'可是，你就从来没有感到过厌倦或是孤单吗？'我问。

"他哈哈地笑了起来。

"'我可怜的朋友①，'他说，'你显然不懂得做一个艺术家是怎么回事。'"

布吕诺船长把身子转向我，脸上布满和蔼的笑容，在他善良的黑色眼睛里，有一种奇异的神情。

"他这么说对我不公平，因为我知道心中有梦想是怎么回事。我也有幻想。从某一方面讲，我也是个艺术家。"

有一会儿，我们大家都没有说话，蒂阿瑞从她的大口袋里掏出一把香烟来。她给了我们每个人一支，我们三人都抽着烟。末了，她说：

"既然这位先生对思特里克兰德有兴趣，你为什么不带他去见见库特拉斯医生呢？医生能给他讲讲有关思特里克兰德得病和逝世的情况。"

"好的，我愿意领这位先生去。"船长看着我说。

我对他表示了谢意，他看了看他的手表。

"现在是六点半。如果你想现在去，我们正好可以在他家里见到他。"

我即刻站起身来，我们沿着去往医生家的大路走去。医生住在城外，而鲜花旅馆就在市区边上，所以我们很快就到了郊区。宽宽的马路都被胡椒树的浓荫遮掩着，道路两旁是椰子树和棕榈树种植园。一种当地人称作海盗鸟的小鸟在棕榈树茂密的枝叶里啼叫着。在走过了坐落在小河上的石桥后，我们停了一会儿，看着本地的孩子们在河水里嬉戏。他们笑着，喊着，互相追逐着，他们带着水珠的棕色身体在阳光下闪闪发亮。

---

① 原文是法语。

五十四

我一边走，一边思索着我最近一些日子听到的有关思特里克兰德的事情，这些事情都让我不由得想到了这里的环境。他在这个遥远的海岛上，似乎并不像在家乡那样激起人们的憎厌，相反，这里的人们大多对他都很同情，他的奇行怪癖也没有人感到诧异。对于住在这里的当地人或是欧洲人来说，思特里克兰德是个怪人，但是，这里的人们似乎对所谓的怪人都已习以为常，因此对他并不另眼相看。这个世界上充满了各种各样的怪人，他们做着一些奇怪的事情；或许，塔希提岛上的人们明白，人一般都不是他们想要做的那种人，而是不得不做的那种人。在英国和法国，思特里克兰德可谓是个不合时宜的人，是"圆孔里插了个方塞子"，可在这里，各种形状的孔应有尽有，什么样的塞子都不会差得太远。我认为，不是他来到这里后脾气变得比从前好了，不再那么自私和粗野了，而是这里的环境更适合于他。假如他过去就在这里生活，或许他就不会被看作是有那么多缺陷的人了。他在这里得到了他不曾期望或不曾想要从他的同胞中间得到的——同情。

我试着告诉布吕诺这一切所带给我的诧异感。他听完了好一会儿没有回答。

"其实，我对他抱有同情，这也没有什么可奇怪的，"他最后说，"因为我们所追求的都是同样的东西，尽管我们两人或许都不知晓这一点。"

"像你和思特里克兰德这么两个毫无共同之处的人，会有什么共同的追求目标呢？"我笑着问。

"追求美。"

"这也太笼统了。"我咕哝着。

"你知道吗，一个人一旦被爱所占有，他对世界上的其他任何事情都会不闻、不问、不顾。那时候，他们就像是古代锁在木船里摇桨的奴隶一样，已不再是他们自己的主人。攫住了思特里克兰德心灵的那股热情，就像爱情一样专横跋扈。"

"真奇怪，你怎么也会这么说！"我回答道。"在很久以前，我也有类似的想法，我认为他这个人是中魔了。"

"让思特里克兰德着迷的是一种要创作出美的强烈欲望。这一欲望让他不得安宁，让他四处漂泊。他好似一个终生跋涉的朝圣者，被心中向往的圣地魂牵梦萦着，盘踞在他体内的魔鬼对他毫无怜悯之心。世上有些人渴望追求真理，为了达到这个目的，就是让他们赴汤蹈火也在所不惜。思特里克兰德也正是这样，只是他追求的是美，而不是真理。我无法不对他怀有一种深切的同情。"

"你说的这一点也很奇怪。有一个曾被他深深伤害过的人告诉我，他也非常可怜思特里克兰德。"我沉默了片刻。"我很想知道，对这样一个一直以来让我迷惑不解的性格，你是不是已经有了答案？你是怎么想到这个道理的呢？"

他朝着我笑了笑。

"我不是告诉过你，从某种程度上说，我也是一个艺术家吗？我在自己身上也感觉到了激励着他的那一欲望。只不过他实现其欲望的手段是绘画，而我呢，是生活。"

接着，布吕诺船长给我讲了一个他自己的故事，我认为我有必要

把它写在这里，因为即使作为对比，它也能有助于加深我对思特里克兰德的认识。另外，在我看来，这个故事本身也有一种美。

布吕诺船长是法国布列塔尼人，曾经在法国海军服役过。结婚后他离开了部队，在坎佩尔附近置办了一份不大的产业，计划在那里平静地度过他的后半生。谁知替他料理财务的一位代理人出了差错，让他一夜之间变得一贫如洗。他和妻子都不愿意在他们颇受人尊敬的地方潦倒贫困地度日。早年在他远涉重洋时，曾经到过南太平洋群岛，他打定主意去南海闯一条路子。他先在帕皮提待了几个月，一边酝酿着他的计划，一边积累着经验；后来，他向他的一位法国朋友借钱，买下了包莫图斯群岛中的一个小岛。这是一个环形小岛，在它的中央是一个很深的咸水湖，岛上无人居住，到处是野生的香石榴、杂草，灌木丛生。他带着他勇敢无畏的妻子和几个当地人，登上了这个小岛，动手修建一座房子，清理灌木丛，种植椰子树。那是二十年前的事了，以前的蛮荒之地现在已经整饬成一个种植园了。

"一开始时，条件相当艰苦，什么事都得操心，我们两个都是拼死拼活地干。每天我都是黎明时就起床，开荒，种植，修建房屋，一到晚上躺在床上，睡得死沉死沉的，一觉醒来就是早晨了。我的妻子和我一样，毫不吝惜自己的力气。后来，孩子出生了，先是一个儿子，然后是个女儿。我和我的妻子就是他们的老师。我们从法国买来一架钢琴，妻子教他们弹琴，说英语，我教他们拉丁文和数学，我们一起学习历史。两个孩子还学会了驾船，他们擅长游泳，跟当地人游得一样好，临近的岛屿他们没有不熟悉的。我们的椰子林长得很好，我们的珊瑚礁上盛产珠蚌。我这次到帕皮提来，就是要买一条双桅帆船，用它来打捞蚌壳，准能挣回我买船的钱。谁说得准呢？我也许还能打捞起一些珍珠呢。我在荒岛上建起了家园。与此同时，我也创造了美。

哦，你不知道那是一种什么样的感觉，当你看到自己亲手栽种的树苗都已长成了参天大树时。"

"让我问你一个你曾经问过思特里克兰德的问题。你后悔离开法国，离开你布列塔尼的家园吗？"

"等将来我女儿结了婚，我儿子娶了老婆，能够代替我管理这个小岛时，我们俩就回去，回到生养我们的故乡，在那里度过余生。"

"到那时，你再回顾过去，会感到你们这一生是过得很幸福的。"我说。

"当然啦。现在，我们小岛上的生活是比较平淡的，我们离文明社会非常遥远——试想一下，就是去一趟帕皮提，还得在海上走四天——不过，我们过得还是很幸福的。因为世界上只有极少数人能实现了他们自己所规划的蓝图。我们的生活简朴、单纯，野心抱负与我们无缘，我们的骄傲来自凭靠我们的双手所创造出的果实。怨恨和嫉妒都侵蚀不到我们的心灵。哦，我可爱的先生，有人认为劳动是幸福的只是句空话，但是，对我来说，这句话却具有非常丰富和深刻的含义。我便是一个很幸福的人。"

"我相信，你有资格这么说。"我笑着说。

"我也希望我能这么认为。我也不知道为什么，上天会许配给我这么好的一个妻子，她不只是我最贴心的朋友，还是我的好助手，不只是贤妻，还是良母。"

船长的这番话在我脑子里描绘出一种别样的生活，让我思忖了好久。

"你勇于过这样一种生活，并取得这么大的成功，显然是与你坚强的意志和坚忍不拔的性格分不开的。"

"或许吧，但是如果没有另一样东西，我们也不能获得成功。"

"那是什么呢？"

他突然停住了脚步，伸出了他的手臂。

"对上帝的信仰。要是不相信上帝，我们早就迷失了。"

此时，我们已经走到了库特拉斯医生的家门口。

五十五

　　库特拉斯医生是一个又高又壮的已过中年的法国人。他的体型好像是大鸭蛋，一双蓝色的眼睛颇为犀利，却又充满了善意，不时地颇为自得地落在自己的大肚皮上。他的脸膛红红的，头发是银白色，让人一看见就会产生好感。他接待我们的屋子很像是法国小城市里的那种住宅，两件波利尼西亚的摆设在屋子里显得很扎眼。他用两只大手握住我的手，很友好地望着我，可从他的眼神我却也可以看出他的精明。在他和布吕诺船长握手时，他很客气地问候夫人和孩子。有一会儿时间，主客之间说的都是一些礼貌的寒暄和当地的新闻轶事，今年的椰子收成怎么样啦，香草果的长势如何啦，等等。在这以后，话题转到了我们这次来访的主题。

　　我现在只能用我的语言把库特拉斯讲给我的故事写下来，他当时给我叙述得栩栩如生，我觉得自己的转述大为减色。他的嗓音低沉，带着回音，同他魁梧的体格很相称，而且他的讲述带有很强的戏剧性。听他讲话，就像观看一部精彩的戏剧一样，非常引人入胜。

　　事情的经过大概是这样的，有一天，库特拉斯医生到塔拉窝去给一位生病的女酋长看病。他把这位女酋长绘声绘色地描述了一番。女酋长生得又胖又蠢，躺在一张大床上，抽着香烟，在她的周围站着一群黑皮肤的侍从。在给她看完病之后，库特拉斯被请到另一间屋子里，被招待了一顿丰盛的晚餐——生鱼片、油炸香蕉、小鸡——还有一些他叫不出名儿来的食物，这些都是当地土著上好的饭食。吃饭的时候，

他看见一个女孩正被眼泪汪汪地赶出门外去。他当时没有多想，可是在他出来准备上马车回家的时候，他又看见她在不远处站着。这女孩用痛苦的眼神看着他，泪水顺着脸颊一直往下流。库特拉斯问旁边的一个人，这女孩是怎么了，那人告诉他，这女孩是从山上下来的，想请他去看一个生病的白人。那家的仆人们告诉她，医生没有时间管她的事。库特拉斯把那个女孩叫了过来，亲自问她是怎么回事。她告诉医生是爱塔让她来的，爱塔过去是鲜花旅馆的女工，现在生病的是红胡子。她说着把一张揉皱了的旧报纸塞到医生的手中，医生打开一看，里面有一张一百法郎的钞票。

"谁是红胡子？"医生问一个站在旁边的人。

那人告诉他，红胡子是当地人给那个英国人，一个画家起的绰号。这个人现在和爱塔住在离这里七公里之外的山谷里。听此人这么一说，他知道他们说的是思特里克兰德。可是到那里必须走路过去，他们知道医生去不了，所以把女孩打发走了。

"老实说，"库特拉斯医生转过头来对我说，"我的确是很犹豫。我真的不想在崎岖的山路上来回走上十四公里的路程，而且我也没法当夜再赶回帕皮提了。再说，我对思特里克兰德这个人委实没有什么好感。他是一个游手好闲的懒汉，他宁愿跟一个当地女子同居，也不愿意像我们一样靠干活来养活自己。噢，我的上帝，我怎么能知道，有一天全世界都会承认他是一个伟大的天才？我问女孩，他的身体状况能不能允许他下山到我这里来看，还问她，思特里克兰德得的是什么病。但是她什么也不说。我又追问了几句，也许还发了火，女孩眼睛望着地面，哭了起来。我无奈地耸了耸肩膀，毕竟，给人看病是我的职责，我生着一肚子的闷气跟着女孩去了。"

库特拉斯医生到了目的地时，脾气一点儿不比出发的时候好，他走得满身大汗，又累又渴。爱塔出来走了一截路，在一个岔口焦急地等他。

"我都快渴死了，快给我一点东西喝，"医生喊道，"看在上帝的分儿上，先给我摘个椰子来。"

爱塔喊了一声，一个小男孩应声跑了过来。他爬上了一棵椰子树，很快扔下来一个熟了的椰子。爱塔在椰子上开了孔，医生就接过来美美地喝了一通。然后，他又给自己卷了一根纸烟，心情觉得好了许多。

"哦，红胡子在哪里啊？"他问。

"他在屋子里画画呢。我没有告诉他你来。你进去看看他吧。"

"他有什么不舒服呢？既然他还能画画，他就能下山到塔拉窝，省下让我汗流浃背地走这么远的路。我想我的时间未必就不如他的时间宝贵吧。"

爱塔没有接我的话茬，和孩子一块跟着医生进到屋里。带他来这里的女孩这会儿坐在了凉台上，另外还有一个老太婆背靠着墙躺着，正卷着当地人抽的那种纸烟。爱塔指了指屋门，医生一边为爱塔奇怪的举动感到纳闷，一边进了屋子，发现思特里克兰德正在屋子里清洗调色板。画架上摆着一幅画。思特里克兰德只穿着一件帕利欧，正背对着门站着，听到有脚步声，他转过身来。他很不高兴地看了医生一眼。他有些诧异，有点儿埋怨医生的闯入。但真正感到惊诧的还是医生，他一下子定在了那里，愣愣地盯着思特里克兰德。他看到的是他事先绝没有想到的。他的身心都被恐惧抓住了。

"你进来怎么连门也不敲？"思特里克兰德说。"你来有事吗？"

虽然医生此时已经恢复了镇定，可一下子还是很难说出话来。他来时的一肚子的怨气早已散尽了，他感到——哦，对，我不能否认——他感到心里蓦然涌出一股无限的怜悯之情。

"我是库特拉斯医生。我在塔拉窝给女酋长看病，爱塔派人叫我来给你看看。"

"她就是个大傻瓜。我最近身体有些疼痛，有点儿发烧，可这并不碍事；很快就会没事的。下次再有人去帕皮提，让他帮我捎回来一些金鸡纳霜就行了。"

"你还是自己照照镜子吧。"

思特里克兰德看了医生一眼，笑着走到了挂在墙上的一面小镜子跟前。这是那种很便宜的镜子，镶在一个小木框里。

"怎么了？"

"你看到你脸上发生的奇怪的变化了吗？你没有发现你的五官都肿大起来了吗？——我该怎么来描述它呢？——书上把这称之为'狮子脸'。我可怜的朋友，难道你一定要让我告诉你，你得了一种非常可怕的病吗？"

"我吗？"

"在你照镜子时，你能看到麻风病的典型特征。"

"你在开玩笑吧？"思特里克兰德说。

"我也希望我是在开玩笑。"

"你是在想要告诉我，我得了麻风病？"

"非常不幸，这一点已是不容置疑了。"

库特拉斯医生已经对许多人宣布过他们的死讯，在每一次告诉病人时，他都无法克制自己的恐惧感。因为他总在这么想，被宣布要死的病人一定会拿自己跟医生比较，看到医生健健康康的，享有活着的权利，他们一定会又气又恨。但是思特里克兰德只是默默地看着他，脸上看不出有任何的情感变化，尽管他的脸已经被这一恶病折磨得变了形。

"他们知道吗？"临了，他指着坐在凉台上的人问。他们现在都异常安静，神态也显得有点儿特别。

"这些当地人对这种病的征兆是非常清楚的，"医生说。"他们都不敢告诉你。"

思特里克兰德走到门口，往外边瞧了瞧。他的脸相一定非常可怕，因为外面的人一下子都哀号起来，而且哭声越来越大。思特里克兰德没有说话，在愣愣地看了他们一阵子后，转身走回屋里。

"你认为我还能活多长时间？"

"有谁能说得准呢？有的时候，得这种病后还能再活二十年。得这病能较快地死去，也是件好事。"

思特里克兰德回到画架那里，沉思地看着画架上的那幅画。

"你来这里走了不少的路。告诉给我这一重要消息的人理应得到报偿。把这幅画拿去吧。现在，它对你来说算不了什么，可是将来有一天，也许你会高兴拥有它的。"

库特拉斯医生谢绝说，他来这一趟不需要报酬，他已经把那一百法郎的钞票还给爱塔了，可是思特里克兰德却坚持叫他拿上这幅画。这以后，他们两人一起来到凉台上。几个本地人还在那儿悲痛地哭泣着。

"别哭了，女人。把眼泪擦干吧，"思特里克兰德对爱塔说，"没有什么大不了的。我不久就会离开你。"

"我不能让他们把你带走。"她哭着说。

在那个时候，岛上还没有实行严格的隔离制度，害麻风病的人如果本人愿意，是可以留在自己家里的。

"我可以到山里去。"思特里克兰德说。

爱塔这时站了起来，面对着他。

"谁想走，就让他们走，但是，我不会离开你。你是我的男人，我是你的女人。如果你留下我一个人，我就在屋后的那棵树上吊死。我向上帝起誓，我会的。"

她说这番话时，神情和语调都格外坚决有力。她不再是那个温良和顺的本地女孩，而是一个意志坚定的女人了。她完全变成了另一个人。

"你为什么要跟我待在一起呢？你可以回到帕皮提，不久你就可以再找到一个白人做丈夫。那个老女人可以照看你的孩子。蒂阿瑞一定也高兴你回去。"

"你是我的男人，我是你的女人。你去哪里，我就去哪里。"

有那么一瞬间，思特里克兰德的意志动摇了，他的泪水溢出了眼眶，顺着脸颊流下来。可不一会儿他的脸上又浮现出他惯常的那一嘲讽的笑容。

"女人们真是一些奇怪的动物，"他对库特拉斯医生说，"你可以像对狗那样对待她们，你可以揍她们揍得你两臂发软，可她们仍然会爱你。"他耸了耸肩膀。"当然啦，基督教认为女人也有灵魂，这实在是最荒谬的幻觉。"

"你在跟医生说什么呢？"爱塔有些怀疑地问他。"你不走了吗？"

"如果你高兴，我就留下来，我可怜的孩子。"

爱塔一下子跪在了他的面前，用她的双臂抱住了他的腿，拼命地吻他。思特里克兰德看着库特拉斯医生，面上露出淡淡的笑意。

"她们最终都会得到你，你在她们手里毫无办法。不管是白人，还是有色人种，到头来都一样。"

库特拉斯医生觉得，对这种可怕的疾病，说一些同情的话也无济于事，于是他告辞走了。思特里克兰德吩咐那个叫塔奈的男孩给医生领路，带他回村子去。说到这里，库特拉斯医生停了一会儿，最后他对我说：

"我并不喜欢他，我曾告诉你，我对他没有什么好感，可在回塔拉窝的路上，我对他那种自我克制的勇气却油然滋生了一种敬意。他忍受的或许是一种最可怕的疾病。在塔奈回去时，我告诉他我会送来一些药，对他的病也许有点儿用；但我心里也清楚，思特里克兰德未必会服用我送去的药，即便他服用了，这些药能起的作用也是微乎其微。我让那孩子给爱塔带个话，不管她什么时候要我来，我都会来的。生活是严酷的，大自然有时候竟以折磨自己的儿女为乐。在我坐上马车回我帕皮提的温暖的家时，我的心情是沉重的。"

有很大一会儿工夫，我们几个人都没有说话。

"但是，爱塔并没有派人去找过我，"临了，医生又接着说，"我正巧也有好长一段时间没有再去那个地区。我没有听到思特里克兰德的任何消息。我听说，有一两次爱塔到帕皮提买过绘画的材料，可我没有碰到过她。过了两年多之后，我才又去了一次塔拉窝，这一次还是给那个女酋长看病。我问他们是否听到过有关思特里克兰德的事情。这个时候，岛上的人已经都知道他得了麻风病了。一开始，是塔奈那个男孩离开了他们住的地方，紧跟着，那个老妇人和她的孙女也走了。后来，就只留下了思特里克兰德和爱塔，还有他们的孩子们了。没有人再走进他们的椰子园。当地的人对这种病怕得要死，在过去，一旦发现有人得这种病就会被处死；有时候，邻村的孩子们爬到山上去玩，他们偶尔会看见留着红胡子的白人在山里转悠。孩子们一看见他，就会像是丢了魂儿一样狂跑。有的时候爱塔会在夜里去到村子里，叫醒开杂货店的人，买一些她需要的东西。她知道当地人看到她，也像是看到思特里克兰德一样感到憎厌，所以，她尽量地躲开他们。又有一

次，有几个女人大着胆子走进椰子园，看见爱塔在河边洗衣服，她们就向她扔石头。在这之后，人们让杂货店老板告诉爱塔，如果她再在河里洗衣服，他们就上山来烧了他们的房子。"

"一群混账东西。"我说。

"别这么说，我亲爱的先生，人都是一样的。恐惧会使人变得残酷……我决定去看看思特里克兰德，在给女酋长看完病后，我想找一个孩子给我带路，可没有一个人肯跟我去，最后我还是一个人摸索着上去了。"

库特拉斯医生一走进那个椰子园，就有一种忐忑不安的感觉。虽然走得浑身发热，却不由得打着寒战。连那里的空气中似乎都充满着敌意，叫他变得犹豫不决，他觉得有种种看不见的力量在阻拦着他向前，有许多看不见的手似乎在往后拽着他。再也没有人来这里采摘椰子了，椰果全都腐烂在了地上。满眼都是荒凉。灌木丛已经侵蚀到椰林和住房这里，看来人们用他们辛勤劳动开辟出的这块土地，不久又要被原始森林重新夺回去了。他有一种感觉，仿佛这里是痛苦的栖居地。在靠近了屋子时，他被里面的一种异样的寂静惊呆了，开始他还以为这里已经没有人住了。后来，他看见了爱塔。她正蹲在一间当厨房用的小棚子里，用锅煮着东西。在她旁边是一个小男孩在泥土里玩。在看到库特拉斯医生后，她脸上并没有露出笑容。

"我来看看思特里克兰德。"他说。

"我去告诉他一声。"

她走上凉台的几个台阶，从凉台那边进到屋子里。医生跟在她的身后，不过，在看到爱塔的手势后，他顺从地停在了外面。在她打开房门的时候，医生闻到了一股腥甜气味；在麻风病患者居住的地方往往有这种味道，令邻居们作呕。他听见爱塔说了句什么，然后听到了思特里克兰德的回答，可是医生根本听不出是他的声音了。那声音变得沙哑，含糊不清。库特拉斯医生扬了一下眉，他知道病菌已经侵袭到了思特里克兰德的声带。不一会儿，爱塔从屋子里出来了。

"他不愿见你。你走吧。"

库特拉斯医生坚持要进去，但是爱塔不让他过去。在无奈地耸了耸肩膀，又稍作思考后，库特拉斯转身走了出来。她跟在他身边，医生觉得她也希望他马上离开。

"难道没有一点儿我能做的事情了吗？"他问。

"你可以给他送点儿油彩来，"她说，"除了这，他再也没有想要的东西了。"

"他还能作画？"

"他在屋子的墙壁上画。"

"这种生活对你来说太可怕了，我可怜的孩子。"

在这一刻，她终于笑了，眼睛里闪烁着一种奇异的爱的光芒。库特拉斯医生被她眼里的这一光芒怔住了，他感到诧异，也感到敬畏。他再不知道该说点儿什么好了。

"他是我的男人。"她说。

"你的另一个孩子呢？"医生问。"我上次来，看到你有两个孩子的。"

"他死了。我们把他埋在了杧果树下。"

在爱塔又陪着医生走了一小段路后，她说她必须回去。库特拉斯猜想，她不敢再往前走，是怕村民们看见。他又一次对她说，只要她需要他，叫他来，他一定会来。

五十六

又过去了两年，或许是三年。因为在塔希提，时间总是在不知不觉中流逝，没有人费心去计算；最后，终于有人给库特拉斯医生捎来了信儿，说思特里克兰德就快要死了。爱塔在路上拦住一辆去往帕皮提的递送邮件的马车，恳求赶车人立刻到医生那里去一趟。但在消息带到的时候，医生恰巧不在家。直到傍晚他回来才听到这个消息。可天色已经黑了，当晚已经不可能动身，第二天天刚亮，他就启程出发。他首先到了塔拉窝，然后从那里下车，再最后徒步走一回去往爱塔家里的七公里的山路。小路已经被荒草遮盖了，看来有好几年这里不再有人走了。路很难找，有时候他只好顺着低洼不平的河滩往前走，有的时候他不得不穿过茂密、扎人的灌木丛；为了躲避头顶树枝上的野蜂窝，有好几次他得从岩石上爬过去。周围静极了，静得瘆人。

最后，待他走到那座没有刷漆的小木房时（现在已经破旧、脏乱得不成样子了），他终于长长地舒了一口气，可这里寂静得也是让人难以忍受。他走上前去，一个正在阳光里玩耍的小男孩看见他走了过来，一下子跑掉了：在这个孩子的眼里，所有的陌生人都是敌人。库特拉斯医生意识到，这个男孩正躲在一棵树的后面，偷偷地望着他呢。房门是开着的。他喊了几声，没人应答。随后，他走进屋子。外屋没有人，他敲了敲里屋的门，仍没有人回答。他转动把手打开了门，走了进去。扑鼻而来的一股臭味几乎叫他呕吐出来。他用手帕捂住鼻子，继续往里面走，屋里的光线很暗，从外面灿烂的阳光下走进来，一时什么也看不清楚。当他的眼睛适应了屋里的光线时，他吓了一跳。他不知道自己进到了一个什么地方。仿佛是他突然之间进入一个奇幻的世界。他隐约感觉到一片浩瀚的原始森林，有裸着身体的人在树下走动。这时，他看到了墙壁上的绘画。

"上帝啊，我是不是被太阳晒花了眼睛？"医生咕哝着。

有什么东西动了一下，他仔细一看是爱塔躺在地板上，在那里默默地哭泣。

"爱塔，"他喊，"爱塔。"

爱塔没有动，也没有吭声。屋子里的腥臭味又差一点儿把他熏倒，他点起一支方头雪茄。他的眼睛渐渐地适应了屋里的黑暗，现在，再当他看着这些壁画时，心中涌动起一种无法控制的感情。他完全不懂绘画，但是这画面上的某种东西却使他感到了极大的震撼。从地板一直到顶棚，展开了一幅奇异的精美画卷。它们给人一种难以言说的奇妙感和神秘感。他屏住了呼吸，心中充溢着一种他无法理解和分析的情感。他现在感到的敬畏和喜悦，恰像一个看到天地开辟之初的人的感觉。这些画幅有着巨大的气势，它们是激情澎湃的，又是肉欲的；与此同时，它们又含着某种令人恐惧的东西，叫人看着心惊肉跳。绘制这幅巨作的人已经深入到大自然的隐秘中间，发现出了一些既美妙又可怕的秘密。这个人知道了一些一般人不该知道的事物。他的壁画里有一种原始的、令人恐怖的、不属于这个人世间的东西。这使库特拉斯医生模模糊糊地联想到了黑色魔法，它既美得惊人，又污秽不堪。

"上帝啊，这是个天才。"

这句话脱口而出，说出后他才意识到是自己给这些画做了个评语。

后来，他的眼睛落在了屋角的席子上，他走了过去，看到了一个肢体残缺、令人不敢目睹的可怕的东西，那是思特里克兰德。他已经

死了。库特拉斯医生强忍着害怕，俯身看了看这具可怕的尸体。突然，他吓得跳了起来，一颗心差点儿跳到嗓子眼上，因为他觉得有人在他后面。原来是爱塔。他没有听到她站起身来。她站在医生的胳膊肘那里，跟他一起看着这具尸骸。

"哎呀，你可把我给吓坏了，"医生说，"你几乎把我的汗毛都吓得竖起来了。"

库特拉斯医生最后又看了一眼这个失去了生命体征的残骸，便心情沉重地走了出来。

"他死前眼睛就瞎了。"

"是的，他已经瞎了快一年了。"

五十七

　　这时候，库特拉斯太太出去看朋友回来了，我们的谈话暂时停止。库特拉斯太太像一只篷帆涨得满满的小船，神气十足地走了进来。她是一个又高又胖的女人，胸部非常丰满，被束胸紧紧地勒着。她长着一个大鹰钩鼻子，脸上胖得有三重下巴，身子挺得笔直。热带气候尽管叫人昏昏欲睡，可对她却没有丝毫的影响。相反地，她总是精神抖擞，雷厉风行，周全地应对世事。此外，她显然还是个十分健谈的人，自踏进家门开始，就喋喋不休地谈东谈西。她的掺和让我们刚才的谈话似乎一下子变得遥远和不真实了。

　　不久，库特拉斯医生向我转过身来。

　　"我一直把思特里克兰德给我的那幅画挂在书房里，"他说，"你要去看看吗？"

　　"我很想看。"

　　我们站了起来，医生领着我走到室外环绕着这座房子的凉台上。我们停下来，观赏着在他花园里正盛开着的姹紫嫣红的花朵。

　　"有很长一段时间，我的脑子里都忘不掉思特里克兰德画在他墙壁上的作品。"医生沉思着说。

　　此时，我也在想着这件事。在我看来，思特里克兰德似乎终于把他的内心世界充分地表达出来了。他默默无言地工作着，心里非常清楚，这是他最后的机会了，我想在这里，思特里克兰德一定把他所了解的生活和在他心目中的世界的图景，全表现出来了。我想象着，或

许，在这些壁画的创作中他终于找到了内心的平和与安宁。占据着他身心的魔鬼终于被祛除了，随着这些画作的完成（他的一生都是对此所做的痛苦的准备），他那远离尘世的备受折磨的灵魂也得到了安息。他对死，毋宁说是抱着一种欢迎的态度，因为他已完成了他的使命。

"那些画的主题是什么？"我问。

"我也说不清楚。他的画奇异、怪诞，是关于世界初创时的图景，是亚当和夏娃的伊甸园——我怎么知道呢？——是对人体美——男性的和女性的身体——的一首赞美诗，是对既崇高又冷漠、既可爱又残酷的大自然的颂扬。它让你感到空间的无限和时间的永恒，叫你产生一种敬畏感。他画了许多树，椰子树、榕树、火焰花、鳄梨等，所有这些我天天看到，但是，经他一画，这些树再看的时候就完全不同了，我仿佛觉得它们都有了自己的灵魂和自己的秘密，在我每次快要把它们抓到手里时，它们便不翼而飞了。他画的色彩是我熟悉的色彩，可是又有所不同。这些色彩都具有了它们自身的含义。还有那些裸体的男人和女人，他们既是肉体的，属于尘世的，同时又是神灵，是神圣的。人的最原始的本能都赤裸裸地展现在你眼前，你感到害怕，因为你看到的是你自己。"

库特拉斯医生耸了耸肩膀，笑了笑。

"你也许会笑话我。我是个物质主义者，我是一个大大咧咧、肥肥胖胖的男人——有点儿像福斯塔夫①，对不对？——写诗、抒情的方式根本不适合我。我在让别人取笑我了。但是，我真的还没有见过哪幅画能给我留下这么深刻的印象的。说老实话，我看到这些画时的心情就像是进了罗马西斯廷小教堂一样。在那里，我也是感到在天花板

_____

① 莎士比亚戏剧《亨利四世》中的人物，身体肥胖，喜欢吹牛。

上绘画的那个画家非常伟大，让我敬畏有加。那真是天才的画作，气势雄浑、壮美。在这样的壁画面前，我感到自己非常渺小和微不足道。然而，对米开朗琪罗的伟大，人们还是有心理准备的，可在这间远离文明世界的土人住的小木房里，在这俯瞰着塔拉窝的群山的怀抱中间，对能看到这样令人无限惊讶的壁画，我却是毫无心理准备的。再说，米开朗琪罗神智健全，身体健康，他的那些伟大作品给人以崇高、肃穆的感觉；但是在这里，尽管我也看到了美，可还有什么东西令我心神不宁。我不清楚那究竟是什么。它叫我感到很不安。它让我觉得，仿佛我待的地方紧挨着一间空荡荡的屋子，我知道那间屋子是空的，可是，也不知道是为什么，我惊恐地意识到那里面似乎有一个人。你骂你自己不争气，知道这只是你的神经在作祟——但是，但是……很快你就无法抗拒那攥住你的恐惧了。你被一种无形的恐怖捉在股掌之间，动弹不得。是的，我承认当我听说这些奇怪的杰作被烧掉后，我心里并不觉得那么遗憾。

"烧掉了？"我不由得喊了出来。

"是呀，难道你还不知道吗？"

"我怎么会知道呢？我真的没有听说过这些作品，不过，我还以为它们会落到某个私人收藏家的手中呢。即使到现在，思特里克兰德的画作也没有拉出个清单。"

"在他失明以后，他常常坐在那两间画着壁画的屋子里，一坐就是几个钟头，或许，此时的他比以往的任何时候都看得更加清楚。爱塔告诉我，他从来没有埋怨过命运，从来没有失掉勇气。直到他生命的最后一刻，他的心智都是安详、平和的。他叫爱塔做出承诺，在她把他埋葬以后——我告诉过你吗，他的墓穴是我亲手挖的，因为没有一个当地人愿意靠近这所有麻风病毒的房子，是我和爱塔埋葬了他，他

的尸体用三块帕利欧缝在一起包裹起来，葬在了那棵杧果树下——她一定要放火把房子烧掉，直到它被烧成灰烬，没有一根木头留下，她才可以离开。"

有一会儿我没有说话，因为我在思考。临了，我说：

"这么说来，他至死也没有变啊。"

"你知道吗？我必须告诉你，我当时觉得我有责任劝阻她，让她不要那么做。"

"甚至是当你有了你刚才所说的那些想法之后吗？"

"是的。因为我知道这些壁画都是一个天才的杰作，我认为我们没有权利让世界失去这些画作。但是，爱塔不听我的劝告。她已经答应过他，她不能反悔。我不愿留下来看着它们被焚烧，所以我是事后才得知她是怎么做的。她把煤油浇在了干燥的地板和草席上，然后点着了火，没过多一会儿，这座房子就变成了一片灰烬，一部天才之作就这样永远地失去了。"

"我认为，思特里克兰德知道那是一幅杰作。他已经实现了他所追求的东西。他可以说是死而无憾了。他创造了一个世界，也看到了自己创造的世界多么美好。临了，在骄傲和蔑视中，他又将它毁掉了。"

"不过，我还是得让你看看他给我的那幅画。"库特拉斯医生一边说着，一边往前走。

"爱塔和那个孩子后来怎么样了？"

"他们娘俩后来去了马尔奎撒群岛。爱塔在那边有亲戚。我听说她的孩子现在在喀麦隆的一条双桅帆船上当水手。人们都说他长得像他父亲。"

在走到从凉台到诊疗室的门口时，库特拉斯医生笑着站住了。

"这是一幅水果静物画。也许你觉得在诊疗室里挂这样的一幅画不合适，可我的妻子说什么也不让把它挂在客厅里，她说这幅画给人一种露骨的猥亵感。"

"一幅水果静物画会叫人感到猥亵！"我不禁喊了出来。

我们走进了屋子，我的眼睛立刻落到了这幅画上。我盯着它看了好一会儿。

画面上是一堆水果，有杧果、香蕉、橘子，还有我叫不出名字的东西。乍一看，这幅画没有一点儿怪异的地方。如果摆在后期印象派的画展上，一个不太细心看的人会觉得这幅画尽管算不上什么杰作，倒也蛮不错的。从风格上讲，它跟这一学派也没有什么不同。但不同的是，这幅画以后还会回到你的记忆中来，你也不知道这是为什么。而且，从此以后，你再也不可能把它完全忘掉了。

这幅画的着色非常怪异，它们会给你一种难以说清的不安情绪。浓浊的蓝色是不透明的，有如刻工精细的青金石雕盘，有闪闪的光泽似乎在颤动着，令人想到生命的神秘悸动；画面上的紫色像腐肉似的，叫人感到嫌恶，但与此同时又勾起一种强烈的欲望，使人模糊想到亥利俄嘉巴鲁斯①统治下的罗马帝国；红色鲜艳醒目，有如冬青灌木结的小红果——让人联想到英国的圣诞节，皑皑白雪，欢乐的气氛和孩子们的快乐——可画家又用自己的魔笔使这一耀目的色彩柔和下来，让它呈现出有如乳鸽胸脯一样的柔嫩；还有深黄色有些唐突地转成了绿色，给人带来春天的芬芳和山间泉水一样的清纯和明净。谁能知道，是什么痛苦的幻想创造出这些果实的呢？会是看管金苹果的赫斯珀里得斯三姐妹②在波利尼西亚果园培育出来的吗？令人奇怪的是，这些果

① 又名埃拉伽巴卢斯（205？—222），罗马帝国皇帝。
② 根据希腊神话，赫斯珀里得斯姐妹负责看管赫拉女神的金苹果，并有巨龙拉冬帮助护卫。

实都像是富于生命似的，仿佛是世界在混沌初开时创造出来的，当时事物还没有完全固定在它们的形式里。这些果实丰满肥硕，散发着浓郁的热带气息，好像具有一种独特的阴郁的情感。这都是些被施了魔法的果实，任何人尝了都会打开探索幽秘灵魂和神秘幻想殿堂的通道。它们孕育着无法预知的危险，吃了它们，可以使人变成兽类或是神仙。一切健康的和自然的东西，一切淳朴的人们所享有的欢乐、纯真和幸福，都远远地避开了它们；然而，它们又具有很大的诱惑力，就像是伊甸园里能分辨善恶的智慧果一样，蕴含了太多的有关"未知"的可能性。

最后，我终于转过身子，离开了那幅画。我觉得思特里克兰德已经把他的秘密带进了坟墓。

"喂，雷耐，亲爱的，"库特拉斯太太洪亮、快乐的声音传了进来，"这么大半天，你们在干什么呢？开胃酒已经准备好了。问问这位先生愿不愿意喝上一杯规那皮杜邦内酒。"

"当然愿意，夫人。"我一边说，一边走出来到了凉台上。

那幅画的魔力被打破了。

五十八

　　到了我该离开塔希提岛的时候了。根据岛上好客的习俗，凡是跟我在岛上有过接触的人都要送礼物给我——椰子树叶编织的篮子，露兜树叶织的席子、扇子；蒂阿瑞送了我三颗小珍珠和用她的一双胖手做的三罐番石榴酱。最后，当从惠灵顿开往旧金山的邮船在码头上停泊了二十四小时，鸣起汽笛，提醒旅客们登船的时候，蒂阿瑞把我抱在了她宽大的怀抱里搂着我，直到我似乎觉得我是掉进了涌着波澜的大海里，她把她红彤彤的嘴唇紧紧压在了我的唇上，泪水在她的眼眶里闪着晶莹的光。邮船缓缓地驶出咸水湖，从珊瑚礁之间的一个通道小心翼翼地开到了宽阔的海面，此时，我的心里顿觉一阵忧伤。微风中仍然飘荡着岛上令人迷醉的气息，塔希提已经远远地离开我了，我知道我这一生再也不可能见到它了。我生命中的一个章节翻了过去，我觉得我离不可抗拒的死亡又近了一步。

　　一个多月之后，我回到了伦敦。在把我手头几件紧急的事情处理完以后，想到思特里克兰德太太也许愿意知道她丈夫近些年来的情况，我于是给她写了封信。从大战前很长一段日子我们就没有见面了，我不知道她现在搬了家没有，我翻了一下电话簿才找到了她的住址。她跟我约好了时间，到了那一天，我便到她坎普登山的新居——一所很雅致的小房子——去看她。她现在已经是近六十岁的一个女人了，可看上去并不显老，谁看她也会说她顶多不过五十岁。她的脸比较瘦，皱纹不多，是那种年龄很难刻上去印迹的脸，看她现在的相貌，你会

觉得她年轻的时候一定是个美人胚子。她的头发还没有完全灰白，梳理得恰合自己的身份，她的黑色长衫是很时兴的式样。我记得我曾听人说起过她的姐姐，麦克安德鲁太太在丈夫死后没几年也去世了，给思特里克兰德太太留下了一笔钱；从她现在的住房条件和给我开门的女侍的举止神态上看，我猜想这笔钱差不多能让这位寡妇过上较为舒适的生活了。

在被领进客厅以后，我看到思特里克兰德太太正陪着一位客人，在我得知这位来客的身份后，我猜到了她让我这个时候来，是有她的打算的。来访的人是凡·布施·泰勒，一个美国人，思特里克兰德太太一边表示歉意，对他露出可爱的笑容，一边详细地向我介绍着他的情况。

"你知道，我们英国人孤陋寡闻。如果我需要做些介绍，你一定要包涵。"然后，她转向我说，"凡·布施·泰勒先生是美国的一位著名的批评家。要是你没有读过他的书，说明你的教育还是有欠缺的，你必须要立即补上这一课。他正在写一些有关思特里克兰德的东西，他来是看我能不能给他一点儿帮助。"

凡·布施·泰勒先生是一位非常瘦削的人，可脑袋却长得很大，已经秃顶，一层包着脑骨的头皮闪闪发亮；在他的大脑袋下面是一张瘦瘦的、发黄的小脸，布满很深的皱纹。他不多说话，举止极有礼貌，讲话带着新英格兰口音。这个人给我的印象是毫无热情、举止刻板，我真不知道他为什么非要研究查理斯·思特里克兰德。思特里克兰德太太在提到她死去的丈夫时，语气很温柔，这不免让我觉得有点儿好笑，在他们俩谈话时，我把这间客厅好好打量了一番。思特里克兰德太太对房子的布置也是与时俱进的。她在阿施里花园旧居时的那些室内装饰都不见了，墙上糊的不再是莫里斯墙纸，家具上套的也不再是色彩朴素的印花布，以前装饰着客厅墙壁的阿伦德尔图片也都撤了下来。现在的客厅里满眼都是怪异的色彩，我不知道她是否晓得，她现在追随时尚所装饰在这里的各种颜色，其实都是因为在南海岛屿上的一位画家有过这样的梦想。对我正在考虑的这个问题，她自己给我做了回答。

"你的这些靠垫很特别。"凡·布施·泰勒先生说。

"你喜欢它们？"她笑着说。"你知道吗，是巴克斯特 ① 设计的。"

客厅的墙上挂着思特里克兰德最好的几幅作品的彩色复制品，这是柏林的一个出版商搞的。

"你在看我的这几幅画，"她看见我在望着这些画，便笑着对我说，"当然啦，这些原画我是无法弄到的，但是有这些也就足够了。这都是那位出版商送给我的。它们对我是个很大的安慰。"

"有这些画幅相伴着，心情一定会好得多。"凡·布施·泰勒先生说。

"是的，这些画极富于装饰意义。"

"这也是我的一个重要的观点，"凡·布施·泰勒先生说，"伟大的艺术从来就是最富于装饰价值的。"

他们的眼睛此时都落在了一个奶着婴孩的裸体女人身上，还有一个女孩跪在那个女人的旁边，把手里的花正递给那个吃奶的孩子，而那个婴孩却根本没去注意。在稍微离开一点的地方看着他们的是一个满脸皱纹、瘦得皮包骨的老妇人。这是思特里克兰德画的神圣家庭。我猜想画中的人物有几个是在他家的寄居者，那个母亲和吃奶的孩子是爱塔和她的第一个儿子。我暗自想，思特里克兰德太太是否知道这

---

① 雷昂·尼古拉耶维奇·巴克斯特（1866—1924），俄罗斯画家和舞台设计家。

一点呢？

　　谈话一直在进行着，我非常钦佩凡·布施·泰勒先生的老练，他对可能引起尴尬和不愉快的题目只字不提，我也佩服思特里克兰德太太的机巧圆滑，没有说一句不实的话，却能把一种与丈夫之间和睦相处、融洽无间的关系暗示给客人。最后，凡·布施·泰勒先生起身告辞。他握住女主人的手，说了许多优美动听却未免造作的感谢词。

　　"我希望，他并没有令你感到烦。"在客人走后，思特里克兰德太太说。"当然啦，有时候也实在让人讨厌，但是，我觉得我有义务把我所知道的有关查理斯的情况告诉人家。我是一个伟大天才的妻子，我有责任这么做。"

　　她用她那一双可爱的眼睛看着我，目光非常坦诚，非常温和，完全跟二十多年前一样。我不知道她是否在戏弄我。

　　"当然啦，你早就放弃你的生意了？"我说。

　　"噢，是的，"她轻快地回答道，"我那时做打字的生意，主要是出于兴趣，而不是其他的什么原因，我的孩子们劝说我卖掉了它。他们担心我太劳累了。"

　　我看得出来，思特里克兰德太太已经忘记了她曾经为了生计、不得不自食其力的那段不光彩的日子。同任何一位高雅的淑女一样，她从骨子里认为，只有依靠别人的钱，才活得真正体面。

　　"我的孩子们今天都在家，"她说，"我觉得他们一定想听听有关他们父亲的事情。你还记得罗伯特，对吗？我很高兴能够告诉你，他很快就要领到陆军十字勋章了。"

　　她走到门口去叫他们。很快进来一位穿卡其服的男子，脖子上系着牧师戴的硬领，身材高大魁梧，有一种健硕的美，一双眼睛仍然像他童年时那么坦诚率直。他后面跟着他的妹妹。她现在的年龄一定跟我初次见到她母亲时的年龄相仿。像她母亲一样，她也给人一种她年轻时一定比现在更漂亮的感觉。

"我想你一定不记得他们俩了，"思特里克兰德太太说，脸上现出骄傲的笑容，"我的女儿现在是多纳尔德逊太太了，她丈夫是炮兵团的少校。"

我记起很久以前我所做出的预言：她将来一定会嫁一个军人。看来这件事是早已注定了的。她的风度完全像是个军人的妻子。她对人友好、和蔼，可对自己却有一种她难以掩饰的自信：她和一般人是不太一样的。罗伯特则是情绪非常高昂。

"在你回来时，我正巧也在伦敦，看来我还是有点儿运气的，"他说，"我只有三天的假期。"

"他一心想着要赶回去呢。"他的母亲说。

"哦，坦率地说，是这样。我在前线过得很快活。我交了不少的朋友，那里的生活真是没的说。当然了，打仗是可怕的，还有战争带来的一切；可是，它也能激发出一个人身上最好的品质，这一点是毫无疑义的。"

临了，我告诉了他们思特里克兰德在塔希提的情形。我觉得我完全没有必要提到爱塔和她的儿子，但是有关思特里克兰德的其他事情，我都尽可能详尽地告诉了他们。在我讲述到他悲惨痛苦的病逝时，我停了下来。有一两分钟，我们谁也没有说话。后来，罗伯特·思特里克兰德划了根火柴，点上了一支香烟。

"上帝的磨盘缓缓地转动着，却碾得很细，很细。"罗伯特颇有意味地说。

思特里克兰德太太和多纳尔德逊太太的脸上略微现出了虔诚的表

情，以此来表示这句话应该是出自《圣经》①。我不敢断定，罗伯特·思特里克兰德是否也有这种错觉。不知怎么的，我突然想起了思特里克兰德和爱塔生的那个儿子。听人说，这是个活泼、快乐的小伙子。在想象中，我好像看见他工作在一艘双桅帆船上，他浑身赤裸着，只在腰间围着一块粗蓝布；在夜晚，当微风吹拂着船儿在海面上轻轻地滑过时，水手们就来到了上层甲板上，船长和一个看货人坐在帆布椅上悠闲地抽着烟斗，思特里克兰德的儿子和另一个小伙子跳起舞来，在沙哑的手风琴声中快乐地舞着。在他们的头顶上是湛蓝的苍穹，熠熠闪亮的星星，在他们的四周是浩瀚无垠的太平洋。

《圣经》中的一句话到了我的唇边，但是我把它咽了回去，因为我知道牧师们会认为这是世俗之人在侵犯着他们的领地。我的亨利叔叔在威特斯台柏尔郊区做了二十七年牧师，遇到这种场合就会说，魔鬼为了达到自己的目的，总是引用《圣经》中的话。他总也忘不了一个先令可以买十三只大牡蛎的日子。

————完————

---

① 罗伯特所说"上帝的磨盘……"这句话，许多外国诗人学者都曾讲过。美国诗人朗费罗也写过类似的诗句，并非出自《圣经》。